U0054356

文學與人生
朱壽桐◇著

序

「文學與人生」應該是一個相當有魅力的題目。許多先輩就此作過專題研究或發表過專論文章。許多大學生願意選修這門課：當年在南京大學首次開設這門課程，修讀人數逾千，每次上課都得借用禮堂，像在作一場報告；後來南京審計學院等連續請我去給他們的學生開這門課，選修情況也很踴躍。據初步了解，臺灣約有十數所著名大學的通識課程都列有這樣的課目，看來在這裏大學生朋友對這門課的興趣也一樣濃厚。其實這一課題不祇是與他們有關。幾乎每個人在青春時代都曾作過文學夢，對於許多人來說，人生浪漫的伴隨者除了愛人便是文學；雖然最終絕大多數人不會以文學爲事業，但他們的思維，他們的性情，他們的知識修養，他們的羅曼史記憶，他們的未來暢想，他們心靈的呼吸和情緒的歙張，常常都與文學有關。甚至於那些未能受過良好教育的人們，也不妨透過民間故事、戲文唱曲等獲得相當的文學素養，進而讓這些素養參與到自己的人生之中。這樣的話題能夠引起人們普遍的興趣，應屬不言而喻。

我對這一話題的興趣也源於此，不過促使我就此進行思考的還有其他一些契機。一次與學理工科的友人聊天，談起各自所在的學術界的狀況，說他們那個行當如果不好好上個二十多年學，從大學到碩士到博士，就不要想在學術上沾一點邊，「門都沒有！」他不無自得地說。問起我們文學行當，我只好慚愧地告訴他，我們這個專業似乎正好相反，玩得轉、吃得開的似乎連學士學位都不要。這樣俏皮的話說出來後，自己也覺得茫然：文學研究這一行當也許本來就不是個行當？「北港香爐人人插」，無論是誰都能去插的哪還能算個「香爐」？女怕嫁錯郎，男怕選錯行，我是否眞的選錯了行當？轉念一想其實不然。在這個行當裏集結了多少有學問更有德行，有才華而且還很有抱負的精英，他們無怨無悔地將自己的青春、熱忱、眞誠和睿智全都獻給了這一行當，將這一行當營構成一個充滿魅力的事業，吾輩混跡其間應算一件幸事；任何行業裏都可能人妖顚倒，魚目混珠，一兩個無皮的「相鼠」得意於一時，又何損於這個行業的神聖？而且，魚龍混雜，泥沙俱下，正是大江與大海交流的氣派，儘管有一些既無學歷又無家學淵源更無學識和學德的「無儀」者上下其手，正是什麼鳥都有的一種「大林子」的氣派。

文學之所以能成爲魚龍蝦鱉都能長大的「大池子」，或者成爲什麼鳥都有的「大林子」，正是因爲它與人生有那麼多密切而美妙的關係。這種美妙的關係曾令許多傑出的文學研究者和文學創作家駐足萃思，盤桓弄筆，直至「生死相許」，也使得一些不學「有術」者視其爲簡單不過、極易於摸爬滾打的名利場。尊重文學的人往往把文學看得比人生複雜得多、神聖得多、高尙得多；視文學和學術爲無物的人則借助於文學大玩人生的把戲。其實文學與人生之間的關係並沒有這麼簡單，它值得我們好好思考，於此思考的每一個哪怕非常微小的成果，對於一些無視或小視文學及其與人生關係的人們，也不失爲一種箴勸，對於更多的人雖不能存使之「聞道」之僭妄，卻也未始不能起某種程度的解惑作用。

序

正是出於這樣的想法，我不揣譾陋，就「文學與人生」的問題作了數年的集中思考。得到各教育主管部門的鼓勵，這一課題屢被列爲各級通識課教學研究的重點項目；尤其感謝南京大學、浙江師範大學和南京審計學院等院校那幾屆畢業生中的有關同學，他們對本課程的熱情，是我將此課題進行下去的最大動力。

這本書的全部書稿完成於二〇〇三年那場流行病毒肆虐期間，當時教育部門已指定由某大學出版社出版，該社也已有編輯來接洽出版事宜。但我未敢猝然答應，原因是寫此書之際，常有一股不平之氣貫入書中，甚至有時借題發揮，窮形盡相。不過掩卷一想，以如此神聖的一個題目，以我如此認眞和艱苦的思考，這樣寫未免有些不值得，於是就想放一放，再修改修改，磨飾磨飾。

沒想到這樣的修改首先在臺灣完成。這全歸功於揚智文化事業股份有限公司總經理葉忠賢先生，以及佛光大學文學所同事孟樊兄的好意促成。在修改中自然將那些無關乎學術的不平之意刪除乾淨，並在他們的建議下，盡可能多地引入臺灣文學創作和理論的例證，將原有大陸文學的例證大量壓縮，使得所有論題基本上都在古今中外和臺灣的經典文學名著的分析中展開。

此項研究當然還會在大陸出版，但大陸版本會與這一臺灣版有很大的不同；不僅文學例證會有很大差異，有些觀點也會有所調整，至於會差異到或調整成什麼樣子，現在很難說，但一定不會比這一版更有意思，更有趣味，這是可以預料的。感謝十分活躍、相當自由且收穫甚豐的臺灣文學給我這部書注入了格外有意思、有趣味的內容。

佛光大學坐落的林美山面臨世界第一大洋，遙領臺島第一山脈，占盡山水之壯麗，更兼朝暉夕陰，變幻無常。在這裏，白日之爽在於遠眺浩瀚的太平洋萬頃碧波，晚間之樂在於近賞蘭陽平原如潮的燈海。天氣晴朗，則碧空湛藍，那清澄的深藍似能滌盡靈魂的所有浮塵，冉冉的白雲潔淨如棉，親近得似乎舉手可觸；或多「蘭雨」，則人在霧中，數步莫辨，不知身處何地不知今夕何夕；剛剛是陽光明媚暖風漾漾宛如退日小陽春，轉瞬間卻是淅淅瀝瀝纏纏綿綿的冬日雨如訴如歌，眞個是氣象萬千，如有神馭。在這樣的環境中刪修著作，辛苦恣睢如我等，人生能得幾回？因不可不記。斯爲序。

朱壽桐

二〇〇三年十二月四日記於佛光大學

目錄

目錄

目錄

緒論

文學與人生：嚴肅而輕鬆的話題

「文學與人生」包含著相當寬泛也相當複雜的內容。這一題目要求我們必須在一個完全敞開的框架內言說文學、言說人生，而且更重要的是言說文學與人生的關係，不應是一邊說說文學，一邊再說說人生，將這兩個渾然一體的現象抽象為互不黏合的兩張皮。

本著這樣的思路，我們的言說將始終聯繫古今中外較為廣泛的文學現象、文人軼事與文學作品，從文學心理學、文學社會學和美學的多種角度，闡解文學與人生的複雜關係。所言說的觀點凝結著本人多年的文學思考與體驗，力求帶有一定的理論前沿性和相當的個性色彩，當然，也難免存留一些片面與偏激。這後一種留存可以理解為是一種留待與青年讀者互相交流、互相切磋、互相砥礪的源頭。

所有的人類活動以及人類活動的所有內容都與總體意義上的人生有著密切關係。這就是說，凡屬於人類活動的所有概念、所有範疇都可能並且應該在其與人生的關係上構成一個話題。文學（包括文學創作、文學批評、文學欣賞以及文學運作）是一種特殊的人類活動，其與人生構成的話題也應有其特殊性。從話題的風格來說，既輕鬆又沈重至少可以算是這一話題的一個特性。

一、一個輕鬆的話題

在當人們設定一個「××與人生」的論題模型以後，「××」部分填上任何概念、任何範

疇，甚至任何詞語，例如「政治」、「經濟」、「科學」、「哲學」、「歷史」、「社會」、「家庭」、「性別」、「言論」之類，都顯得非常嚴肅而沈重，唯獨塡上了「文學」、「藝術」之類，相對來說會顯得輕鬆一些。

文學與人生的話題之所以會比其他關涉到人生的話題輕鬆一些，是因爲文學與人生的關係原本就比較鬆散，說得更通俗一點：在廣泛意義上，人們並不是離開了文學藝術就沒有飯吃或者就吃不成飯。如果你是一個文藝家，是一個靠文學藝術吃飯的人，或許離開了文學藝術就沒有飯吃，但對於更廣大的人群而言，對於人類總體而言，有文學藝術固然很好，它美化我們的人生，使得我們的人生變得更精緻更優美，可如果眞的沒有了那些東西，人們照樣可以活著，而且也可以活得很好。

與人生關係最爲直接的是社會生產，包括一切生產力因素和相應的生產關係。最直接的生產活動以及與此密切相關的經濟、科學、技術等等，還有與生產力的培養與促進有直接關係的教育，都是社會生產所離不開的，也是總體意義上的人生所離不開的。與社會生產力構成緊密關係的是所謂上層建築以及社會意識形態，這些都與人生有著至爲密切的關係。

文學藝術在相當一段時間內被當作社會意識形態。這樣的對待使得文學在一定的社會結構中獲得了相當崇高的地位。回顧一下作家曾經在廣大民衆心目中擁有的巨大公信力，就能明白文學被當作社會意識形態的意義。這樣的權力和地位，在任何一個從未將文學當作社會意識形態的國度裏，是不可想像的。在這樣一種至今仍然留有深刻痕跡的社會結構中，意識形態得到了官方和輿論的高度重視，文學被同時賦予了相當了不起的價值、意義和使命，於是乎也成了與社會人生關係至爲密切的東西。

台灣小說家鍾肇政像許多文學家一樣，看不慣文學的意識形態化，不過也和許多文學家一樣，對這種意識形態化的趨向無可奈何：

> 文學有這樣意識形態的問題嗎？有的。這是我們台灣文學非常特別的地方。歐美、日本的文學並沒有意識形態的問題，我個人還認為在文學作品或其他的藝術，意識形態並不是需要的東西，假使有，也是泡沫，終究是要破滅、消失的。唯獨台灣的文學在這方面非常特殊，統獨的問題到現在還沒有完全探討清楚，這是因為台灣過去有五十年間被殖民的歷史，戰後雖然說是光復了，事實上也等於被殖民的狀況，跟日據時代是五十步與百步之差而已。[1]

這段話提出了一個十分弔詭的命題。一方面鍾肇政爲台灣文學染上意識形態化的色彩感到奇怪，感到特別，感到不可理解，另一方面他的論述又帶有很強的意識形態意味，包括認爲光復以後也還等於被殖民的狀況，無論這樣的判斷是否正確，至少可以說明，在一個號稱文學的意識形態化並不需要的作家的嘴裏，有時意識形態的東西還是難以避免，可見文學之於意識形態的聯繫本質上可能還相當緊密，至少是相當複雜，不是說剝離就能剝離開來的。

鍾肇政認爲意識形態的糾結是台灣文學的特殊現象，可能也不盡然。相比之下，更加重視文學意識形態的地方實在很多，祇不過人們常常處在檢討這種意識形態化的趨向之中而已。

確實，文學的意識形態化理論已經或正在受到文學批評界的懷疑、反思乃至譴責，儘管有的理論家仍將文學定位在「審美意識形態」[2]的意義上，這樣的「意識形態」與以前理解的意識形態，已經有了功能和性質的偏差，社會價値感自然無法與同政治密切聯姻的社會意識形態相比，更不用說對主體提出「使命」的要求了。

將文學定位爲社會意識形態，從理論上說是社會對文學的重視，使得文學在社會人生中擔任了異常重要的角色。不過從客觀效果上看，對文學的發展和自身建設並非十分有益。文學藝術是人類生活中精神創造的奇葩，它的產生、它的發展、它的繁榮，都需要一定的適宜的生態條件。它需要天才、需要靈感、需要許多偶然得之的心理觸動，當然還需要獨特的藝術手段或技術方法的創新，這一切都不是靠社會重視所能夠獲得的。一定的文學藝術猶如特定的花朵，它絢爛的綻放除了必須具有的自身條件之外，還需要它所適宜的土壤、它所適宜的氣候、它所適宜的水分，也就是我們通常所說的應有的生態。這種生態不是行政手段、人爲重視乃至理論強調所能建立起來的。文學藝術的發展與其說是一種社會管理工程，不如說是一種自然生長的過程，任何意義上的重視、提倡，乃至獎勵、懲戒等等，都不足以對之形成相當效用的影響。

從文學的發展歷史來說，它的繁榮往往都不是社會重視的結果。唐詩、宋詞、元代雜劇、明清小說的總體繁榮，很難說都是當時社會重視的結果。就文學創作的個體經驗而言，偉大作家和詩人的不朽作品也都不是社會重視或行政扶持的結果。文學的歷史有時恰好提供了反面的教訓：過分的行政扶持或過於集中的社會重視，往往不利於巨大文學成就的形成，甚至對文學發展有害。外國的所謂「桂冠詩人」，中國歷史上相當多的宮廷詩人，其在文學史上留下的痕跡常常是少之又少，淺而且淺；哪怕是非常傑出的文學家，一旦「桂冠詩人」或宮廷詩人的「黃袍加身」，往往就難以創作出與其才華相匹的作品來，曾經有過這種經歷的李白就是典型的例子。現代中國的例子也很能說明問題。一段時間內，文學被當作社會意識形態，當作社會生活中非常重要的一部分，要求幾乎每個人都能寫詩，要求村村都有文藝創作，結果自然是可想而知。

當文學作爲社會意識形態得到社會的高度重視之後，文學就必然會擔負起自己所無法負擔的時代使命和歷史責任，這種「過多負重」現象對於文學的正常發展和繁榮並不有利。在素來重視意識形態的社會體制裏，文學的宣傳教化作用一向都得到強化，結果卻往往不能因此留下傳之後世的傑作，這已經是不爭的事實。一九六七年，國民黨九屆五中全會制定了「當前文藝政策」：提倡「積極推進三民主義新文藝建設」，「促進文藝與武藝合一，軍中與社會一家，以發揮文藝的教育功能，擴大文藝的戰鬥力量，適應國防民生的需要」，「強化文藝的敵情觀念，堅持文藝的反共立場」，「匯合自由世界光明正大的文藝力量，力挽偏激、淫靡、頹廢的文藝逆流，導向三民主義新文藝的主流」[3]，如此等等。其結果，固然是造成了相當的聲勢，但以此爲指導思想創作的文學作品能夠留得下來的到底有多少？

當文學的意識形態作用被誇大以後，當文學之於社會和政治所可能負擔的責任增大以後，文學相應的厄運也就可能增多。歷史的教訓已經作了這樣的證明，政治家完全可以憑藉他的判斷認定某一部作品犯了滔天錯誤，進而追究作者甚至整個文藝界的責任。中國二十世紀中期的政治運

動，常常總是從文學批判著手，這不是偶然的，而是與那個時代社會過分重視文學的意識形態意義，過分重視文學在社會生活中的作用有關。當文學的作用在這種觀念下被誇大以後，一般來說給文學帶來好處的可能不是太大。而且，另一方面，文學創作是高度精細的精神創造活動，高層次高水準的文學創作是卓越的靈感、特異的天才，在一定的情感世界裏自由呼吸、自然發生的結果，寂寞應是文學的常態，孤獨是文學的伴侶，普遍的社會重視，熱鬧的群體關注，往往並不有利於這種高層次文學的出爐。

文學藝術本質上是人生的餘裕的體現，其與社會人生的關係應該頗爲鬆散。特別是在不尋常的年代，強調文學的社會作用，強調文學與社會人生之間關係的緊密，往往並不明智。魯迅就曾對這個問題作了形象的解剖。一九二七年四月八日他到黃埔軍校去演講，語出驚人，認爲在革命的時代，文學「是最不中用的」：「有實力的人並不開口，就殺人，被壓迫的人講幾句話，寫幾個字，就要被殺；即使幸而不被殺，但天天吶喊、叫苦、鳴不平，而有實力的人仍然壓迫、虐待、殺戮，沒有辦法對付他們，這文學於人們又有什麼益處呢？」

在這篇題爲〈革命時代的文學〉的演講中，魯迅批評當時的革命文學家：「總喜歡說文學和革命是大有關係的，例如可以用這來宣傳、鼓吹、煽動、促進革命和完成革命。」魯迅對此不能同意，認爲「好的文藝作品，向來多是不受別人命令，不顧利害，自然而然地從心中流露的東西」，言下之意，即是認定文學其實應該與社會的倡導拉開一定的距離，其之於革命的關係也不見得就那麼緊密。據此，他認爲在那個時代「大炮的聲音或者比文學的聲音要好聽得多」，他自己表示倒是願意聽聽大炮的聲音，而不是文學的聲音，因爲「一首詩嚇不走孫傳芳，一炮就把孫傳芳轟走了」。

魯迅的講演是面對黃埔軍官學校的廣大學生，面對即將肩負起中國國民革命責任的軍官們而發的，語氣中對於革命軍人含有更多的激勵，同時對於文學作用的論述也相應地帶有某種揶揄的成分。但是，魯迅所表達的意思相當準確。文學之於社會人生，並不像我們日常宣傳中，或是文學教授開始一堂文學課所講緒論中強調的那麼重要、那麼嚴肅，它應是人生沃土上自然生長的一種奇葩，而不是社會生活中必不可少、須臾不可離之的果實。

既然文學與人生的關係本應如此鬆散，文學與人生就應該屬於比較輕鬆的話題。人生的範圍很大，在社會精神生活領域中，對於人生的思考就難免出現分工：有的人重點考慮人生的沈重話題，有的人重點考慮人生的輕鬆話題。政治學家、經濟學家、倫理學家、哲學家、歷史學家等等，他們的思考自然偏重於沈重的方面，文學藝術家的思考相比之下就偏重於輕鬆的方面。祇不過，有很多文學家不願意、不甘心，甚至不懂得輕鬆地思考文學與人生的話題，有些傑出的文學家則處於特殊的歷史位勢，肩住了黑暗的閘門，無法輕鬆地進入這樣的話題，譬如魯迅。比較擅長於以輕鬆的姿態進入文學話題的現代文學家，當推周作人和林語堂。周作人留給現代文壇的話題很多，有時他也檢討自己曾經作爲一個道德家將文學推向了嚴肅[4]，但是給人們留下深刻印象的主要是草木蟲魚、聽雨品茶之類的所謂「閒適人生」的書寫。林語堂善於從「悠閒」、「藝術」的角度思考人生和看待人生，他著有一書題爲《生活的藝術》，在這本書裏，他特別強調「悠閒

的重要」：「我認爲文化本來就是空閒的產物，所以文化的藝術就是空閒的藝術。」（〈悠閒的重要〉）

並不是說我們談論文學的時候就應該像周作人、林語堂那樣閒適或者悠閒，而是說作爲文學家當以文學人定位的時候，並不妨這樣說一些閒適的或悠閒的話。但文學家也是人，是一種具有普通身分的社會人，特別是在文學家作爲社會人應該擔負起某種社會使命和責任的時候，如果他依然憑藉著文學的餘裕性而故作悠閒，那就可能被理解爲一種麻木甚至冷酷。魯迅那麼堅定地相信文學是「不中用的」，但同時他一刻也沒有放棄利用文學向專制的統治、向愚弱的國民、向種種腐敗的社會現象進行嚴肅的鬥爭。

我們所談論的「文學與人生」的話題，是在平常年景和日常狀態下展開的，它要求我們立在文學的基點上，本著人生常態和文學常態發言。這時候我們理應基本上把它當作一個輕鬆的話題。

讓我們說說文學、說說人生，在輕鬆的氣氛中說說一些與文學和人生相關的事情。

二、一個嚴肅的話題

同時，文學與人生這兩個關鍵字的組合也並不完全輕鬆，其間也包含著相當嚴肅的理論成分。這樣說既不是玩文字遊戲，也不是爲了證明法朗士的觀點：「在文學的問題上，沒有一條意見是不能被一條跟它恰恰相反的意見很容易地反對掉的。」[5] 理論的證明將符合文學與人生的歷史實際，它本質上是一個既輕鬆又不輕鬆，即輕鬆而嚴肅的話題。

讓我們再從嚴肅性上認知這一話題。

儘管我們會堅持文學是人生的餘裕的觀點，主張在比較輕鬆的心態下講論文學與人生的關係，不提倡給文學賦予太多的使命和責任，但絕不會同意那種將文學當作某種玩物的觀點和態度。曾經有一段時間，「玩文學」幾乎成爲時髦，似乎人生要瀟灑就須將文學當作把玩的對象，否則就不夠倜儻。這樣的觀點如果不屬於病態的玩世不恭，便是錯誤地理解了文學話題的輕鬆。輕鬆的話題並不都是玩的對象，一場精彩的球賽，一場美輪美奐的音樂會，一次遙遠的國際旅行，甚至是一番令人神往的愛情，作爲話題講論起來都可能很輕鬆，可我們能理解成那是一種毫無作爲的「玩」嗎？

在總體上看，文學雖然是人生活動餘裕的產物，但一經產生，其對於人生就並不是可有可無的了。人生的許多經驗都能證明，人們所作的餘裕性很強的選擇，經過一定程序的人生運作，便可能迅速成爲人們再也無法離開的人生需要，甚至在許多情形下成爲人生的必然選擇。一個小女生也許是在學習壓力不大、經濟條件不差的前提下，愛上了音樂，買上了Walkman，還有一大摞的CD盤，經過一段時間的習慣，她有可能變成了一個音樂迷，一個帶著隨身聽，吃飯也聽、走路也聽、睡覺也聽，甚至做作業也聽的音樂迷，從此她可能丟下任何別的東西，哪怕是學習，可

就是無法丟下音樂。這樣的現象即使有也當然是一個極端的例子，不過可以用來類比這樣的道理：文學作爲人生餘裕產物，經過人類相當一段時間的「習慣」之後，會成爲我們人生中的一個有機組成部分，一個我們無法丟棄且也不可能丟棄的對象。

人類發展的總體趨勢是在不斷地走向文明，人類走向文明的基本標誌之一，是將人生的物質需要逐步降低，而將精神需求的地位逐步抬高。文學作爲人類精神創造活動的一個重要精品，是人類文化活動的精華，是人類思維的神奇結晶。一經產生並且進入到人類精神享受活動的較高層次，就成爲人生活動的一個必然成分，成爲人類文明的一個當然因素。於是，文學與人生的關係雖然比較鬆散，卻又並非可以隨便脫鉤，文學與人生的話題雖然比較輕鬆，卻又並不是可講可不講、可以這樣講也可以那樣講的玩意兒。

中外文學史上的理論家和作家們對於文學的社會地位和人生功用問題，有過曠日持久的探討，其中不乏針鋒相對的爭辯和異常激烈的交鋒。有的認爲文學對於社會人生具有莫大的功用，有的則認爲基本上沒什麼用處。不過倘若我們可以避開那些爭辯與交鋒，根據人類文明史的基本事實以及個人精神生活的個體體驗，得出這樣的結論，則無論爭辯或交鋒的哪一方面，可能都不會有太多的意見：沒有文學的人生雖然依舊還是一種人生，但可能是十分枯燥、十分粗糙的人生。沒有文學的人生不是高品質的人生。文學是人生品質的體現。

啓蒙文學家、改良主義者和革命文學家總願意從「新民」或宣傳革命、鼓動革命的功利立場理解文學、定位文學。十九世紀末到二十世紀初，梁啓超、嚴復等就是這樣看待文學的。他們認爲歐洲、美國和日本的「開化」，「往往得小說之助」很多[6]，因此，「欲新一國之民，不可不先新一國之小說。故欲新道德，必新小說；欲新宗教，必新小說；欲新政治，必新小說；欲新風俗，必新小說；欲新學藝，必新小說；乃至欲新人心，欲新人格，必新小說。」爲什麼改良這麼多東西都必須依靠小說和文學的改良呢？梁啓超是這樣總結的：「小說有不可思議之力支配人道」[7]。

一九二〇年代末的革命文學運動也是如此，當時革命文學社團創造社曾受日本左翼文藝運動的影響，推出著名的「組織生活」論，將文學的社會功能和政治作用誇大到無以復加的地步。也有一些唯美主義者對此持完全相反的觀念，同樣是創造社作家的郁達夫就曾經坦言，文學藝術是沒有什麼用處的，如果從對人生有用的角度來考慮，那麼想到的就不應該是文學，而是稻粱之類。不過，即使是徹底的唯美主義者也並不否認文學藝術對於提升人生的應有作用。唯美主義文學大師王爾德就曾提出，文學藝術固然不能「爲」人生社會服務，不能以人生社會的功利性爲目的，但藝術可以爲人生提供可資摹仿的範本：「生活對於藝術的摹仿遠遠多過藝術對於生活的摹仿。」[8]既然藝術可以供生活來摹仿，其對於人生的提升意義自在不言而喻。於是，文學藝術是提升人生品質不可或缺的元素。

偏激的革命文學家和偏執的唯美主義者在文學藝術的人生功用問題上，即使都各執一詞，我們也可以將他們統一到對於文學與人生的基本認識上來：文學對於人生是有相當意義的，這種意義決定了我們不可能以不夠嚴肅的態度和語式談論這樣一個話題。

文學能夠以一種高貴、典雅的質地服務於人生，服務於社會、人類最崇高、最神聖的利益。在俄國偉大的民主主義者別林斯基看來，文學藝術對於人生的意義，雖然不至於像各個國家各個時代的許多革命文學家所強調的那樣重大而關鍵，雖然在相當的情形下，「藝術利益本身，不得不讓位於對人類更重要的別的利益」，藝術祇能「高貴地爲這些利益服務，做它們的喉舌」，「可是，它毫不因此而終止其爲藝術，卻祇是獲得了新的特質」9。這種獲得了新質的藝術和文學對於人類的意義，就變得不是可有可無的了：「社會的最崇高、最神聖的利益，就是那同等遍及於其各成員的社會本身的福祉。引向這福祉的道路便是自覺，而藝術能促進自覺，並不下於科學。」10

藝術作品本質上是人類思維開發的結晶，是人類精神創造的成果，它的基本特性、基本功能和基本價值都與人的思維活動密切相連。文學是藝術的一種，是以語言爲載體的藝術。同時，由於文學載體——語言文字自身的符號性，與其他所有藝術的物質性載體——如雕塑的青銅、石膏、木頭，繪畫的顏料、有相當的質地要求的紙張，音樂的動感極強的旋律等等，構成了鮮明的對比，文學在藝術中，是與人的思維聯繫最爲直接、其代表的藝術品性也最爲典型的一個種類。「語言符號擁有比任何物質材料或視聽覺信號更爲健全、更爲強盛的情緒表現力」，由此「可見文學之於其他藝術所處的優勢」11。因此，當我們像別林斯基那樣談論藝術與人生的關係時，有充分的理由把文學當作其中最典型的藝術，甚至是最本質化的藝術來對待。

文學是人類的精神創造物，當它作爲藝術作品出世以後，在一定意義上就獲得了人類文化形態和文明資源的意義。人類文化和文明是總體人生觀念和價值中非常嚴肅的課題，自然文學也就成了人生中一個嚴肅的話題。何況，文學中有閒情逸致、有風花雪月，可也有激動人心的人生飛揚，有慷慨悲烈的生命豪壯。許多偉大的仁人志士不僅在其人生的開始階段，透過文學接受了英雄主義、民族主義的精神滋養，而且也以自己的智慧、以自己的高尚，甚至以自己的鮮血和生命，重鑄了新的文學形象，重譜了新的文學樂章。以中國的近現代歷史爲例，許多英雄都曾從古典文學和古典戲曲中接觸到岳飛、文天祥的故事，領略他們的品德和精神，以此陶冶自己的靈魂，磨礪自己的鬥志。蘇聯文學中卓婭和舒拉的故事，小說《鋼鐵是怎樣煉成的》以及高爾基的一系列作品，以神采飛揚的英雄主義氣概影響了幾代中國青年，其中的人物常常成爲他們的人生偶像。諸如《青春之歌》、《紅岩》乃至文化大革命時期的革命樣板戲等，都曾以文學的力量敲擊過不止一代中國人的心扉，讓他們感動，讓他們耳熟能詳。其他如林紓的翻譯小說，對魯迅那時代的讀書人走上了文學啓蒙的道路產生了決定性的影響，魯迅等五四新文學家的創作又影響了一九二〇年代以後走上文壇、走上社會的一代新人，這情景從巴金的《家》中可以清晰地看到。《家》的原題是《激流》，那就是指五四發動的時代激流；小說中的人物覺慧，就是一個在《新青年》等新文化刊物影響下迅速覺醒的青年，他們秘密辦報的作爲，也是對新文化運動的回應和效仿。

對於上述文學作品所產生影響的社會歷史評價和價值評價，可以是多方面多角度的，也就是說，這些作品對人的精神、性格的影響到底是否都是體現在積極方面，可能還有討論的餘地，但

是，歷史無可避諱，這些作品在相應的時代對於一代人的人格鑄成所起的作用，確是不容低估的。

既然文學影響人的精神，參與人的靈魂的構築，作用於人的人格的養成，我們怎麼可能以一種完全輕鬆的態度去談論它？這確實是一個嚴肅的話題，需要我們以嚴肅的態度去思考、去對待。

三、關於話題的展開

「文學與人生」是一個嚴肅而輕鬆的話題，它與日常人生的聯繫相當廣泛，因而許多人都願意探討的題目。許多文學巨匠對這一話題都有相當濃厚的興趣，並且也積累了相當豐厚的思想成果和學術成果。又因為這一話題包含的內容相當龐雜，包含的層次相當豐富，有關它的展開也就可以有多種方式。我對這一話題的展開立足於學理層面，試圖透過對某些文學理論、人生觀念乃至某些社會心理的探討，解析文學與人生的關係，辨清文學的現象與人生的現象之間種種的差異與聯繫，從而在這種較為廣泛和複雜的關係與聯繫中，得出較為新穎同時也比較符合文學實際與人生實際的理論觀念。

「文學與人生」話題所寓含的內容的廣泛性是可以想像的：文學所涉及的一切都是人生的形

態，人生所凸顯的一切也幾乎都是文學的對象。於是，幾乎一切與社會人生相關的各種現象，都可以在這一話題中得到反映。至少偉大的文學家康拉德就是這樣理解的。這位英國小說家在一九二〇年編過一部叫作《文學與人生札記》的文集，第一部分固然講的是文學，論述了亨利．詹姆斯、莫泊桑、都德、法朗士、屠格涅夫等人的文學創作和文學業績，第二部分標題爲「人生」，所講述的雖然據他自己說就是「眞摯的感情」，其實涉及到文學的東西極少，與第一部分的「文學」不構成起碼的有機聯繫，更多的意義上祇是社會政治批判和文化批評的文章，有些甚至是社會時評，包括對鐵達尼號事件的關注。這些文章固然留駐著康拉德可羨的智慧、敏感和才情，但如果讀者指望它像它的題目所暗示的那樣，在文學與人生的關係上有什麼理論貢獻，一定會失望而返。如果人們關心這一話題，一定會對類似的文章題目或書名較爲敏感，而透過康拉德這本書的例子可以說明，人們即使沒有展開這一話題的意思，也無妨使用類似的題目和書名。可見這一話題包含的內容何其廣泛。

一般來說，中國人處理這樣的題目比較審慎。如果以這樣的題目加給自己的文章或書，總是會從這兩者的關係進入話題。中國新文學開創之初，新潮社和文學研究會的作家都打出了文學爲人生的旗號，但很少直接切入「文學與人生」這一專題進行理論探討。較早作這項工作的倒是現代詩人徐志摩，他在那時候發表過一篇英文文章，題目是〈藝術與人生〉，刊載於《創造季刊》第二卷第一號。這篇文章確實是從文學與人生的關係角度切入，理論顯得比較淺泛，主要強調文學與人生的緊密聯繫。不過難得的是，他在文章中表達了對於現實的人生和文學情形的反思和批

判，認爲「我們現在沒有藝術，是因爲我們沒有像樣的人生」，「人生的貧乏必然導致藝術的貧乏」。徐志摩覺得豐富的像樣的人生應該充滿著愛。這樣的觀念對於解答人生問題也許顯得有些幼稚，但對於文學來說卻顯得非常中肯。

作爲傑出的美學家和文藝心理學家，朱光潛撰寫過《文學與人生》，其話題展開的角度也在於文學與人生的關係。可以想像他的觀念會比許多作家和詩人的感受深刻得多，也準確得多。有些說法既通俗易懂又十分精闢，但有時也存在著些偏頗。關鍵是他的話題展開方式過於偏重於文學方面，談文學與人生的關係也著重於文學層面，對人生的分析相對薄弱，既是對人生有所涉及，也基本上是從文學和美學出發去談論。他認爲文學與其他藝術一樣，「作者對於人生世相都必有一種獨到的新鮮的觀感，而這種觀感都必有一種獨到的新鮮的表現；這觀感與表現即內容與形式，必須打成一片，融合無間，成爲一種有生命的和諧的整體，能使觀者由玩索而生欣喜。達到這種境界，作品才算是『美』。」看得出來，他的立足點就是文學，就是處在創作過程中的文學，他在這裏與其說是談論文學與人生的關係，毋寧說是在講述文學的創作方法論。

由於這位東方美學大師的立足點在於文學，他在論述文學與人生的關係時，就更多地顯示出文學家的拘謹，甚至是文學家的想當然爾。他認爲既然文學是以語言爲工具，而由於文學的工具語言人人能通，「文學是一種與人生最密切相關的藝術。」這樣的推論在邏輯上應該沒有什麼大毛病，但作爲一種理論判斷就顯得有些匆忙。文學與讀書人的人生可能關係最爲密切，與那些不讀書的人關係是否就最爲密切呢？不讀書的人可能透過音樂、透過戲劇形式接觸藝術的機會更多，也更普遍，他們的人生恐怕就不能說與文學最爲密切。重要的是，在人類社會歷史過程中，讀書人長期以來都是少數人，少數人的生活終究不能取代甚至代表一般的人生。

朱光潛爲了證明文學與人生的關係最爲密切，從文學起源和人類文明的源頭上尋找依據，說是：「遠在文字未產生以前，人類就有語言，有了語言就有文學，文學是最原始也是最普遍的一種藝術。在原始民族中，人人都喜歡唱歌，都喜歡講故事，都喜歡戲擬人物的動作和姿態。這就是詩歌小說和戲劇的起源。」這還是典型的文學本位觀念的體現，而遠不是一種符合歷史情形的判斷。也許在語言還沒有成形的時候，也就是說在文學還沒有機會產生的時候，屬於原始巫術的舞蹈可能就已經產生了，文學是不是最原始最普遍的藝術確實很難說。何況，作爲文學形態的小說、戲劇是中古以後至近古時代才發展起來的，將它們直接與原始民族的生活聯繫起來，依據很難充分。

偏向於從文學的角度講論文學與人生關係的著作，在同題作品中應不占少數。李辰東的《文學與生活》[12] 也是這樣的書。該書作爲教材還出版了第一至三輯，目的似乎是在彌補「我國自新文學運動以來，祇重西洋文學的吸收，新文學的創造，似未注意作家人格的培養」這一缺陷。該書內容相當通俗，切入的子題目也比較容易引人入勝，如「理想、生活與文學」、「江郎爲什麼才盡」、「什麼叫美感」之類，有些材料運用得也很機巧而充分，如在講美感的時候，運用古代詩話的相關材料，將王安石「春風又綠江南岸」的推敲過程，特別是「綠」先後曾考慮用「到」、「過」、「入」、「滿」等等加以置換，也介紹過福樓拜的一字理論（one word theory）。賈

島、韓愈的「推」「敲」故事，等等，這些材料確實適合於文學與人生的話題。

作爲通俗性講話或教材，這本書內容相當廣泛，尤其是第二輯，涉及到什麼叫文學，意識與靈感，意識與想像，意識與美感，文學與道德，文學與宗教，文學與經濟、政治、歷史等等，可以說將文學與人生的方方面面都細密地掃視一過。但編排得過於瑣碎，各個子題目之間缺少必要的邏輯聯繫，文學史實和文學家異聞軼事的舉例也顯得比較隨便，理論含量較淺，這些缺陷決定了它還是沒有能很好地完成這一話題的討論。

講論這一話題形成比較大影響的當推吳宓的《文學與人生》。吳宓此書是他在一九三〇年代爲清華學校開設的選修課講義，一九九三年他的學生根據其講稿翻譯整理出版。吳宓的這門課內容比較充實，按每週兩小時計，準備了一整年的授課筆記。吳宓在講論文學與人生課題時，務求理論的深入，追求內容的學理化，並且不是偏重於文學一端探討文學與人生的關係，因此很見深度和力度。隨之也帶來一個問題，即他熱中於從白璧德人文主義立場闡述文學與人生的關係，對於白璧德主義的興趣往往溢出了文學與人生的話題，使得講述的內容常常顯得十分游離。據他在本書的課程說明中介紹：「本學程研究人生與文學之精義，及二者間之關係。以詩與哲理二方面爲主。然亦討論政治、道德、藝術、宗教中之重要問題。」事實上他所「兼及」討論的東西，每每在喧賓奪主地沖淡了文學與人生的主題。

總之，文學與人生是一個十分引人入勝的話題，人們探討的興趣從來沒有減弱過。一九三〇年代柳無忌等曾在天津創辦過《人生與文學》月刊，至今大陸仍在出版一本雜誌題爲《文學與人生》。台灣的許多大學，如國立台灣科技大學、逢甲大學、靜宜大學、國立新竹師範學院、國立台北師範學院、中國科技學院等等，都將「文學與人生」列爲通識課程，這是相當有見地的課程設置。彭鏡禧教授還策劃主持過「洪敏隆先生人文紀念講座」的「文學與人生」專題，作爲這一專題的成果，出版過《文學與人生》一書，由方瑜、陳幸蕙、張大春、彭鏡禧分別從詩歌、散文、小說、戲劇與人生的關係發表主題演講稿，由財團法人洪建全教育文化基金會於二〇〇〇年五月出版，雖然不能算專著，更不能稱教材，但已是台灣在這一課題上進行通識教育的很好紀念。

「文學與人生」這一話題寓含的理論相當深刻，反映的內容非常廣泛。許多文學家和理論家都曾對這一話題用過功夫，從而有了相當的積累，但仍然留有許多供我們探討和講論的空間，包括理論的空間和材料的空間。我們可以吸取前人的經驗，開發和運用他們的研究成果，較爲系統、較爲深入，同時又較爲切近地談論文學與人生的話題。

注釋

1. 鍾肇政，《台灣文學十講》，前衛出版社二〇〇〇年版，第一五頁。
2. 錢中文在所著《文學原理——發展論》中提出文學是一種審美的意識形態：「文學作爲審美的意識形態，以感情爲中心，但它是感情和思想認識的結合；它是一種虛構，但又具有特殊形態的眞實性；它是有目的的，但又具有不以實利爲目的的無目的性；它具有階級性，但又是一種具有廣泛的社會性及全人類性的審美意識的形態。」見該書（社會科學文獻出版社一九八九年版）第一一〇頁。
3. 參見尹雪曼等著，《中華民國文藝史》，第一〇七頁。
4. 周作人在《自己的園地》自序之二中說：「我原來乃是道德家，雖然我竭力想擺脫一切的家數，如什麼文學家批評家，更不必說道學家。我平素最討厭的是道學家（或照新式稱爲法利賽人），豈知這正因爲自己是一個道德家的緣故；我想破壞他們的僞道德不道德的道德，其實卻同時非意識地想建設起自己所信的新的道德來。我看自己一篇篇的文章，裏邊都含著道德的色彩與光芒，雖然外面是說著流氓似的土匪似的話。我很反對爲道德的文學，但自己總作不出一篇爲文章的文章，結果祇編集了幾卷說教集，這是何等滑稽的矛盾。」
5. 《西方文論選》（下），上海譯文出版社一九七九年版，第二七一頁。

6. 嚴復、夏曾佑，〈本館附印說部緣起〉，光緒二十三年十月十六日，天津《國聞報》。

7. 梁啓超，〈論小說與群治之關係〉，《新小說》，第一卷第一期。

8. 王爾德，〈謊言的衰朽〉，見伍蠡甫主編《西方文論選》（下），上海譯文出版社一九七九年版，第一一七頁。

9. 〈一八四七年俄國文學一瞥〉，見伍蠡甫主編《西方文論選》（下），上海譯文出版社一九七九年版，第三八九頁。

10. 同上，第三九〇頁。

11. 參見拙著《酒神的靈光——文學情緒論》，延邊大學出版社一九九一年版，第二八頁。

12. 台灣水牛出版社一九七一年版。

第一講

文學與人生關係的原生態

文學與人生的關係其實並不複雜。文學是人生的反映，人生是文學的根柢，人生造就了文學，文學服務於人生。文學與人生的這樣一種關係本來十分明朗，特別是在文學的起源階段；但是經過人生的複雜性變異，文學的複雜性演化，文學與人生的關係也發生了種種深刻的變化，其複雜性逐步呈現出來，成了許多文學家苦思冥想的對象，成了許多美學家津津樂道的話題。

人生的長河已經歷盡彎曲，文學的積累何止於汗牛充棟，文學與人生的關係問題於是成為積之既久的糾結；人生的路依然漫長，文學仍將隨之再經滄桑，文學與人生的關係問題將容不得再多的含糊。

一、原生態文學的追尋

原生態的人生情狀已經在古生物學家和古人類學家的共同描摹下得到了呈現，原生態的文學雖然也曾被文學家和歷史學家描述過，但終究難得徵信。因為文學作為精神創造的作品，要得流傳下來，無非是兩種途徑：一是通過代代相傳的口述和風俗化呈現，例如民歌民謠、民間故事、神話傳說以及傳統巫術、民俗儀式等等。這種途徑必然使文學在不斷的流動、更新中大量地淘洗原創的質素，呈現出的總是經過一定的時代和地域處理過的形態。另一途徑自然是文字的記載。而文字是人類文明達到一定程度以後的產物，很難與人類最早可能的文學創作同步，因而最早的

文學記載也都是對於若干時代以前的文學的追憶。

這就是說，我們談論文學的原生態都祇能在假定性和虛擬性意義上展開。遠古時代當然是沒有「文學」一說。而且越是往古，現今所謂的文學與其他文類相混雜的情形越是複雜。但即使從現有的一些將信將疑的文字記載中，也能隱約尋繹出遠古人類文學的大致狀態。

在中國，傳說中最古老的文字集成的典籍有所謂「三墳、五典、八索、九丘」，文學史家鄭振鐸在《插圖本中國文學史》中認爲，這些「當然是『虛無縹緲』的東西」；現在可以找到的最古老的上古經典是《尚書》，傳說爲孔子所編，其中的篇什有很多都是僞作。收錄了初民時代的征伐誓辭、文誥書札、往古紀事等內容，自含有相當多的文學成分。如〈甘誓〉篇，是夏啓在甘之野對有扈氏作戰前的誓詞，宣布有扈氏「威侮五行，怠棄三正」，聲言現在已經到了「天用剿絕其命」的時候，他們對於有扈氏的武裝行動乃是「今予惟恭行天之罰」。這是被古籍研究專家認爲是比較靠得住的一篇文字，後人僞作的痕跡也還是相當明顯；不過從其聲腔和意旨來看，可以理解爲駱賓王討武則天檄文（〈代李敬業傳檄天下文〉）的前驅。相傳爲夏禹時伯益所作的《山海經》，文學意味更濃厚，是中國最古老神話記錄的集成，其中所記如夸父逐日的故事，西王母的神話，還有陶淵明、魯迅十分欣賞的「刑天舞干戚」的傳奇，謂「刑天與帝至此爭神。帝斷其首，葬之常羊之山。乃以乳爲目，以臍爲口，操干戚以舞」。這些不僅凝聚著中華民族最古老的神話和想像，體現著遠古和上古時代中國人祖先文學思維的結晶，而且也構成了後世文學的基本資源。

這些為後人所傳的遠古文學，其與遠古人類的人生關係，仍如我們今天所看到和體驗到的相類似。文學是人生鬥爭的工具，是人類精神想像的寫照，是人生非常態體驗的精彩描繪。文學訴諸人們的情感，能夠調動和調節人們的情緒，於是從古代到現代，人類的種種人生爭鬥都會產生出各種各樣的文學副產品，這些文學副產品或用於提高本陣士氣，統一己方意志，或用於渙散敵方陣勢，瓦解對方鬥志，體現著典型的爲人生的價值功能。歷史上著名的「四面楚歌」事件，還有庾信的〈哀江南賦〉等傳說，都是在後一方面發揮文學作品人生鬥爭作用的例證。

人常被視爲宇宙的精魂，萬物的靈長，其與一般動物的最大區別，便是在人生中充滿著精神的成分、情感的活動和想像的內容。人類不滿足於形而下的人生體驗，總是企求著突破這種人生體驗的有限性，而試圖通過精神的、理念的和情感的想像作彌補和充實。於是，對於天空的想像，對於地府的想像，對於山中仙窟和水澤龍宮的想像，成了人生體驗的一種自然延伸，成了人生體驗的一種想像性補充，成了人生體驗中最富於美感的對象。這便是人類童年時代的神話，被馬克思稱爲「不可企及的典範」的最初文學。中國古老的神話應該非常豐富，《山海經》等典籍收集的諸如夸父逐日、刑天舞干戚之類，僅僅是其中有限的例證，不過從這有限的例證中我們依舊能體悟到，文學作爲人生體驗的一種想像性補充，作爲人生體驗有限性的一種審美延伸，是人類精神生活的重要內容。

文學不僅直接反映著人類遠古時代的精神生活，而且體現著遠古人類的精神祈望。夸父逐

日、精衛填海之類的神話表達的，是人類對於自身克服強大的大自然並試圖與之取得一種平衡的精神祈望，刑天舞干戚、共工怒觸不周山等神話表達的，則是人類對於自身生命力的強大與堅韌的精神祈望。這樣的精神祈望對於鼓舞人類的生活意志，提高人類生存的自信心，引領人類精神的奮發向上，有著不可估量的作用。由於體現著這樣的人生功能，遠古時代的文學雛形總是從精彩、宏偉、博大、崇高、壯美的角度反映人生和人生的想像，這既是神話的特徵，也是文學與人生最初關係的特色。

這就是說，在人生和文學的原生態意義上，文學與人生的關係異常緊密，可以說文學實際上就是人生的一種形式，是早期人類對於人生經精神、情感處理的必然結果。越是早期的文學傳說越能說明文學與人生關係的至爲密切。古人所記載的最古老的歌詩，傳說是塗山之女等待大禹時登高望遠所吟唱的：「候人兮猗！」《呂氏春秋》載：「禹未之遇，而巡省南土。塗山之女乃令其妾候禹於塗山之陽。女乃作歌。歌曰：『候人兮猗！』實始作爲南音。」[1]據《吳越春秋》，這塗山之女名喚「女嬌」：「禹年三十未娶，行塗山，恐時暮失嗣，辭云：『吾之娶也，必有應也。』乃有白狐九尾造於禹，禹曰：『白者，吾之服也；九尾者，王之證也。』於是塗山之人歌之。禹因娶塗山，謂之女嬌。」照這樣推測，〈塗山女歌〉乃是女嬌作於與大禹婚後長別的一段時日。

沈德潛以及許多古史研究者一般都認爲這首〈塗山女歌〉不可靠，沈氏主張「帝堯之世」出現的〈擊壤歌〉爲古詩之始。該歌吟曰：

日出而作，
日入而息。
鑿井而飲，
耕田而食。
帝王於我何有哉。

這種四言變體的詩歌，已大致有《詩經》的格調與格局，顯然不可能產生於沈德潛所說的「近於荒渺」[2]的帝堯之時，鄭振鐸判定其爲「不必辯解的僞作」[3]，顯然很有道理。倒是上述〈塗山女歌〉「候人兮猗」的歌歎，衹有兩個實字，短促而簡約，情濃而意深，感喟而唏噓，很有古風，作僞的可能相比之下要小得多。

人類在遠古時代，雖有人生感歎，情感表現，奈何語言簡單，傳達精約，訴諸歌詩，則往往每句字數由少漸多，概成規律。《詩經》以四字句詩爲主，一般認爲多是周平王時代以後的作品。在此之前，詩句若在四字以上，往往存疑。沈德潛在《古詩源》中同樣列爲僞作的〈白帝子歌〉（見王子年《拾遺記》，又謂《詩紀》首錄之），便是這樣的僞作，這首被傳爲帝堯之時的詩歌竟有「天清地曠浩茫茫」、「清歌流暢樂難極」之類的七字句，誠如鄭振鐸所批判的那樣：「將這樣近代性的七言歌，放在離今四千五百年前的時代，自然是太淺陋的作僞了。」同樣的道理，吟唱出「登彼箕山兮瞻天下」這樣比較複雜句式的〈箕山歌〉，也不可能是炎夏時代的作品

[4]。

依此推測，傳說中的塗山之女祈望大禹的「候人兮猗」，倒可能是比上述〈擊壤歌〉早得多的歌唱。《詩苑》一書認定爲黃帝所作的〈彈歌〉，雖然未必那麼古遠，但從兩字一句的格局看，可以理解爲我國祖先最早的詩存之一。這首在《吳越春秋》的〈勾踐陰謀外傳〉中有記的詩是：「斷竹，續竹，飛土，逐宍」。又有傳爲虞帝與皋陶諸臣唱和之歌：「股肱喜哉，元首起哉，百工熙哉。」鄭振鐸認爲「比較的可靠」，但他沒有論證[5]，其實從詩句實字字數判斷，這首詩可能產生於兩言詩之後，四言體之前，顯然是一首相當古老的詩篇。既然鄭振鐸認爲上述虞帝與皋陶諸臣唱和之歌比較可靠，則就沒有太多的理由認定《尚書大傳》所載〈卿雲歌〉「不可信」。該歌傳爲舜將禪位於禹，與群臣一起唱起了當時稱爲「卿雲」的歌，「卿雲」即爲「慶雲」，瑞祥的雲彩。此歌唱道：

卿雲爛兮。
糺縵縵兮。
日月光華。
旦復旦兮。

此歌何等精蓄、優美而豪壯，難怪民國初年章太炎先生和民國先賢對之如此激賞，於一九二〇年，章太炎建議採用此歌爲國歌歌詞，次年經蕭友梅譜曲，於更次年正式公布爲國歌。直到國民革命軍北伐完成之後才被廢止。

詩中的「糺」字形容絲帶纏繞，通「糾」。不少古書依照字形改作「禮」字，更作「禮漫漫兮」，顯係杜撰。作爲古詩，特別是「歌」，總是以具體的形象吟誦爲主，不可能在「卿雲爛兮」這樣具體的環境烘染中，立即夾上「禮漫漫」之類的抽象化的形容。越是早期的文學，在創作上越是會遵循形象化的原則，「糺」是形象的描繪，而「禮」是抽象的概念，以「禮」入歌，此時不大可能。

此詩基本上是三言體，從其質樸的造境和複沓的語勢看，應與前引三言體歌時代相當。有的古書傳述此〈卿雲歌〉爲：「卿雲爛兮。糺縵縵兮。明明天上。爛然星陳。日月光華。旦復旦兮。日月有常。星辰有行。四時從經。萬姓允誠。遷於賢聖。莫不咸聽。鼚乎鼓之。軒乎舞之。日月光華。弘於一人。於予論樂。配天之靈。精華已竭。褰裳去之。」從其以四字句爲基本體格來判斷，也可以知道是後人改造的僞作。

當然，詩句字數的多少並不是判斷詩歌產生年代久遠程度的唯一依據。但面對荒渺的遠古，面對湮沒無可考的遠古人生，面對用語言作傳載的文學，後人的推斷除了根據詩歌的語體習慣而外，再尋找可靠的途徑便顯得特別困難。

二、原生態的文學與人生關係

如果我們可以將〈彈歌〉和《塗山女歌》理解爲現存中國古代文明遺存中最早的詩歌，最古老的文學標本，則從中可以窺見，原生態的文學與人生的關係原本是那麼緊密。

〈彈歌〉反映的是狩獵情景，或者說是一種狩獵的過程，或者可能是一次成功的狩獵之後的不無誇耀的慶祝性吟唱，甚至可能是長者對於幼者的教學訓練詞。無論怎樣，它是當時人生活動的實寫，至少是與人生活動密切相關的歌吟；它是古代人類人生的一個組成部分，至少是人生餘裕的一種表現。那種過程性的簡單描述，是最古老的敘事詩，是敘事文學的雛形。

〈塗山女歌〉則是抒情文學的雛形，是最古老的抒情詩。它是人生企盼和感歎的記錄，是人生情感的質直而優美的抒發，是一種發自內心深處的心靈鬱積的宣泄。與上述〈彈歌〉相比較，可以看出最早的抒情詩與最早的敘事詩之間很有趣的分別。

首先，敘事詩要求一種傳述性，用今天的話說，需要反映一定的公共空間，需要一定範圍的公共認同。〈彈歌〉無論作爲狩獵過程的描述還是作爲歡慶時候的歌吟，抑或是作爲一定範圍的教學訓練詞，都要求這樣的一種空間和認同。抒情詩則反映的是個人化的話語，對這種空間和認同的要求並不那麼明顯。〈塗山女歌〉的語氣和語序明確無誤地表明了，它是詩作主體——那個塗山之女的自我表述，她不指望有結果、不指望有聽衆、不指望被欣賞，當然也從來沒指望被我們在這裏拿來作爲話題。從這些方面來說，它可以說是沒有什麼功利作用的，但它對於主體有十分重要的意義。抒情文學可能就是這樣：它在功利意義對於一般的人也許可有可無，與一般人的人生關聯並不密切，可對於主體則是凝結了人生的全部意義，體現了人生的最高意義。

其次，正因爲這樣，敘事詩往往尋找不出明確的主語，它屬於一種公共敘事，而抒情詩則有明確的主語。〈塗山女歌〉的主語，用現代漢語表示，無非是「我」，這個「我」便是作歌的塗山之女。〈彈歌〉的主語則無法這樣認定。它代表的是一個群體，甚至是當時的整個人類。於是，從最古老的文學考察來說，敘事文學往往屬於公共敘事，抒情文學則屬於個人話語。

再次，也是非常重要的一點，敘事文學反映的常常是人生的外在活動，物質生產活動，而抒情文學反映的則是人類的內心活動，是精神層面的抒寫。

這樣的分別不是絕對的，尤其是在文學走向複雜態勢之後，這樣的分別往往趨向於模糊。但總體來說，這種從文學原生態形成的分別，畢竟是典型的敘事文學與抒情文學之間的分野，它們分別反映著敘事文學與抒情文學在相對意義上的典型狀態。

無論是最早的敘事文學還是抒情文學，都反映出原生態的文學與遠古人生之間密不可分的聯繫。〈彈歌〉代表的最早的敘事文學，是人生活動的直接寫照並且可能直接服務於人生活動，是文學最原始最質直的歷史樣態，也體現了文學與人生最直接的聯繫。〈塗山女歌〉所代表的最早的抒情文學，反映遠古時代人生活動的高級形態——精神的訴求，是超越了基本的人生活動——

如狩獵、生產之類，而進入人生餘裕的精神生活狀態的心靈表現。不離開具體的人生活動，同時又超越於具體的人生活動，而進入人生餘裕的精神生活狀態的心靈表現，應該被理解爲文學與人生最本質關係的體現。

作爲人類原始藝術組成部分的原生態文學，其在起源意義上與人生的緊密關係早已爲美學家所注意。關於文學藝術的起源，一般認爲馬克思主義所認同的勞動說（即文學藝術起源於勞動）最爲科學。馬克思在《一八四四年經濟學—哲學手稿》中認爲：人的生產勞動，是「按照美的規律來建造」的人生活動[6]，因而具有毋庸置疑的審美屬性；文學藝術的起源，顯然就意味著人類與對象審美關係的確立，體現著人類獨特的勞動成果與意義。對於這種勞動說貢獻最大的是普列漢諾夫，這位傑出的俄羅斯哲學家和文藝理論家在其名著《沒有地址的信》中，列舉了大量的原始人生材料，論證「勞動先於藝術」的觀點：「藝術發展是和生產力發展有著因果聯繫的，雖然並非總是直接的聯繫。」

其實，勞動說這種較爲深奧的原理已經爲我們所列舉的〈彈歌〉所證實。更能直接證實這種勞動說的，是《淮南子》卷十二〈道應訓〉所謂：

> 惠子為惠王為國法，已成而示諸先生，先生皆善之，奏之惠王。惠王甚說之。以示翟煎，曰：「善！」惠王曰：「善，可行乎？」翟煎曰：「不可。」惠王曰：「善而不可行，何也？」翟煎對曰：「今夫舉大木者，前呼邪許，後亦應之。此舉重勸力之歌也，豈無鄭、衛

激楚之音哉？然而不用者，不若此其宜也。治國有禮，不在文辯。」故老子曰：「法令滋彰，盜賊多有。」此之謂也。

翟煎講的是治國立法之道，後人每每引用他的「舉大木」說解釋文學藝術的起源，並且與西方的勞動說相印證，而且也得到歷代不少中國文學家的認同。至少現代作家魯迅是認同這種文學起源的「舉大木」說的。魯迅在《且介亭雜文》的〈門外文談〉中這樣敘說文學的起源：

> 人類在未有文字之前，就有了創作的，可惜沒有人記下，也沒有法子記下。我們的祖先的原始人，原是連話也不會說的，為了共同勞作，必須發表意見，才漸漸的練出複雜的聲音來。假如那時大家抬木頭，都覺得吃力了，卻想不到發表。其中有一個叫道「杭育杭育」，那麼這就是創作……倘若用什麼記號留存了下來，這就是文學；他當然就是作家，也就是文學家，是「杭育杭育」派。

相對於勞動說，有關文學藝術的起源尚有模仿說、遊戲說、心靈表現說、神示說、神話原型說以及巫術說等等。

模仿說來自於古希臘哲學家，德謨克利特首先提出藝術起源於對自然的模仿，亞里士多德同意此說，在《詩學》中認為詩歌起源於對自然和社會生活的模仿。古羅馬時代的盧克萊修、賀拉斯都持類似的觀點。中國古人也有自己的模仿說，晉代阮籍在〈樂論〉中就曾指出過，原始歌謠

有「體萬物之生」的性質，也就是說藝術是對自然的模仿。遊戲說是文藝復興時代的馬佐尼對模仿說的改造與發展，他在繼承和倡導模仿說的同時，提出了「文藝是遊戲」的觀點。康德則沿此思路把詩歌當作「想像力的自由遊戲」，後在席勒的闡述中正式形成了藝術起源的「遊戲說」。席勒認為，原始人意識到人生受到來自於物質與精神的束縛，於是希望運用餘裕的精力去表達對於自由的渴望，這便是遊戲；文學藝術便在這種遊戲中形成。雪萊將模仿說和遊戲說結合起來，指出，「在世界的青年時代裏，人們舞蹈、唱歌、摹仿自然事物，並在這些行動中，猶如在其他的行動中，遵守著某種節奏和秩序……這些通過摹仿所作的再現，各有屬於它自己的某種秩序或節奏，聽者和觀者從這中間所感覺到的快樂，比從任何其他秩序中所感覺到的更為強烈、更為純粹：近代作家們把接近這一秩序的感覺，稱為美的鑒賞。」7心靈表現說也是產生於古希臘哲學，不過到了十九世紀才為浪漫主義文藝家所明確倡導。雪萊在〈詩辯〉中總結出，詩歌是「野蠻人表達周圍事物所感發他的感情」，因而是「想像的表現」和心靈的外化。柯勒律治、布拉德雷、王爾德等都有過這類表述。義大利美學家克羅齊主張「直覺即表現」、「直覺即藝術」，奧地利心理學家佛洛伊德則用精神分析學觀點，解釋文學藝術的起源，認為藝術實質上是以性本能為核心的無意識表現。中國古代心靈表現說也很發達。《禮記．樂記》即已指出：「凡音之起，由人心生也。人心之動，物使之然也。感於物而動，故形於聲。」中國古代極為流行的「詩言志」說，其實正是中國式的心靈表現說。《尚書．舜典》提出：「詩言志，歌永言，聲依永，律和聲。」明確指出了詩歌產生於心靈的現象。「志」，就是心靈，這在《毛詩序》中有更明確的說法：「詩者，志之所之也。在心爲志，發言爲詩。情動於中而形於言。言之不足故嗟歎之，嗟歎之不足故詠歌之。」

還有一些關於文學藝術起源的學說將這個論題引向了更爲神秘的境地。例如神示說。古希臘時代柏拉圖就曾把詩歌的產生，神秘地描述爲神的靈感在詩人身上的依附。中世紀的托馬斯·阿奎那承認藝術是心靈的表現，但堅持認爲心靈是上帝的形象和創造物。文藝復興時期的義大利文學家薄伽丘認爲，詩來源於上帝的胸懷。又如巫術說。十八世紀義大利哲學家維柯，在其《新科學》等著作中，已經涉及到了原始文學與原始宗教的關係，十九世紀以後，泰勒、弗雷澤等文化人類學家通過對現存原始部族巫術的研究，展開了文學藝術起源的「巫術說」的基本框架。法國考古學家雷納克，正是在這些文化人類學的資料和觀念基礎上，明確提出了藝術起源於原始人交感巫術的論點。巫術說往往還有原始生活考古材料作依據。考古學家曾通過放射性同位素碳的測定，確認繪有巫術儀式圖像的馬格德林期洞畫，約出現於西元前一萬八千年至一萬一千年之間。此外還有神話原型說。該學說集成於加拿大文學評論家諾思羅普·弗萊（Northrop Frye）的理論，弗萊認爲文學都是具有一定原型的，批評者應將文學作品放在整個文學關係和文學傳統中去考察，甚至上溯到神話意象中去。有些研究者曾根據現在少數民族和原始部落的神話體系，推證文學起源，其結論引起了人們的關注。

中國古代也不乏這種從神巫角度解釋文學藝術起源的觀點。《周易》上經〈豫〉（卦十六）有這樣的話：「雷出地奮，豫。先王以作樂崇德，殷薦之上帝，以配祖考。」表明音樂歌詩之事

與古人敬天神的聯繫。這也就是「周禮以六律、六同、五聲、八音、六舞大合樂以致鬼神」（《魏書·志第十四·樂五》）的原始情形。

除此之外，近代以來各種文學藝術起源說出現甚多。有人將法國藝術哲學家丹納的《藝術哲學》中，提出的著名的「種族、環境和時代」三要素的論述，理解爲一種藝術起源說；達爾文提出的音樂和藝術的起源，來自於性的吸引的「性愛說」；美國考古學家馬沙克提出的，最早藝術爲原始人類記錄季節變化之符號的「符號說」，如此等等，不一而足。

每一種說法都有一定的道理，往往也都有一定的材料支撐，但每一種說法又都有明顯的局限性，包括爲人們認同較多的勞動說。面對種種學說的歧異紛繁，至少必須明確以下三個基本點：其一，所有的關於文學藝術起源說都通向對於文學與人生緊密關係的確認，它們都可以用來論證文學藝術在其早期與人生的不可分割的聯繫。其二，所有的這些學說不過都是假說。既然都是假說，它們之間可能有科學性程度上的差異，但其中任何一說都沒有否定另外一說的資格。稍一分析便知，之所以湧現出這麼多的關於文學藝術起源的假說，是因爲理論家們從不同的角度、不同的方面、不同的側重點去考察文學、藝術與原始人生的關係，他們的結論都帶有各個角度、各個方面以及各個側重點的特有內容。其三，正因如此，任何一個假說都不可能是唯一正確的文學藝術起源說。或許是所有這些來自各個角度、各個方面、各個側重點的假說綜合起來，才能夠迫近關於文學藝術起源的正解，才能夠解開原生態文學與原始人生關係之謎。

注釋

1. 見杜文瀾，《古謠諺》卷四十三，中華書局一九五八年版，第五六七頁。
2. 沈德潛，《古詩源》，中華書局一九六三年版，第一頁。
3. 鄭振鐸，《插圖本中國文學史》（上），北京出版社一九九九年版，第三六頁。
4. 鄭振鐸，《插圖本中國文學史》（上），北京出版社一九九九年版，第三五—三六頁。
5. 鄭振鐸，《插圖本中國文學史》（上），北京出版社一九九九年版，第三六頁。
6. 馬克思，《一八四四年經濟學—哲學手稿》，第五三頁。
7. 雪萊，〈詩辯〉，見伍蠡甫主編《西方文論選》（下），上海譯文出版社，一九七九，第五一頁。

第講

人生的餘裕與文學

人類文明的歷史足以說明文學與人生關係之緊密。特別是大量的文化人類學材料，幾乎都能對文學和早期藝術與原始人生的緊密關係，作出饒有興味的說明，於是這一學問對於文學研究者和文學愛好者來說，就顯得十分迷人，以致有的文學研究者眞的放下了自己的小說和詩歌，天涯海角地考察岩畫。從事這一迷人學問的學者也幾乎無一不對「文學與人生」這樣的話題倍感興趣。愛暢想的論者則給予「文學與人生」的話題以詩意的肯定和漂亮的描述，爲上海東方出版社編輯過一本《邂逅繆斯——文學與人生》作家自述文集的藝辛，在此書的編者序中描述：「文學和所有的藝術一樣，是生活中不可或缺的夢幻，是人類接近永恒的途徑，它爲有限的人生開拓了無限的可能性。」人生是短暫的，而文學卻可以永恒，「文學與人生的這種強烈反差，使作家們深深地陷入了癡迷。」的確很富於詩意，然而又好像拒絕了詩意：文學不過是人生信息的儲藏盒，可以將短暫人生的記錄永久地保存起來，然後放飛到無窮的空間，無論它是否會成爲宇宙垃圾。著名詩人楊牧也承認「人生短暫，而藝術永恒」，不過他並不強調文學，甚至也不完全同意把詩歌「作爲追逐永恒的手段」，因爲詩本身就是一種「人生的眞實」，詩可以就是目的本身[1]。

文學是人生中富於詩意的結晶，但文學與人生的關係卻未必一定那麼富於詩意。這種關係非常現實，需要更潛沈的推演和更扎實的理論加以論證。

一、人生的餘裕與文學的產生

應該對關於文學藝術起源的各種假說都有所尊重，因爲它們都是從不同角度、不同方面和不同側重點，對這一論題所作的有價值的推論；同時應該對其中的勞動說給予最大的認同，這不僅因爲勞動說是各種文學起源學說中得到最普遍承認的一種，而且，原始人類的人生活動主要就是勞動，勞動是人區別於一般動物的最基本標誌，勞動是人類最基本的人生活動。以勞動說爲基礎，綜合遊戲說、模仿說等有巨大影響的學說，並有效地相容其他各種學說，有利於從實際上發揮已有學術成果的綜合優勢，從理論上更令人信服地解決文學與人生的原始關係問題。

構成這種「綜合說」的核心命題是，文學藝術的原始雛形固然來自於人類最基本的人生活動——生產勞動，但並不像勞動說所描述的那麼直接，似乎一旦產生了勞動，便同時產生了文學藝術的雛形；在人類生產勞動達到一定的層次，勞動積累達到了一定的程度，也即人類產生了一定的人生餘裕感之後，原始的文學藝術才會以各種形態出現。

十九世紀後期，有關文學藝術起源的勞動說曾熱鬧一時。歐洲民族學家、藝術史家們爲此展開過熱烈的論爭。德國經濟史學家畢歇爾（K. Bücher）在《勞動與節奏》一書中認爲，勞動、音樂和詩歌最初是三位一體地聯繫著的，也就是說它們可能是同時產生的。這種說法受到了德國美學家德索（M. Dessoir）的質疑，他在《美學與藝術理論》中認爲，原始詩歌的出現是爲了使勞動變得更輕鬆。他的這種說法否定了那種將原始勞動詩歌是爲加強勞動效率的假說，帶有一定的片面性，不過他論述的勞動與詩歌產生的先後次序倒是相當可信。人類最初的生產勞動充滿著緊張，全憑著本能求生願望的支配，或漁獵、或搶奪，全都爲了維持自身以及族群的人生基本的溫飽需要。當這種溫飽需要時時處在威脅之中時，原始藝術文學的產生幾乎是不可能的。隨著生產力的進步，人類勞動智慧的提高，生產勞動的效率和成果不斷增加，原始人類不僅在低層次上滿足了維持人生基本的物質需求，而且獲得了克服自然困難的優越感及其心理上的滿足，這就從物質和精神兩方面產生了人生的餘裕感。由這種餘裕感自然派生出各種原始的娛樂活動和精神怡悅活動，從而構成了各種原始文學藝術的雛形。

原始人類自覺把握到了自己的生產活動，自覺到在面對自然的時候有了一種與之相處的自信與餘裕感，同時也由於生產活動有了一定程度的時間過剩和精力過剩，對於自然的模仿就成了塡補這種時間空白、發洩這種餘裕精力的基本途徑。更重要的是，用魯迅的話說「一味要好」（也即希求文明、發展）的原始人類，又從這種對於自然的模仿中，獲得了巨大的心理快感和精神享受，慢慢地他們會在緊張的人生中設法擠出相當的時間和精力，來重複乃至改進這樣的模仿活動，這又形成了原始的遊戲。特別是當原始人在生產活動中取得巨大收穫，有一種慶祝的衝動以後，他們往往還會透過再現勞動場景、模仿勞動過程的方式進行這種遊戲。前引〈彈歌〉很有可能就是這種遊戲的產物。

原始人對他們所面對的大自然既充滿著模仿的欲望，也充滿著解釋的熱忱。解釋自然是人類在與大自然相處的過程中，獲得了某種餘裕之感的必然結果——這意味著他們有足夠的餘裕，將自然當成一個審視和解讀的對象。原始人對於自然質樸而爛漫的解釋，構成了人類文明史上十分燦爛的神話文明。原始人或爲了勞動間歇的遊戲，或爲了勞動之前的祈福，對這種神話境界也經常作模仿或再現，這便是關於文學藝術起源的神示說、神話原型說以及巫術說等假說的基本依據。

其他有關文學藝術起源的假說，也都是從不同的角度對原始人類人生餘裕感的描述。如季節記錄符號說，反映了原始人類有足夠的能力和智慧注意並運用季候規律，這實際上是人類在與大自然相處的一種餘裕的表現。再如「性愛說」，雖然是對兩性相悅這樣一個自然的本能的闡釋，似乎與人生的餘裕關係不大。然而，透過歌吟乃至舞蹈等展示自身性別魅力的方式表達性愛，並由此開啓了文學藝術最初的空濛，則應在人類擁有了相當的物質餘裕之時。性愛的表達對於人類來說是一種很自然的心靈表現，這樣的心靈表現要求主體有相當餘裕的心態。許多民族學家和人類學家的研究表明，原始人表達性愛的各種裝飾也都與人類當時最基本的人生活動——生產勞動密切相關，而季節的記錄也是以生產勞動爲中心的，可見從符號說或性愛說所推證的「餘裕」，都是原始人基本人生活動的餘裕。

或許所有上述這些方面都加起來，也還是沒有充分說明文學藝術的起源問題。富於想像力的人類文化學者和藝術哲學家還可以作更多方面的推證、假想。但是，即使再來一打以上的推證和假想，也還是無法超出原始人生之餘裕的表現這樣一種綜合性的概括。

這種綜合肯定各種文學起源說的人生餘裕觀，與古今中外得到較爲普遍認同的勞動說起了某種齟齬。或許有人會用《淮南子．道應訓》中的「舉大木」故事證明：文學藝術衹產生於勞動，與人生的「餘裕」看不出有什麼關係。其實這是未舉過大木的人的妄斷。但凡有過類似於「舉大木」或幹力氣活經驗的人都能體會，在重體力勞動中確有打勞動號子唱「舉重勸力」之歌的人，但絕不是那種幹起活來十分吃力的人，而是對他們所承受的重力能夠勝任的人。勞動者爲自已能夠勝任應承擔的重力感到一種餘裕的快感，這種快感的發洩導致了嘹亮的號子和勞動的歡歌。這種號子和歡歌又能調節勞動氣氛，統一勞動節奏，感染其他人的情緒，於是得到更多的認同進而造成流行。這樣的例子依然說明，文學藝術與其說來源於勞動，不如說來源於勞動中產生的人生的餘裕感。

其實，中國古書裏記載的文學藝術起源於勞動的故事，都可以用來說明，原始的文學藝術產生於勞動中的人生的餘裕感。《呂氏春秋．古樂》中有關於上古時代「葛天氏之樂」的記錄，其中〈奮五穀〉、〈總禽獸之極〉等篇分別是歌吟農業耕作和狩獵生活的，《史記》索隱所引《三皇本紀》，《古今圖書集成》所引〈辨樂論〉，還引述了據說產生於伏羲時代的「網罟之歌」，顯然是早期漁事的歌吟。這些直接與人類早期最基本的人生活動密切相連的歌樂，與其說是上古時代人們對相關勞動本身的歌唱，還不如說是人們由這些勞動所產生快感（由物質、力量、精神、智慧等方面產生的餘裕感）的一種誇耀的表現。上古時代的人們並不是如有些後人想像的那麼無

聊或那麼浪漫，像漢代學者何休在《春秋公羊傳．宣公十五年．解詁》中，煞有介事描述的那樣，「饑者歌其食，勞者歌其事」。如果不是食有餘而事可已，不是從這種求食和工作中體嘗到了某種餘裕之感，那歌是無從作起的。

「餘裕」的文學觀應該說是魯迅在〈革命時代的文學〉這篇著名講演中提出來的。魯迅說：「自然也有人以爲文學於革命是有偉力的，但我個人總覺得懷疑，文學總是一種餘裕的產物，可以表示一民族的文化，倒是眞的。」除了在民族文化的總體上體現文學的餘裕品性而外，魯迅還從文學的欣賞和接受過程論證了文學的餘裕屬性，他對黃埔軍校的將士們如是說：

> 諸君是實際的戰爭者，是革命的戰士，我以為現在還是不要佩服文學的好。學文學對於戰爭，沒有益處，最好不過作一篇戰歌，或者寫得美的，便可於戰餘休憩時看看，倒也有趣。要講得堂皇點，則譬如種柳樹，待到柳樹長大，濃蔭蔽日，農夫耕作到正午，或者可以坐在柳樹底下吃飯，休息休息。中國現在的社會情狀，只有實地的革命戰爭，一首詩嚇不走孫傳芳，一炮就把孫傳芳轟走了。

因此，他認爲文學是革命成功以後，大家的人生有了餘裕之感以後的事情：「等到大革命成功後，社會底狀態緩和了，大家底生活有餘裕了，這時候就又產生文學。這時候底文學有二：一種文學是讚揚革命，稱頌革命——謳歌革命，因爲進步的文學家想到社會改變，社會向前走，對於舊社會的破壞和新社會的建設，都覺得有意義，一方面對於舊制度的崩壞很高興，一方面對於新的建設來謳歌。另有一種文學是弔舊社會的滅亡——挽歌——也是革命後會有的文學。」

當然，魯迅的餘裕說主要考察的是文學功能而不是文學起源，不過它同樣對於我們思考文學起源問題有啓發意義。本書所持文學藝術起源的綜合說充分借取了各家假說，並以認同面較廣的勞動說和魯迅提出的餘裕說爲基礎。與魯迅不同的是，我們更多側重於文學藝術起源意義上的人生餘裕感，並強調這種餘裕感與人生的基本活動——生產勞動之間的密切聯繫。

二、人生的餘裕與餘裕的人生

文學藝術作爲人生的餘裕的結果，其誕生以後便沿著餘裕的人生的軌道走上了發展的長途。這便是文學與人生關係所必然發生的變異，也是原始生活意義上的文學與人生關係面臨必然改變的關鍵。

人類文明的進步與社會分工密切相連，但在文學與人生這一特定的關係上，社會分工的出現導致的則不完全是進步。一方面，社會分工使得一部分人有可能比較專業地從事文學藝術活動，促進文學藝術迅速向高水準發展；另一方面，文學藝術成爲一種專業以後，從創作過程到欣賞活動都開始脫離廣大民眾最一般的人生，從而由作爲人生餘裕的產物，一變而爲少數人餘裕的人生的體現。這是文學與人生關係的一種悲劇性轉折，是人類文明進步過程中所必須償付的代價。

人類生產力的提高，使得一部分人有可能脫離生產勞動，圍繞著統治者作一些形而上的工作，於是早期的文學藝術就派上了用場，不過這種爲少數人所創制同時也爲少數人所利用的文學藝術，勢必疏離廣大民眾的日常人生，成了少數人的專利或專擅。

作爲人類早期統治者餘裕人生基本活動內容，神靈崇拜、祖先祭祀和慶典宴樂等都需要文學藝術。前面所舉的〈卿雲歌〉正是人類早期統治者階層慶典宴樂情形的寫照。最古老的音樂歌舞、歌謠詩曲，一般都是爲適應統治者祭祀崇拜或歌功頌德的需要，由巫師、司儀之類的「專職人員」設計、營造甚至付諸表演的，因而與廣大民眾的人生很難發生直接的關係。據說成湯時代就湧現了「大攫」、「晨露」、「九招」、「六列」、「桑林」等樂歌樂舞，《尙書．伊訓》有「恒舞於宮，酣歌於室，時謂巫風」之記，可見那時宮廷裏巫風與歌風相應相和，且已相當熾盛。一直到商朝末年的紂王時代，此風更甚，據《史記．殷本紀》記載，紂王「好酒淫樂，嬖於婦人。愛妲己，妲己之言是從。於是使師涓作新淫聲，北里之舞，靡靡之樂」，而且還「大聚樂戲於沙丘，以酒爲池，縣肉爲林，使男女裸，相逐其間，爲長夜之飲」。這確實太過分了。於是周武王滅殷商時歷數商紂王的種種罪狀，其中就包括這種酒池肉林式的驕奢淫逸。在宴樂方面，周武王還指責紂王：「棄其先祖之樂，乃爲淫聲，用變亂正聲」（《史記．殷、周本紀》），可見他也同紂王一樣，將歌舞音樂之事看得非常重要，不過他比紂王看得更加神聖，認爲先祖之樂是不應隨便改竄的。

周代果然十分重視音樂歌舞，而且因爲將音樂看成先祖之制，遂在典章制度建設的意義上構造音樂歌舞體系，如音樂分「房中」、「雅」、「頌」，歌舞分「大武」、「勺」、「象」等等。《詩經》三百篇保存了這一時代音樂文化和詩歌文化發達的印記，因而孔子對周朝得出了這樣的印象：「周監於二代，郁郁乎文哉！」（《論語．八佾》）馮夢龍在《白話笑史》中曾說過一個白字先生的笑話，將「郁郁乎文哉」念成「都都平丈我」，一位高明的先生知道念錯了，按照正確的予以糾正，誰知學童們懼怕他，一個也不來上學了，時人譏諷這種現象說：「都都平丈我，學生都來坐；郁郁乎文哉，一個都不來。」這則笑話說明，《論語》中所形容的周朝文明已經成為一種歷史常識，而這種歷史情形畢竟遠離一般人的人生，為人們所耳熟但心不能詳。

是的，社會分工出現以後的文學藝術成了少數人的專利或專擅，離開了一般的普通人生，許多人對於這樣的文學藝術都是耳熟不能詳，大有隔膜之感。由於與自己體驗的人生拉開了距離，大多數人對文學藝術心存隔膜，這無異於鼓勵了少數人將其神秘化、複雜化、神聖化，反過來以更加令人隔膜的疏解教諭或教化民眾。

例如，對於《詩經》第一首〈關雎〉的疏解，就典型地顯露出這種教諭和教化的跡象。詩曰：

> 關關雎鳩，在河之洲，窈窕淑女，君子好逑。
> 參差荇菜，左右流之，窈窕淑女，寤寐求之。求之不得，寤寐思服。悠哉悠哉，輾轉反側。

參差荇菜，左右采之，窈窕淑女，琴瑟友之。參差荇菜，左右芼之，窈窕淑女，鐘鼓樂之。

這分明是一首愛情詩。聞一多先生在《風詩類鈔》中形容這首詩的情景說：「女子採荇於河濱，君子見而悅之。」余冠英先生在《詩經選譯》中形容得更加纖細：「河邊一個採荇菜的姑娘引起一個男子的思慕，那『左右采之』的苗條形象使他寤寐不忘，他整天地想：要是能熱熱鬧鬧地娶她到家，那該多好！」但這些都是「現代化」的解釋。從漢儒開始，對這首明顯產生於民間的愛情詩，就有了讓人親近不得的玄乎解釋。《毛詩序》這樣認爲：「《關雎》，后妃之德也，風之始也，所以風天下而正夫婦也。」並解釋說，「《關雎》樂得淑女，以配君子，憂在進賢，不淫其色；哀窈窕，思賢才，而無傷善之心焉。」好傢伙，一首先民田塍間或小河邊男女相悅的情歌，竟成了周文王後宮裏的后妃之德的頌歌！說是文王妃太姒不僅不專寵，而且每每願意將所見到的窈窕淑女求來配文王。並且這種爲丈夫「求佳偶」的心思還非常迫切，以至於夜裏都睡不著覺。

沒有理由懷疑文王賢妃是否有這麼賢明得可笑的聖德。問題是即或有之，她自己會編成這樣的詩來歌唱麼？這麼私人化的深閨隱事即使事關美德，似乎也不宜大肆宣揚。如果不是她編的而是別人編的，則別人怎麼知道她爲夫君選美人「寤寐思服」、「輾轉反側」的事情呢？宋代大儒朱熹在《詩集傳》中認爲，這首詩是別人寫來頌太姒本人的。朱熹解釋說：「周之文王生有聖德，又得聖女姒氏以爲之配。宮中之人，於其始至，見其有幽閒貞靜之德，故作是詩。言彼關關然之雎鳩，則相與和鳴於河洲之上矣。此窈窕之淑女，則豈非君子之善匹乎？言其相與和樂而恭敬，亦若雎鳩之情摯而有別也。」這樣的說法比毛詩的那一套教諭理論似乎更貼近男女之情，儘管是王者與后妃之間的男女之情，不再像《毛詩序》所講的，連男女之私都沒有了，完全成了「經夫婦，成孝敬，厚人倫，美教化，移風俗」的一套。

今人袁行霈在《詩經賞析》中則認爲，如果將詩中的「君子」釋爲「人君」，則漢儒和宋儒的解釋就有他們的道理了。不過他引用了《論語》、《荀子》、《禮記》等文獻，說明君子乃是有才德的人，並不一定是指人君，並且他傾向於《關雎》中的所指確實並不是「人君」。袁行霈先生將這首詩的主旨往「一個公子哥在思念一個鄉間姑娘」的意義上論證，方向是正確的，但似乎無須用那麼大的力繞那麼多的彎，其實《詩經》其他詩中的「君子」一般都不是指人君：如〈伐檀〉中的「不稼不穡」的「彼君子」，也不過「取禾三百纏」而已，相當於一個坐地收租的人，哪裏是什麼人君！〈草蟲〉中的「陟彼南山，言采其薇；未見君子，我心傷悲」。這裏的君子怎麼解也不會是人君，因爲人君再有情有義且羅曼蒂克，也不可能到南山來與採薇的人兒會面。這裏的君子其富貴程度甚至可能連〈伐檀〉中的「素餐」君子也不如。

總而言之，《詩經》開篇的〈關雎〉，本來是鄉野之間青年男女相悅相愛的愛情表達，是平凡人生中一種眞摯的情感表現。可由於文學成了少數人的教化工具，他們便覺得有必要賦予這樣的詩以比較「純正」的解釋，以至於純正到「無邪」的地步。這種文學處理正是少數人利用他們

社會分工的便利，讓文學脫離普通人生的明證。

少數人為了將文學變成自己的專利或專擅，不僅在文學作品的闡釋和應用上，作如此深奧、「正經八百」的處理，使之完全疏離廣大民眾的人生活動，而且在文學作品的載體和文學創作的工具上，也一度存在著專利化和專擅化的處理跡象，使之成為一般人所難以把握的東西，成為餘裕的人生才能夠掌握和使用的東西。例如文字，傳說文字是古聖倉頡奉黃帝之命，而廣集禽鳥獸類的足跡，以及龜背紋路等製造出來的，這當然不可信。漢字最早的當然是象形文字，西安半坡村出土的陶器口的外沿上，刻畫著很多圖像符號，被認為是漢字初期的雛形，屬於距今約有六千多年的仰韶文化。這些最初的文字形體比較簡單，缺少規格感，應屬易於為普通人所把握的那一類。後來的甲骨文一方面字形比較固定，結構有了章法，另一方面，筆勢趨於複雜，表意功能增加，離「畫畫」越來越遠，開始脫離大多數人的使用了。據說到了周宣王（西元前八二七年）時代，出了一個太史叫作籀的人，創造了形體極其複雜、結構相當繁複、書寫相當困難的「籀文」，也就是大篆，將漢字書寫和應用完全納入了專業化、精英化的軌道，脫離了廣大民眾的普遍人生。此後的文字有六國（齊、楚、燕、韓、趙、魏）所使用的「六國古文」，形體雖然比籀文簡化一些，但是結構仍然顯得非常奇詭。秦國已開始使用大篆，統一中國後，擬定「書同文字」，因而出現了小篆，這種字體與大篆相比略有簡化，但講求結構勻稱，筆意圓轉，典雅舒徐，故而還是不適合民眾掌握和使用，主要用於官方文書、刻石、刻符之類。

此後，漢文字出現了隸書、魏碑、草書等等，結構定型，筆畫趨簡，一直到一九二〇年代有識之士提倡拉丁化，以及不斷簡化漢字，總體趨勢都是讓文字這一抒情、記事、寫意的工具能夠早日回到最廣大的民衆生活當中去，回到最普遍的人生之中去。祇有當文字——文學表現的基本工具——爲最廣大的民衆所熟練地掌握，文學才可能眞正回歸到最普通的人生。

除了文字工具向最普遍的人生回歸而外，文學與人生最密切的連接還必須有待於文學創作儀式感的消除。

文學本來是人生的審美反映，體現著一定時代一定人群的人生精華。但文學成爲少數人的專利或專擅之後，它便充任了少數人的另一人生形式——相對於普通人生來說是一種餘裕的人生形式。這種餘裕的人生形式總是力圖建構和強化文學創作和文學運作的儀式感。中國古人傳說，據《淮南子．本經訓》，「昔者倉頡作書而天雨粟，鬼夜哭。」可見是何等的動天地泣鬼神的聖事！中國人自古就有的敬惜字紙的傳統道德，認爲「字紙乃聖人之血脈」，不可不惜。古人將讀書寫字看得極爲神聖，同時也理解得相當浪漫，相當有吸引力，有所謂紅袖添香夜讀書之類，寫詩作文則更不必說，都顯得非常神聖。神聖感和儀式感的結果就形成了制度，現今仍在延續的圖書出版之類的制度，便是這種神聖感和儀式感的結晶。圖書出版制度有效地促進了文學創作的高水準和專業化，但同時對於普遍人生與文學的直接關係則是一種有效的制約。

自古就有的文學傳播途徑，無論是經過古代的書肆還是經過現代的雜誌社報社出版社，都是從維護文學寫作的儀式感和文學運作的神聖感出發的，本質上體現爲一種餘裕的人生，一種使得文學與最普通的人生相疏離的社會分工體制。這種體制正如社會分工一樣，保證了文學在高水準

和規範化的意義上得到迅速發展，但它同時也限制了文學與普遍人生的直接聯繫，甚至也抹殺了很多文學創新的可能成就。文學本應是廣大民衆普遍人生的直接審美表現，以傳播途徑爲仲介的分工體制，長期以來嚴重地干擾了這樣的關係。

隨著電子寫作和電子閱讀的普及，其對於原有傳播途徑和體制的掙脫，使文學有可能重新回到最普遍的人生表現上，有可能擺脫長期以來一以貫之的少數人專利或專擅的局面。也許，到那時，文學事業作爲少數人的一種特殊的人生形式——相對於人類的物質生產勞動而言，確實是一種餘裕的人生形式，將可能不復存在；它仍將回復到最廣大的民衆所普遍掌握和普遍運用的狀態，成爲最普遍的人生之餘裕的一種表現。

注釋

1 楊牧，〈詩與眞實〉，《一首詩的完成》，洪範書店有限公司一九九九年七印，第二〇七頁。

第二講

文學：人生功能的辯證

爲人生的藝術和爲藝術的藝術之爭，至少在中國實際上並沒有眞正形成，而祇不過是中國新文學家對西方文學理論的一種遮蔽、悖謬性的想像的結果，或者是新文學家表明某種文化姿態的理論藉口。我們不應指望透過這樣的所謂論爭解決文學與人生的關係問題。對於文學與人生關係的思考，還須從文學的功能性上尋找盡可能科學的答案。

一、價值功能誇大的偏向

一些被稱爲人生派的文學家曾試圖誇大文學對於人生的重大作用和重要意義，他們認爲文學可以指導人生。新文學初創時期，朱希祖這樣理解文學之於人生的價值：「文學最大的作用，在能描寫現代的社會，指導現代的人生。」1這同文學研究會強調文學之於人生是一種很切要的工作非常相似，本質上是爲了杜絕文學的遊戲性質，嚴肅文學的品位意識。處在文學革命性轉折的關頭，文學功能被如此強調甚至如此誇大，乃是十分正常的現象。中國現代文學歷史證明，每當面臨革命性運作的時候，文學往往被賦予某種巨大的使命和責任，文學之於人生的作用和意義便順理成章地得到誇大。在這種誇大的理解中，文學成了旗幟、成了號角、成了航標、成了武器、成了方向盤和指南針、成了精神原子彈。

這種對文學之於人生的功能性誇大是可以理解的，因爲這表達了在非常的歷史形態下的一種

社會要求和人生良知。另一種對文學之於人生意義和作用的誇大來自於習見常聞的教訓。許多教育者願意從某些教訓方面理解文學的價值和作用，積極的態度是將什麼任務都交付文學去承擔，消極的態度則是出了什麼問題都想到拿文學是問。大陸在一九五〇年代到七〇年代把文學當作戰鬥的武器，當作階級鬥爭的工具，當作所謂組織群眾、動員群眾、武裝群眾、「打擊敵人、消滅敵人」的手段。與此同時，台灣也大肆倡導軍中文藝，反共文藝，「戰鬥文藝」，一九五三年五月《文藝創作》雜誌為營造戰鬥文藝聲勢，特闢「戰鬥文藝評論專號」，倡導文學的戰鬥性。張道藩發表〈論文藝作戰與反攻〉一文，指出：「敵人不僅是軍事上的武力，而且在廣大國民的思想和意識裏，也占有了據點。」因此，他們相信靠文學家們的創作就可以消滅這些據點。直到一九六七年，國民黨第九屆第五次全會所制定的「當前文藝政策」，還在「促進文藝與武藝合一，軍中與社會一家」，「強化文藝的敵情觀念」，「擴大文藝的戰鬥力量」。敵對的兩岸政界都認為文藝確實能夠起特殊的戰鬥作用。

這種對於文學功能的誇大，很明顯是基於倡導者心目中始終未泯的政治功利觀念。戰爭情結，是他們將日常生活場景當作非常戰爭年代的特定心態的表露。那時候雖已沒有了戰爭，離開了硝煙，但時代的語境，生活的關鍵詞，都還是戰雲密布，戰號頻催。在這樣的時代氣氛中，對於文學的理解，對於文學的要求，也就很容易體現出戰時特色。戰爭與和平的歷史交替也許祇是短短的幾天時間，但它對人們的神經和思維的影響卻可能而且應該是巨大的改變。處在戰時環境中，每個人的神經都高度緊張，對於耳濡目染的一切，都與生死存亡的最高人生意義聯繫在一起，這時候當然容不得休閒，容不得優雅，容不得甚至是中間狀態的態度和作爲，對於文學藝術也是如此。而進入到和平時代，大量的生活體認和行爲、判斷等，都不會直接與生死存亡之類的最高人生意義緊密聯繫在一起，人們的神經應相對舒緩得多、輕鬆得多，人們的思維也將走向溫和、走向從容。問題是，在許多情形下，特別是在中國現代歷史上，和平年景依然沿襲戰時思維的現象普遍存在，而且幾乎是自上而下的存在，特別是面對文學藝術之於人生作用的問題，這樣的戰時思維慣性就體現得特別明顯，對於文學藝術而言，它雖然得到了前所未有甚至空前絕後的重視，但同時它的頭上也無異於懸上了一柄達摩克勒斯之劍。

確實，戰時思維往往會對人生進行軍事化的處理，對於文學也就勢必會提出軍事化的要求，而文學藝術是一種特別要求自由心態和寬鬆環境的人類精神活動，軍事化的要求即使處於完全的善意，也不利於它的發展，不符合它自身的生存和發展規律。這也便是上述所謂達摩克勒斯之劍的意義之所在。中國現代文化史上多次出現過對於文學提出軍事化要求的歷史運作和理論運作。作爲歷史運作，幾乎所有屬於戰前動員或慶功祝捷的文藝活動，都體現著這種軍事化的要求。作爲理論運作，最明顯的是一九二〇年代末後期創造社作家提出的組織生活論。馮乃超在這時期發表一系列的文章闡述了這一理論。他這樣界定文學藝術：

藝術——文學亦然——是生活的組織，感情及思想的「感染」。2

在〈中國戲劇運動的苦悶〉一文中，他進一步指出：「一切的藝術，不把它高級化——不把它從社會生活游離化的時候，它是社會生活（感情、情緒、意欲等）最良好的組織機關。」又一篇題目很長的文章中提出了一個如此簡短明快的命題：「藝術是一種情感底組織化」[3]。最關鍵的主題詞無疑是「組織」，不是一般的影響、感染等訴諸精神狀態和情感領域的作用，而是對人生外在結構和生活方式產生實質性改變的力量。文學和藝術能夠對人生、對生活、對社會產生這樣的實際力量嗎？當然不能，但從戰時要求和戰時思維慣性出發，在軍事化的意義上，則可以相信和確認這樣的力量。

於是，從上述意義上說，無論是戰爭年代還是在延續著戰時思維方式的和平年代，誇大文學功能和作用的觀點，無論被認爲是正確的還是錯誤的，都並不意味著它能代表對於文學之於人生價值和作用的正常性理解。戰爭是人生的一種形式，但僅僅是人生中處於非常狀態的一種形式而已，它完全不足以代表一般的人生，在審美意義上以及在文學藝術的創作與鑒賞意義上更是如此。於是，出於戰時思維慣性的一切關於文學藝術的論斷，包括對文學與人生關係的判斷等，都不足以成爲一般的理論依據。

從消極方面去理解文學對人生影響的情況往往更加普遍，也更加日常化。這也正是任何時代都存在的對文學作用作妖魔化誇大的那種現象。歷屆統治者爲了政治上的自行其是或推卸責任，或者爲了文化上的實行專制和建構權威，甚至是爲了人事上的排斥異己或翻雲覆雨，對於文人常常採取的辦法，就是指斥他們的作品妖言惑衆和誨淫誨盜。民間一些掌有話語權和實際權力的人，也常將一些文學作品看作具有誨淫誨盜功能的異物，每每將民間的許多不良現象歸咎於文學的負面影響。這樣一種對於文學負面效應的指責，不僅與腐朽的維護風化的觀念有著直接的聯繫，而且是特定體制下的流氓政治慣用伎倆的體現。幾乎所有關於某些文學具備妖言惑衆或誨淫誨盜功能的認定都是荒誕不經的，而且常常是腐朽反動的，因爲無論中外，那些常常被誣爲誨淫誨盜之作的作品，恰恰是有相當文學史價值和社會批判力量的傑作。

在中外文學史上，一個共同的情形便是，被說成誨淫誨盜的一般是流傳甚廣、爲廣大讀者所深深喜愛的一些作品，如《紅樓夢》、《水滸傳》、《十日談》。至於確有誨淫誨盜嫌疑的劣等貨色，如曾被新文學界批判爲「嫖界教科書」的《九尾龜》、《肉蒲團》之類，則由於實在影響有限，則很少有人去盯著。這種情形說明，廣大讀者其實並不像某些統治者以及追隨他們的大人先生們那樣心地黯淡，凡是有「淫」「盜」傾向的作品就必然趨之若鶩，如蠅逐臭，反而正是有這類不良傾向的作品失去了在民衆中流傳的可能。善良的民衆和讀者並非沒有鑒別能力的群盲，更不是上述這類人所想像的那樣，專門等著別人用「淫」「盜」一類的東西去教誨他們的流氓。

誠然，文學作品的讀者是最一般的社會群體，成員複雜，閱讀和欣賞文學的心態也相當複雜，不排除確有一類人專門從「淫」「盜」角度去看文學作品。魯迅曾經這樣分析《紅樓夢》的閱讀現象：革命家從中看到了排滿，道德家卻看到了淫。但這些人完全不足以代表廣大讀者社會。其實，有如此嗜好的人其實根本用不著文學作品去教誨他。

文學作品可以進教科書，但人們購買和閱讀文學作品絕對不是將它當教科書來對待的。退一

步說，即使有的人把文學作品設想爲人生的教科書，那可能也祇是在理念上這樣確認，在某種價值觀念上作這樣的認同，絕不會在人生行動方法論上亦步亦趨地模仿作品中的行徑。有些個國外的電影或香港的電視連續劇曾經編造過這樣的「神話」：一個殺人狂或者一個病態狂按照某部文學作品的情節進行作案，最後警方發現了文學作品的線索進而弄明了眞相。這樣的電影和電視是在通俗文學的路子上玩弄構思技巧，根本不足以成爲文學批評的對象，更不足以成爲理解文學與人生關係的依據。

不可否認，文學作品對於人生的影響與接受者的接受心態密切相關，如果接受者心術有異，可能會從文學作品中專門發現或查找特別適合其口味的東西，道貌岸然者可以在各種文學中挖掘到道德教化的因素，男盜女娼者亦不妨專揀作品中的某些情節乃至細節自得其樂，這情形正如魯迅對《紅樓夢》影響的論述，說是從這部作品中不同的讀者確實會獲悉不同的信息：「經學家看見《易》，道學家看見淫，才子看見纏綿，革命家看見排滿，流言家看見宮闈秘事……」[4] 沈從文也持同樣看法，在解說「小說與社會」關係時，認爲有時因爲讀者注意點的不同，作品價值即隨之而變。比如說《紅樓夢》、《水滸傳》，衛道老先生認爲它們誨淫誨盜，家中的大少爺二小姐和管廚房的李四，說不定反用它當作隨身法寶。其實，有些文學作品看起來是有些淫的渲染，在正常的讀者和批評家看來，也不能全都看作誨淫誨盜；例如對《金瓶梅》，林語堂在《人生的盛宴》中便說道：「《金瓶梅》你說是淫書，但是《金瓶梅》寫得逼眞，所以自然而然能反映晚明時代的市井無賴及土豪劣紳，先別說它是諷刺非諷刺，但先能入你的心，而成一種力量。」

但上述這些因人而異的閱讀和接受現象所涉及的是對作品的理解和評價，屬於觀念形態的範疇，並不會直接作用於各種讀者的行爲方式，更不會引起普遍的事實效果。首先，對著文學作品作男盜女娼之想的讀者畢竟很少，衛道的老先生也爲數不多，他們即使將《紅樓夢》等作品當成誨淫誨盜的讀本，也不足以成爲一般文學批評的依據。其次，即使是再下三濫的讀者，即是他在淫和盜方面確有學習的欲望，也不可能選擇影響甚大的文學作品進行模仿，因爲非淫即盜之類原是見不得人的勾當，誰會學那種已經普遍曝光的一套來實施這種秘密的計劃？可見，將文學作品理解成可以誨淫誨盜，在某種意義上說是對文學功能的不懷好意的誇大。

也有的理論家從歷史文化的深度誇大文學的作用。蘇雪林在〈文學作用於人生〉一文中，提出了一個令人深思的觀點：中國文學抑制了乃至萎縮了中國人的尚武精神，遂導致漢民族常受亡國之痛：

> 凡有生之物必需要「生存空間」，生存空間則必以戰爭得之。故國界未曾打破，大同世界未曾實現之前，戰爭是不能避免的。戰爭既不能避免，則尚武精神必須提倡。可是我們中國向來講究文治主義，讀書人衹知道咬文嚼字，埋首經典，吟風弄月，寄情自然，一談到尚武，便覺得粗鄙野蠻，不欲置之齒頰。數千年來文學說到戰爭，總是悲傷的情調，詛咒的言語。所謂「車轔轔，馬蕭蕭，行人弓箭各在腰，爺娘妻子走相送，塵埃不見咸陽橋，牽衣頓足攔道哭，哭聲直上千雲霄。」所謂「醉臥沙場君莫笑，古來征戰幾人回？」總之我們的文學衹

有「從軍苦」，從來沒有「從軍樂」，像陸放翁那樣的詩人是絕無僅有的。無怪梁任公歎道：「詩界千年靡靡風，軍魂銷盡國魂空，集中十九從軍樂，千古男兒一放翁」了。我們中國兩次全面受異族征服，所遭屠戮之慘，不可勝言。鴉片戰爭以後，我們與日本及列強交綏也動輒挫敗，「東亞病夫」與「東亞懦夫」之名傳遍世界，實為我中國民族之奇恥大辱。國民性之所以如此，與中國文學反對尚武精神有關。

有鑒於此，她主張應該眞心重視文學，好好利用文學。「再不可讓文學玩弄於一群淺薄無知的作家之手，任他們或則標新立異，以什麼潮、什麼派來標榜，使人墜入野狐外道而不自知，或寫一些淫靡浮濫的愛情小說，猥褻不堪的黃色作品，來腐蝕青年的心靈，墮落青年的志氣，使他們終日纏綿歌哭，置國家天下事於不顧；或則挾其偏見，逞其毒筆，謾罵前輩，攻擊名流，擊鼓鳴金，此呼彼應，名曰揭露社會醜惡，伸張民間正義，實則無非欲藉此爲個人攀登文壇的墊足石，甚至想藉此造成他們一幫一派的勢力，實現其某種險惡企圖，他們這種行爲，造成了彌漫一時的暴戾恣睢之氣，對於時局和人心影響之大實無其比。」這種對文學作用的理解比起那種從政治角度一味指責一味怪罪的觀點來，文化意蘊深厚得多，特別是在對文學正氣的提倡方面，可以說是堂堂正正，無可挑剔。然而將中國文學在崇文仇兵的意義上一概視爲亡國之音，甚至要文學擔負起文明古國積貧積弱的責任，無論如何都是不公正的。按照這樣的邏輯，金庸的武俠小說現在已經普及到如此程度，以至於凡有華人的地方就有金庸武俠迷，難道中華民族從此就可以在世界安全秩序中高枕無憂了嗎？

國家的安全、民族的強盛、社會的安定、人民的幸福，主要的還是靠政治的開化，政權的廉明，國力的壯大，科技的進步，文學藝術在其中到底能占多大分量，不需要太多的強辯便能理會。

二、文學於人生的有效性

文學是人生餘裕的產物，其對人生的影響也應是餘裕性的。所謂「誨淫誨盜」之類的功能對於一般文學而言不僅是莫須有的，而且也無法成立。從文學接受意義上說，在正常情形下，人們也祇是將文學看作是人生餘裕的精神享受，絕不會指望它來作自己的榜樣，導引和啓發自己去作事，更遑論作壞事！

文學反映人生餘裕的判斷，乃是就文學與人生關係的總體而言，同時也適用於一般人生中的文學鑒賞和藝術消費活動。對於處在文學創作狀態的文學家自身來說，文學是他的事業，是他的飯碗，是他賴以安身立命的生死場，是他藉以顯聲揚名的名利場，一定意義上就等同於他的人生。這就意味著，一個以文學藝術爲業的人不可能將文學藝術當作其人生的餘裕，他有時甚至可能必須考慮文學藝術的人生價值功能，包括文學藝術的人生教化作用，有時也不妨將文學藝術的

教化作用，當作他自己必須擔負的時代使命與社會責任。因此，考察文學之於人生的價值功能問題，從什麼角度出發顯得非常關鍵。

即使從文學藝術的內部運行機制來分析，從人類文學藝術創作的一般心理角度來分析，那種所謂純粹爲藝術或爲自我的作品也是不可能的。因爲文學藝術一旦形成作品，就體現出它的非自我的品性：即它不會滿足於在作者自我的封閉世界之內的運行，而是必須透過一定的傳播途徑和展覽方式，抵達一定範圍的被接受、被評說的境界。可以說，沒有一個文藝作品會是祇供給作者自己欣賞的，即使立意於將自己的作品「藏之名山」，像司馬遷在〈報任少卿書〉中所自述的那樣，那目的也並不是從此決計秘不示人，而是指望「傳之其人」。唐代劉良在《文選》卷四十一對太史公此語注曰：「當時無聖人可以示之，故深藏之名山。」意思再明白不過了，藏之名山還是要留待傳人示人的。當然傳誰示誰不妨有些講究，或者有些限制，魯迅翻譯完廚川白村的《苦悶的象徵》，感慨說：「創作是有社會性的。但有時祇要有一個人看便滿足了：好友，愛人。」那恐怕是極而言之的說法了，而且所指的肯定不是普通的文學作品。即便是這樣極端的說法，即便是那種非一般的文學作品，既然寫出來了，也還是要傳人示人的，也還是要它在客觀上參與人生的。

一般而言，人的精神享樂需要一定的公衆化宣示途徑，而物質享樂則需要加以私密化的掩飾措施。這與人類早期文明的某種自覺的原始記憶有關。物質的匱乏導致原始人類爲了生存而產生了物質獨占的私欲，精神的發展、思維的進步激勵著原始人類爲了走向文明煥發起精神共用的熱望。物質的匱乏決定了物質獨占的不可能，原始共產模式規定了這樣的獨占祇屬於難以實現的私欲，於是人類積累的一個永恒的情結便是物質享受的私密化；精神和思維傳達的艱難決定了共用的不可能，在那個語言尚未健全的時代，精神成果的共用祇是人類的一股難以實現的熱望，於是人類積澱下來的另一個永恒的情結便是精神享樂的公衆化。從另一方視角來看，人是動物性和社會性的統一體；從人的動物性出發這樣的集體無意識（如果可以算作是一種集體無意識的話），可以在我們現今的人生方式上尋找到普遍的痕跡。物質性的享樂需要隱秘而且必須隱秘，至少不宜展覽。面對珍饈美味，祇能是幾個人關起門來或躲進包廂酌酒享用，如果周圍圍著許多觀賞的人，恐怕再美味的食物也讓人食不甘味；精神的享樂則需要展覽而且必須展覽，哪怕是一首自己喜歡聽喜歡唱的歌，當著一定量觀衆的表演才是最愜意的。或許有人會說，富有的人穿金戴銀，露名牌，耍大派，那不是展覽物質性享受嗎？不是，那些金銀首飾戴了並不會讓人感到物質上的舒服，珠光寶氣不會起到冬暖夏涼的物質效果，花花公子、耐克、金利來等等名牌穿著，也並不見得會讓人的身體感到特別合體。人們穿著它們戴著它們祇是覺得自己物質上非常富有，有一種物質享受的滿足感。對了，這種滿足感屬於精神享樂層面的了，因而就需要共用，就需要展覽，就需要顯派。

文學藝術的創作屬於精神快感的宣泄，它的基本運行方式就是共用，就是展覽，就是在社會化的運作中實現自身的價值。這種價值與一般的人生必然發生一定的聯繫。

因此，無論從什麼角度看，文學與人生的聯繫都無法抹殺，文學之於人生的價值功能都無法

徹底否認。唯美主義者強調文學祇是對美負責，對藝術負責，在「爲藝術而藝術」的口號下，拒絕任何社會服務功能的考慮，但無論在這方面顯現得多偏激，也無法眞正站到與所謂「人生派」完全對立的位置上，因爲，當文藝家以自己的文藝作爲生命的唯一依託的時候，那文藝就成了他人生的全部，他也就成了徹頭徹尾的人生派。

林語堂的散文結集《人生的盛宴》中有〈作文與作人〉一編，對唯美派的分析表達的正是這個意思。他說：「世人常說有兩種藝術，一爲爲藝術而藝術，一爲爲人生而藝術，我卻以爲祇有兩種，一爲爲藝術而藝術，一爲爲飯碗而藝術。不管你存意爲人生不爲人生，藝術總跳不出人生的。」他的意思很明顯，即使是爲藝術而藝術，這種藝術也還是處在人生狀態之中。上個世紀一度很引人關注的日本著名文學家和社會活動家池田大作與英國著名歷史學家湯恩比（Arnold Joseph Toynbee）的對話錄，對這個問題解析得更加透徹：

> 池田：我在思考文學的作用時，不由得想起沙特曾經說過的一句話：「對於饑餓的人們來說，文學能頂什麼用呢？」自那以來，對於文學在現代有什麼意義這個問題，展開了各種爭論。贊同沙特見解的人對文學採取了虛無主義的態度，而相信文學的有效作用的人們，則奮鬥著要設法開拓新領域。
>
> 湯恩比：「對於饑餓的人們來說，文學能頂什麼用呢？」這個問題如果換成「科學研究對饑餓的人們來說，能頂什麼用呢？」答案就很明確了。[5]

那句來自沙特的話的確很能說明問題：說明文學是人生餘裕的體現，說明文學其實無法離開人生，說明文學必然對於人生起某種效用。

文學既然無法脫離人生，其對人生的作用就體現爲一種客觀的必然。雖然要求文學對人生起某種教化作用，是一種苛刻的要求，但與此同時，否認文學對於人生的功能影響也失之偏頗。文學對於人生的作用既不能誇大也不能無視，這就是這個問題的複雜性之所在，也是這個問題長期以來一直被爭論不休的深刻原因。

文學史上有些文學家則不是這樣，在文學與人生的關係這一複雜問題的理解上，往往把握不住分寸。例如郭沫若，他曾從「藝術派」的立場出發，否定文學的有用性，認爲文學本質上是無用的，如果要談有用，人們則可以求諸稻粱；不過同時又認爲，在文學藝術的「無用」之中，卻「有大用存焉」：它是「喚醒人性的警鐘」，「招返迷羊的聖籙」，「澄清河濁的阿膠」，「鼓舞生命的醍醐」。而且可能還有更多，故而郭沫若說，「它的大用，說不盡，說不盡。」[6]無論是否認文學藝術的有用性，還是鼓吹文學藝術巨大的「大用」，都有失分寸。不過，一個憑情緒說話的文學家，都能注意到文學藝術之於社會人生既有用又無用的辯證關係，說明這一問題本身確實非常複雜。郭沫若解決這一問題的辦法是：「就創作方面主張時，當持唯美主義，就鑒賞方面言時，當持功利主義」[7]，爲什麼呢？因爲從創作這一方面而言，文藝就是自我的表現，不必去考慮它的教化功能或社會影響；而一旦創作成了，文藝就成了社會現象，「故必發生影響於社會」[8]，當然就可以從鑒賞的角度講論它的功利性和價值作用了。

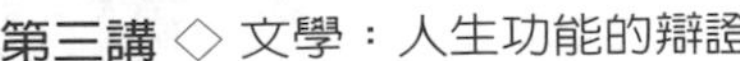

這種從不同角度談論文藝的功能與功利的理論思維，其實並不始於郭沫若，早在中國古代，人們就分別從由上而下或由下而上這兩個不同的角度，探討過文學之於社會人生的功能。所謂「文之為用，上所以敷德教於下，下所以達情志於上，大則經天緯地，作訓垂範，次則風謠歌頌，匡主和民」（《隋書．文學傳序》）云云，作為中國原創性的文學理論，其在解決文學與人生功能關係方面，確足以別開生面。如果說，西方人生功利觀和自我表現說是兩兩相對的派別性論爭的話題，則中國古人非常機智地調和了這兩個命題：「敷德教於下」講求的是文學的教化作用，是社會功利性，是上對下的作用；「達情志於上」講求的是文學的自我表現，是作家本己的情志表達，是下對上的一種訴求。也就是說，文學之為用，上對下可以帶著教化的功效意識，下對上可以祇局限於自我情志的表現。這使得西方文論界百思不得其解的人生派與藝術派觀念之爭，在中國特定的社會體制和思維框架內，得到了一種有效的解決，得到了一種較為切實的調和。

注釋

1. 〈白話文的價值〉，《新青年》，第六卷第四期。
2. 〈冷靜的頭腦〉，《創造月刊》，第二卷第一期。
3. 馮乃超，〈對於所謂「小資產階級革命文學」底抬頭普羅列塔利亞文學應該怎樣防衛自己〉，《創造月刊》，第二卷第六期。
4. 《集外集拾遺補編．絳洞花主小引》，《魯迅全集》第八卷，人民文學出版社一九八一年版。其中所言看見「排滿」的革命家概指蔡元培，蔡氏有〈石頭記索引〉，認爲「作者持民族主義甚摯，書中本事在吊明之亡，揭清之失」，將《紅樓夢》放在政治隱喻上去作讀解，謂《紅樓夢》書名中的「紅」即暗指「朱」，又名《石頭記》暗指大明江山始基的石頭城，總之都是在隱喻朱明王朝。賈寶玉表述的男人是土作的，女人是水作的，也有政治引伸義：土即從「韃」來，「韃」的繁寫體右上方即是「土」，水與三點水聯繫，則暗指「漢」，說明作品頌揚的是漢人，貶斥的是外族侵略者。這樣的說法確有新意，但一般認爲過於牽強。
5. http://www.white-collar.net/wx_hsl/wgwx/001.htm。
6. 郭沫若，〈論國內的評壇及我對於創作上之態度〉，《郭沫若文集》（普及版），上海亞新書店一九三五年版。

7. 郭沫若，〈兒童文學之管見〉，《文藝論集》，光華書局一九三三年版。
8. 郭沫若，〈文藝之社會的使命〉，《文藝論集》，光華書局一九三三年版。

第四講

文學：人生功能的「三面」與「兩維」

現在是具體論述文學之於人生的功能價值的時候了。

說到文學之於人生的功能，人們總習慣於從「眞善美」這三方面加以論證，並在各種「文學概論」的教科書中，有著非常厚實的理論積累。不過過於頻繁的重複論述已經讓這種老一套的「眞善美」把握顯得極其簡單；「文學與人生」課題的複雜性，要求我們必須對文學的人生功能問題作出同樣複雜的概括。固然我們仍可以就文學的「眞善美」功能作出新一點的闡釋，但更應該注意到，我們所觀察的人生本來就有兩維性狀，一是人類社會「集體」的人生，一是一定社會一定時代中的各個個體的人生，即人生有宏觀與微觀、社會人生與個別人生的區別，同樣是「眞善美」的文學功能，作用於這兩重維度的人生其效果顯然不會一樣。

我們的另一重觀察和思考是，文學之所以成爲人生的一大需要，是因爲它塡補了人生的餘裕，體現了某種人生的實質性意義，在體認人生、延展人生和滋養人生等三方面，發揮了其他意識形式所不能發揮的作用。當然，這樣的人生體驗和延展不僅分別從宏觀與微觀這兩維進行，還分別從時間和空間這兩維展開。於是，文學「眞善美」的功能在宏觀與微觀的意義上分別發揮，文學對人生的體驗、延展、滋養，又在時間和空間的維度次第展開，這種多方面和多維度的交叉與交織，構成了文學人生功能的異常複雜的情形。這樣的複雜使得任何條分縷析都是一種學術的徒勞，不過透過相對簡單的闡析，應能讓人們對這種複雜情形有一個大概的認知，以免在這個論述非常雜多的問題上，接受任何簡單化的結論。

一、文學對人生的體驗與延展

文學藝術之於人生的價值功能，在一般的理論描述中被概括為認識作用、教育作用和審美作用。有的「文學概論」著作將後一種稱為「美悅作用」，通俗一點的表述則是娛樂功能。概念可能會有所不同，但一般逃脫不了這「眞善美」「老三篇」。在此之外，有的研究者認為文學還有一種「交際功能」。不過這種「交際功能」說過於世俗化地理解了文學與人生的關係，尚未得到理論界的普遍認同。

有關文學對於人生「眞善美」三方面的作用，已有各種版本的文學理論專書作反覆闡述。應該注意的還有，理論界又從其他方面對於文學的人生功能作過許多探索。英國心理主義文學家藹理斯（Harelock Ellis），被周作人在〈藹理斯的話〉一文中，稱為「我所最佩服的一個思想家」，他曾提出過「精神上的體操」說，認為文學不過是人類過剩精力的外射，甚至是諸多被壓抑的生理因素和心理因素的釋放。這樣的觀點與佛洛伊德的精神分析學頗多相通之處，後者認為文學藝術的創造都來源於人身過剩的「力必多」。也有人將古希臘亞里士多德的淨化說、宣泄說理解為文學功能之一種。

這其實是將文學之於創作者自我人生的意義，以及文學接受過程中對於一些讀者特定的心理作用，如果將這些都算作是文學的功能，則文學的功能就太多了，如反映和表達人的模仿和遊戲的本能，雅致地發揮或緩釋人的情緒的功能，自由的體現人的幻想，如此等等。在一九九〇年代初，我自己還提出過「情緒的心理證同」的問題：

> 心理的證同有如慰藉，能喚起豐富的審美情感：如果有一部小說以前曾深深感染著自己，偶然翻起它必定喚起更為深厚的情緒；倘若一幅精美的風景畫繪寫著自己流連忘返過的地方，則必然會對這畫產生更為深情的愛慕；一首優美的樂曲不僅能使人百聽不厭，而且每次聽到都會喚起第一次聽到它時的情景記憶，這種記憶因而也顯得更加令人動情……[1]

這樣去泛泛地理解文學的功能，會導致將文學的各種特性——心理學的、美學的、文藝學的、哲學的、社會學的、歷史學的、政治學的，甚至是科學和法學意義上的所有特性，都當作文學的功能。在一定意義上說，特性就是功能的展示，功能就是特性的結果。因此，上述這些方面如果說成文學的功能，也是完全可以的。

在一般的文學理論中，人們祇習慣於從「眞善美」「老三篇」出發，闡論文學的價值功能，這是從宏觀的社會人生維度所作的總結與探討，而上述「精神的體操」、過剩精力的釋放、淨化的宣泄以及心理情緒的證同諸說，作爲另一番文學功能的認知，是從微觀的個別人生維度所作的闡釋與推論。文學功能的複雜性要求我們必須從這宏觀與微觀、社會人生與個別人生相結合的兩重維度上，加以綜合地把握。

這種兩維綜合的把握仍然通向對於文學功能的多重理解，不過析其要者，則主要在體認人生、延展人生和滋養人生三大方面。

文學對於人生的一項基本功能是體認人生。文學對於人生的體認作用與人們運用文學手段體認人生具有某種同構關係，這同「老三篇」中所說的認識作用有著很大差異。「認識作用」著重於知識方面和信息方面，意味著文學可以幫助人們增加歷史知識，拓展人生閱歷，而「體認人生」則著重於感受、體驗和直覺，意味著文學可以幫助人們立體地感知已逝的人生，全息般地體驗過往的人生，甚至能在一定意義上對於社會人生歷史作感性的還原。這正是除文藝以外的任何意識形式和精神創造所無法實現的功能。說到「認識作用」，文學藝術所起的作用其實是非常有限。

例如對法國大革命的認識，任何文藝作品提供的信息和知識，都不可能有任何一部法國大革命史專著那麼全面、透徹，那麼翔實、可靠，也就是說，就對法國大革命的認識而言，任何文學作品的認識作用也不可能與專門的史學著作相比。但是，從對那個特定時代特定社會條件下的人生體認的角度而言，則任何有關法國大革命的專著、史書甚至圖片冊照相簿之類，都無法與雨果的《九三年》、狄更斯的《雙城記》相比。這兩部小說不僅僅描寫法國大革命的一般進程，不僅僅總結這次大革命的某些歷史經驗，不僅僅批判這場社會變革中的各種理念，而且還刻畫大革命中形形色色的活生生人物，摹寫各色人等在風雨欲來之際以及暴風驟雨之中複雜的心理狀態和情緒反應，再現「風暴」「達到了最猛烈最壯觀的程度」（雨果語）的這一時代的微觀人生視野和衆多想像性細節。這些人物形象，這些心理情緒，這些生動細節，訴諸讀者的難道僅僅是知識性、信息性的「認識」？難道不還給讀者帶來了富有歷史現實感和人生豐富性的生活體驗？難道不還在一定程度上調動了讀者富有現場感的生命感性？這樣一種充滿著歷史感性的刻繪描寫，這樣一種憑藉文字語言對歷史事件所進行的保鮮處理，則除了文學以外，任何意識形式都無能爲力。

何況，這些文學作品不光是在社會人生和歷史人物等方面，爲讀者提供了體驗和感受的對象，而且透過雨果、狄更斯這兩位偉大作家富有洞察力的觀察、深刻的思考和高超的藝術處理，突出地顯示了人性的深度及其悲劇性，所具有的是能夠直接訴諸人們心靈的震撼力量。兩部小說不約而同地用深厚的人道主義良知去稀釋、弱化乃至克服革命時代政治立場所帶來的壁壘分明，以及政治鬥爭所帶來的僵硬，以普遍而永久的人性光環，燭照乃至掩蓋通常在政治歷史教科書中所強調的政治覺悟和時代理性，從而讓讀者不僅體認到歷史的眞實、豐富與複雜，而且體驗到人性關懷的深摯、眞誠與恒久。尤其是《九三年》結尾，叛軍首領布列塔尼親王朗特納克被圍困在圖爾格城堡，劫持了三個小孩作人質，要求藍軍司令官戈萬放他一條生路。戈萬斷然拒絕。朗特納克在絕望中從地道逃出。恰在此時城堡起火，三個孩子很快被大火吞沒。孩子「母親的喊聲喚醒他內心的過時的慈悲心」，朗特納克毅然折返回來，冒著危險，救出小孩，他自己則落到共和軍手裏。共和軍首領戈萬爲朗特納克關鍵時候表現出的人道精神深深震撼了，他發現在朗特納克這個惡魔身上「跳」出了英雄本色，便毅然放走了這位變成了英雄的惡魔。戈萬的老師、特派代表西穆爾丹堅決執行「任何軍事領袖如果放走一名捕獲的叛軍便要處以死刑」的法令，鐵面無情地力主將放跑了朗特納克的戈萬送上斷頭台。可就在戈萬人頭落地的一剎那間，他自己也開槍自

殺了。《雙城記》的最後也是如此感人：曼奈特醫生帶著女兒露西從倫敦來到巴黎，前來挽救因爲家族罪惡被囚禁的查爾斯．達爾內的生命，但恰恰是醫生自己在監獄中的一份詛咒，讓革命者堅定了處決他女兒愛人的決心。眼看一切都無可挽回了，一向玩世不恭的西德尼．卡爾頓律師，露西的另一個追求者，爲了實踐自己情願犧牲生命也要成全露西的諾言，決然設法進入監獄，以自己換出了相貌相似的達爾內，並代替他走上了斷頭台，讓露西愛著的達爾內回到她的身邊。

兩部小說在高潮處都超越了革命與反革命、平民與貴族、復仇者與被復仇者之間的政治界限，讓正義的判斷建立在人性之美醜和人道之有無的視角上，讓善美的人性在充滿悲劇感的氣氛中，扛起正義的旗幟，從而使得作品洋溢著超越於歷史和時代的人道主義的偉力，一種不僅訴諸人們的認知，不僅訴諸人們的體驗，而且更引起人們心靈震撼的偉大力量。

閱讀這樣的作品，讀者不僅體味到歷史事件的質地感，而且能夠清晰地感受到這種力量，它讓人感同身受，使人感動至深，令人久久難忘。這樣的心靈震撼遠不是知識的獲得所能達到的快感境界，同樣也不是任何非文學的意識形式所能造就的審美效果。

在中國情形也是如此：東周列國爭霸、漢魏晉三國逐鹿的歷史知識，可以透過各種史書以及各類思想史文化史文獻獲得，可閱讀余邵魚的《東周列國志》、羅貫中的《三國演義》，就能使廣大讀者在生活化的情境中，如臨其境地體認那段遠去的歷史，並從想像性再現的故事中和人物身上，咂味永遠消逝了的硝煙與血泊、苦難與豪奢、犧牲與背叛、赤誠與奸詐、異行與計謀、恐懼與狂歡。這種立體的感應必須來自於這類文學作品，而不是來自於史著或其他歷史文獻。認知風雲際會的歷史時代是這樣，認知平凡瑣碎的日常生活也更是如此，甚至認知人本身也是這樣。關於人的意識解剖，佛洛伊德在一百年前從一個醫生的角度作了舉世矚目的工作，然而他所作的工作還必須與大量的文學現象的解說聯繫起來，這是因爲光用科學的表述，祇能在理論上「認識」人及其意識，而要眞正把握人及其意識的複雜性、豐富性，還必須借助於文學的「體認」。

文學確實能夠讓人立體地、全面地「體認」歷史，在這方面的功能上超過任何一種歷史專著與歷史文獻，但是人們爲什麼要那樣去體認諸如法國大革命、列國爭雄、三國爭霸的歷史？作爲知識和信息，從史書上獲得的豈不是更加準確？作爲人生經驗和教訓，從歷史文獻上也能讀個明明白白，何必一定要作那種立體的、全面的「體認」？一個簡單而複雜的回答是，人生對於過往的歷史常常並不滿足於知識的獲得和經驗的總結，人們還需要有血有肉、原味鮮活的故事，需要生命鮮亮、生龍活虎的人物，需要生動細膩、活色生香的情境；正因爲這些故事、人物、情境是今天的人們所無法體驗的另一種人生，人們才對它們特別感興趣。因此，文學的人生體認功能其實與文學的人生延伸和補償功能密切聯繫在一起。

文學對於人生還普遍地存在著一個平行補償的現象。台灣著名作家鍾肇政曾這樣分析過讀者的心態：

> 從看的人這邊來考察，他希望欣賞到跟自己不一樣的人、不一樣的人生、不一樣的狀況，從中領略到人生應該有什麼樣的生活方式。雖然每個人的生活方式不一樣，不過從各種不同的

人生——小說裏面所呈現出來的——然後他可以欣賞並從中得到一些所謂心靈的糧食、精神的糧食。2

這樣的分析大致是準確的，雖然過分強調了某些現象。其實讀者未必一定都欣賞跟自己不一樣的人，不一樣的人生，他們同樣欣賞跟自己相類似的人，相近的人生，這樣求得一種人生價值的證同。有時這樣的證同的重要性一點也不比人生補償差。

人生是有限的，無論作爲個體還是作爲族群，人生擁有的時間、空間以及經歷、體驗，都是有限的，並且這種有限性還作爲一種雖不十分清晰但大致都能了然的普遍意識，伴隨著幾乎人生的整個過程。問題是在這過程中，人們的精神追求總是想突破這種有限性，對自己所未曾經歷過的過往雲煙，對自己尚未抵達的未來人生，甚至是對許多不可能的生命形態和人生形式，都充滿著去重現、去幻想的欲望，以此延展自己的人生。這樣的延展必須帶有虛擬性體驗和感受的質感，而非抽象的觀念和推證的邏輯所能滿足。於是，需要文學藝術責無旁貸地發揮其人生功能。這也是無論人類的科學技術、傳播手段如何發達，文學藝術總不會退出人生舞台的重要原因。

人生延展的要求具有兩面四向度並進的特點：從人生經驗、精神（包括情感）體驗兩方面產生的延展要求，分別在時間的過去與未來，空間的天地與異域等維度上全面展開，從而構成了文學內涵的巨大豐富性，雖然文學對人生各個項式、各個維度的延展所用的力量不會完全一樣。

一般來說，從時間方面來說，文學習慣於「卻顧所來徑」，對於人類過往的故事、歷史斑斑的陳跡會投入較大的關注，相對而言，對未來世界的幻想在力度上和數量上都顯得薄弱得多。科學幻想文學和社會幻想文學，儘管是文學門類中非常引人注目的部分，但相對於汗牛充棟的歷史小說和歷史題材文學來說，幾乎可以說是滄海一粟。被稱爲科幻小說鼻祖的法國作家儒勒·凡爾納（Jules Verne），不過是十九世紀中後期才以其卓越的創造力造成了世界性影響，以幻想的形式對未來社會進行建構或批判的社會幻想文學，如果將英國作家摩爾（Sir Thomas More）的《烏托邦》算起，也不過是在十六世紀才開始發達，而歷史文學幾乎是與人類文學共生共存。這一文學現象充分顯示了人作爲一種文化動物，對自己歷史的一種深深的眷念情緒，也反映著人類文明意識中的一種補償心理。

從空間方面來說，文學習慣於海闊天空，對現實的人類所能看得見卻無法抵達的天空或太空，對現實的人類所幻想但無法感受的地府與澤國，會保持持久而濃厚的興趣，相對而言，對同樣也是現實的異域風情和異國情調想像的熱忱就差一些。在以幻想爲基本構思法的文學作品中，文學家的思維似乎更喜歡上天入地，不但是偉大的科幻小說家凡爾納透過著名的《月界旅行》和《地底旅行》，顯露出了這種上天入地的興趣，其他幻想性作品的作者一般也都願意將想像的熱忱投入未知的海底與地底，或是天空和太空。至於斯威夫特的《格利佛歷險記》，表面上看似乎是列國風光故事，其實那大人國、小人國並非眞的存在於地球之上，作家的想像還是超出了我們的世界，在一個個完全未知的和無法驗證的世界裏做精神的翺翔。這種情形同樣體現在我國古典神話小說《西遊記》中。也許一個癡情的索引家和固執的考據家完全可以推證唐僧師徒去往西天佛

國所經歷的空間的現實指涉：火焰山所在何地，流沙河所指何水，車遲國乃是何邦，朱紫國更在何境，但所有這些現實的比附和指認，全都沒有太多的意義，因爲作家並不是要在現實空間上刻畫故事，而是要在虛擬的幻想空間展示自己的想像，以補償現實空間對於人感覺的限制。

上述烏托邦理念的表現既體現著人生經驗的一種補償，也體現著人類精神的補償願望。研究者已經注意到，烏托邦本質上是一種社會理想，一般來說，主倡者並不認爲它可以實現，至少不可能在其所描繪的完美形態上付諸實現。柏拉圖《理想國》（*Republic*）不過是提出了一種社會參照的摹本，以慰藉人們對於理想生活的企盼心理，從而反映出現實社會人生的重大缺失。摩爾的《烏托邦》（*Utopia*, 1516），將臆想中的善良人民和所感受到的現實醜惡進行對比，也是藉想像表達精神的嚮往，藉精神的嚮往補償現實的缺失。自十七世紀，隨著歐洲航海探險的發展，烏托邦理想人生所處的空間或移到外太空（例如月球之旅），或海底世界（例如很多關於沈入大西洋的大陸文明的傳說），甚至是地殼底層的深處。也有的幻想家將烏托邦在時間上加以展開，近代英國小說家威爾斯（H. G. Wells）的《時光機器》（*The Time Machine*）等科幻小說，以及史德普頓（Olaf Stapledon）的《最初的和最後的一批人》（*Last & First Men*），都是藉時間的因素和科學幻想的題材表現出烏托邦式的思索，其中的時間距離甚至達到二十億年之遠。這無疑也是對人生經驗的一種伸延，是對人生經驗甚至想像力有限性的一種補償。

人生的精神延展不僅包含認知方面，還包括情感方面。人類在文明發展過程中發育起了許多方面的情感需要，而人類個體的情感體驗總是無法完全覆蓋這些情感需要，於是透過文學藝術的補償功能延伸這些情感體驗，填補各種情感空白，這也是文學藝術作品之於各個時期的人們都有長久的魅力的一個重要原因。人類需要親情的呵護，可並不是每一個人在每一個歷史階段都能夠有條件體驗各種親情，於是可以透過文學作品延展自己這方面的情感體驗，從而間接地但是審美地滿足這方面的情感要求。於是一個失去了母愛的讀者可能特別鍾情於表現母愛的作品，一個到了該有孩子的年齡的讀者如果依然膝下無子，則很可能偏愛表現兒童生活的作品。愛情是人人都可能有機會加以體驗的情感，也能夠給每一個人留下深刻的印象，並很可能影響很多人的一生，但愛情的豐富性卻幾乎是每一個人都無法完全領略的，於是，愛情的描寫是文學創作和欣賞活動中永久性的焦點。

人是情感的動物，就總體而言，人的情感需求的豐富性，甚至會遠遠超過人對於物質需求的廣泛性，這也正是人作爲高級動物的基本素質。人的情感需求的豐富性，不僅體現在對諸如愛情、親情等積極、美好的情感充滿著體驗和感受的願望，而且對於一些諸如悲哀、痛苦、孤獨、絕望等消極情感，也有著體驗與感受的興趣。在現實人生中，每個人對這些消極情感都避猶不及，但這並不妨礙相當多的人對這些情感保持著某種偏愛。亞里士多德認爲這樣的消極情感可以「引起憐憫與恐懼」，使得人的情感「得到陶冶」與淨化[3]，德萊登（John Dryden）又認爲，這些悲劇性的情感乃可以「改正或消除我們的激情——恐怖和憐憫」[4]，不過無論怎麼說，人們都更願意在欣賞的意義上，間接地體驗和虛擬性地感受這一類情感，而不可能喜歡在實踐的意義上直接地實現這種情感。一個正常的人無論如何也不會企盼著遭受迫害，妻離子散，流落荒野，但在

藝術欣賞和文學閱讀中，又常常偏愛這一類情境，因此《水滸傳》中林沖「風雪山神廟」的場景，便能成爲屢演不衰、屢看不厭的戲劇題材。人既要體驗和感受悲哀、痛苦、孤獨和絕望的情緒，又不能讓這些情境危及己身安全，便祇能接受非直接的方式和虛擬的途徑。文學藝術能夠爲人們提供這種欣賞的文本，能夠爲人們提供這種間接體驗和虛擬性感受的理想情境。在這一意義上，文學藝術確能最大限度地發揮其之於人生的情感延展和補償的功能。

在人生的情感體驗中，失戀的痛苦是最令人不堪的感受之一，但幾乎每一部文學作品所寫到的失戀的感傷，都能深深打動讀者的心。設想有兩部作品或者表現有兩個場景，一個是熱烈的喜慶場面，有如范進中舉、皇甫少華奉旨完婚般的熱鬧，一個是淒慘的悲情場面，有如林黛玉焚稿斷癡情、祝英台梁山伯雙雙化蝶般的淒苦，讀者和觀衆更願意看哪一部作品，看哪一個場面？答案當然是明顯的：乃是後一種作品後一番場面更受歡迎。其中的審美心理比較複雜，但簡而言之，是人們其實都不願意在現實人生中體驗這樣的淒慘和悲苦情感，而樂得在虛擬的情境中補償感受這種情感的淒美。

人生的諸多情感，特別是悲劇性的情感，在人們看來都具有一種引人入勝的淒美；人們在現實人生中並沒有很多的機會去體驗，更重要的是人們對此不想、不希望作直接的體驗，於是便指望透過文學藝術去感受、去補償、去滿足這種情感的期待。在這裏，人們對這類悲劇性情感既想感受又拒絕直接體驗的微妙心態極爲關鍵，這種心態往往是文學發揮其精神和情感補償功能的重要依據。人們爲什麼對於文學作品中表現喜慶的熱烈場面不那麼十分熱中呢？那是因爲，儘管人們同樣期待著這樣的情感體驗，但它們絕不是人們在實際人生中試圖拒絕的對象。更多情形下，人們期待著這種情感體驗的直接發生，文學藝術等載體的虛擬性表現，不僅對於一般觀衆來說沒有十分的必要，而且還似乎在這種虛擬化的處理中占了讀者和觀衆人生期待之先。高明的文學家都自覺或不自覺地注意到這樣的欣賞習慣，總是盡量避開喜慶的場面而較多地刻畫悲情場面。高鶚在續寫《紅樓夢》時，將寶玉成親和黛玉焚稿安排在同一時間，可他實寫黛玉之死，虛寫寶玉之婚，實在是很明智的處理方法。

二、文學對人生的滋養

文學除了分別從經驗層次和情感層次，從人類社會的總體到各個個人的個體去體驗人生、延展人生而外，更重要的價值功能還在於可以滋養人生。從社會人生的宏觀方面說，文學對人生的主要功能便是使人生的餘裕得到開發、得到利用、得到滋養。人生需要充實，也需要餘裕，沒有餘裕的人生不是高品質的人生；人生需要勞作，也盼望休息，一個具體的人的休息是睡覺、是聊天、是玩樂，總體人生的休息則是遊戲，則是文藝的創作與閱讀、欣賞。於是人生需要工作，也需要文藝，沒有文藝的人生就如同沒有餘裕，沒有暢快的心靈呼吸。無論從創作還是從欣賞角度看，文藝其實都是人類心靈的一種呼吸。生理的呼吸當然重要，離開了生理的呼吸，人類的生命

便無法保持；心靈的呼吸也相當重要，沒有了心靈的呼吸，那種人生便會顯得死板無趣，索然無味，了無生氣。

人類文明走過了輝煌的歷程。記載著這一輝煌的固然有蜿蜒的中國長城，頹敗的古羅馬廢墟，神奇的馬雅文化和三星堆文明，還有悠遠的運河，古老的墓園，可是人們認知這一輝煌的主要途徑，還是各國各時代的文學作品。文明史的種種艱難與輝煌，種種血腥與王道，都生動而豐富地載留在文藝之中。這還不包括上述所有的物質遺存，其實都無不經過人類文藝思維的裝扮與包裝。由此可見，人類的文明內涵其實在大量地展示著精神文明，主要是文學藝術的風采，人生的一般軌跡都離不開文學藝術。文學藝術是人生無法離開的，有了它，人生就得到了圓潤的處理、得到了美化、得到了生動的傳述。如果沒有文學藝術，人類的文明將會是一副什麼樣子？或許那些物質遺存還在，但它們可能祇會以粗糙的形式和笨拙的樣態出現，令人爲祖先羞愧而不是爲人類驕傲。從這樣一個宏觀意義上說，文學藝術確實對於總體上的人生起到了一種滋養和美化的作用。

從個體方面說，文學的活動，包括鑒賞和創作，對於自己的人生都是一種精神的和情感的滋補。人生大多數的情形下是枯燥而苦澀的，需要文學製造的情趣加以滋養。有情趣的文學家可以透過文學創作塡補人生的空虛，轉換人生的哀傷。詩人紀弦寫過一首〈煩哀的日子〉，表明完全可以用詩排解煩哀，獲得生命的情趣：

今天是煩哀的日子，
你突然做了天國的主人，
你說夢有聖潔的顏色，
如愛人天藍的眸子。
於是你便去流浪，
學一隻心愛的季候鳥。
涉過了無窮盡的川河，
越過了無窮盡的山嶺，
你終於找到了一片平原，
在一片不可知的天藍之國土。
那裏是自由的自由，
你可以高歌一曲以忘憂。
而你將不再作夢——
「如今的天國是我之所有。」

與詩人一同沈寂在這美麗的想像中，還能被煩哀纏繞不休嗎？煩哀是一種心情，詩人這樣的暢想，無疑可以將心情轉換到遠離煩哀的藝術情境之中，人生不就可以因這煩哀的解除而顯得生

趣盎然？

詩人轉換情緒的高招一旦使出，甚至能將悲哀的生離死別化解成一絡輕盈的煙影，一行美妙的歌聲。老詩人史紫忱一九九三年在陽明山的「獨廬」壽終正寢，據其高足李端騰介紹，他「以詩絕筆」，寫下了一首〈我歌唱著走了〉5，其中第一題「我通過人橋」的最後一段這樣唱道：

我衹是生命轉調
音鍵將響起另一高潮
親朋友好：
別誤為我霧散雲消
而愁鎖眉梢
要喜喜歡歡替我祝禱
拜託老伴出招
打扮花花俏俏
像當年結婚一把嬌
我在場外放隱形隱聲的鞭炮
然後，我歌唱著走了

臨近生命的終點，詩人尚有這樣的情致，沒有悲傷，衹有坦然，沒有悲淚，滿帶微笑，這樣去面對死神，眞可謂是人生的驕傲。如果不是文學的排解，不是詩性的滋養，老詩人如何能夠如此通達、如此瀟灑！許多現代主義趣味濃厚的詩人也不拒絕死亡的歌唱，甚至還帶著某種變態去擁抱和親吻死亡，不過所表現出來的乃是生命和情感的異態而非常態。史紫忱這樣的歌唱一點沒有現代派詩人的那種面對死亡的冷笑和變態的頹廢，而衹是坦然、安寧，是情感和靈魂受到文學滋養之後的一種豐富和放達的表現，同時這樣的歌唱也又一次滋養了在寂寞中歌唱的詩人的靈魂。

一個眞正善於進行靈魂滋養的文學家，才可能以這樣的坦然和美好的詩意，對待人生中的厄運、災難和悲痛，同樣，將人生中遭遇的厄運、災難和悲痛轉化成一種坦然的心性和美妙的詩意，不僅在詩性的玩味中減輕痛苦的重壓，而且可以在一種豐富的情感體驗中鍛造出別一番淒涼而放達的美，這樣的美也足以滋養充滿苦難的人生情感。詩人聞一多失去了愛女，內心中經常放不下這情感的壓迫，爲了讓自己從這壓迫中解脫出來，他告訴自己：「忘掉她」！

忘掉她，像一朵忘掉的花，
　那朝霞在花瓣上，
　　那花心的一縷香；
忘掉她，像一朵忘掉的花！
忘掉她，像一朵忘掉的花，

像春風裏一場夢，
像夢裏的一聲鐘；
忘掉她，像一朵忘掉的花！
忘掉她，像一朵忘掉的花，
聽蟋蟀唱得多好，
看墓草長得多高；
忘掉她，像一朵忘掉的花！

作爲詩人的父親可以透過詩句，將美好的意象——朝霞在花心裏綻開的一縷香，響在春夢裏的鐘聲，伴著蟋蟀歌唱而生長的墓草等等，全都獻給自己永別的女兒；作爲父親的詩人也可以這樣勸告自己：「年華那朋友眞好，他明天就教你老」，無奈的歲月中，懷念不過是一種父愛的徒勞。祇有深通詩性的人才能奉獻出這麼美好的意象，才能表現出這麼燦爛的心情；也祇有奉獻出了如此美好的意象，情感和心靈才能在悲痛中獲得詩性燦爛的滋養。

文學對人生的滋養不一定訴諸情趣和強作歡笑，也可以訴諸靈魂的淨化與眼淚。後一方面的精神享受屬於人生更高層次的歡悅：心靈的怡悅。能夠幫助人們抵達這種心靈的怡悅的，便是文學藝術。大量的文學作品我們之所以喜歡讀，大量的戲劇我們之所以喜歡看，主要不是爲了取樂、爲了熱鬧、爲了博取哈哈一笑，很多情形下正好相反，爲了進入作品所描述的悲苦情境之中，爲了那一份心心相通的寧貼與安靜，爲了一掬同情、憐憫和感動之淚。流淚的感動對於人的心靈確實是一種淨化，對於人的精神無疑是一種滋補。人痛苦的時候會流淚，但不等於流淚都意味著痛苦，因情感的感動而流的淚，就是一種歡暢的宣泄。

在日常人生中，人的感動比較難以發生，祇有經過文學藝術的渲染，才能比較集中地激發這種感動，無論這種感動是不是達到催人淚下的效果。文學中令人感動的情形很普遍。我們可以爲《驚天動地竇娥冤》的悲慘感動，也可以爲《將相和》中的眞誠和大義所感動，可以爲梁山伯祝英台的生死相戀感動，也可以爲馮夢龍《警世通言》中俞伯牙鍾子期悲涼的相知而感動。平民的悲慘讓我們感動，將帥的悲涼也同樣讓我們感動。《水滸傳》中宋江面對被射死的大雁留下英雄淚，感傷不已，使讀者至此無不動容。《三國演義》寫孔明收服孟獲後班師回蜀，孟獲率領大小洞主酋長及諸部落送至瀘水，時值九月秋天，忽然陰雲布合，狂風驟起，土人告說：「自丞相經過之後，夜夜祇聞得水邊鬼哭神號。自黃昏直至天曉，哭聲不絕。瘴煙之內，陰鬼無數。因此作禍，無人敢渡。」因此知道是士兵和南人的「狂魂怨鬼」作怪，遂於瀘水岸上，設香案，鋪祭物，列燈四十九盞，揚幡招魂；孔明金冠鶴氅，親自臨祭，令董厥讀祭文。讀畢祭文，孔明放聲大哭，極其痛切，情動三軍，無不下淚。每讀及此，讀者也會不禁下淚，爲殺伐決斷的諸葛亮如此深厚的人性，爲一軍之帥的諸葛亮如此眞誠的柔腸，爲身經百戰的諸葛亮如此深刻的悲涼。

文學藝術中能夠讓人們感動和流淚的因素很多，不過所有能夠讓人感動和流淚的大都是人性中的善。這種人性善的感動，對於人的情感的眞純，無疑是一種極爲有益的滋養。

當然感動得流淚還有許多美的成分，靈魂的通悟，身世之感的共鳴等等。《紅樓夢》第四十三回寫賈寶玉逃到荒野的水仙庵，裏面供的是洛神，見到那洛神雖是泥塑的，卻眞有「翩若驚鴻，婉若遊龍」之態，「荷出綠波，日映朝霞」之姿，便不覺滴下淚來。爲什麼賈寶玉能看著這原本荒唐的泥塑流淚呢？主要是因爲他對於曹子建的〈洛神賦〉有深切的感受，有強烈的印象，心靈中對之有一種美好的期待。美好的期待同眼前這種斑駁、破敗的情景形成了反差，而秋風蕭瑟無疑會增加素性憂鬱的寶玉的感傷。另外，賈寶玉偷偷來到荒郊野外，原是準備爲祭奠因他而屈死的金釧兒，看著洛神的模樣，喚起對於金釧兒的身世之感，悲從中來，淚水下滴，眞乃自然不過。

由賈寶玉見洛神塑像而流淚的情形說開來，可知人的審美感動須有相當的文學素養，有被各種文學素養陶冶而成的感時傷景的文人素質，以及與己身體驗密切相關的身世之感。所有這一切都離不開文學的調理，文學的激發。

朱光潛的《文學與人生》從心靈的滋養和休憩的角度，概括了文學之於人生的功能，也可以作爲我們討論這個問題的參照：

> 凡是文藝都是根據現實世界而鑄成另一超現實的意象世界，所以它一方面是現實人生的反照，一方面也是現實人生的超脫。在讓性情頤養在文藝的甘泉時，我們霎時間脫去塵勞，得到精神的解放，心靈如魚得水地徜徉自樂；或是用另一個比喻來說，在乾燥悶熱的沙漠裏走

得很疲勞之後，在清泉裏洗一個澡，綠樹蔭下歇一會兒涼。世界許多人在勞苦裏打翻轉，在罪孽裏打翻轉，俗不可耐、苦不可耐，原因祇在洗澡歇涼的機會太少。

朱光潛說得既具體生動又宏觀抽象，偏重於心靈的享受。而從我們上述分析中可知，文學之於人生的功能，還應包括生動的認知、經驗的補償和情感的滋養等若干方面。

1. 拙著《酒神的靈光——文學情緒論》，延邊大學出版社一九九一年版，第八頁。
2. 《台灣文學十講》，前衛出版社二〇〇〇年十一月版，第一七四頁。
3. 亞里士多德，〈詩學〉，見伍蠡甫主編《西方文論選》（上），上海譯文出版社一九七九年版，第五七頁。
4. 德萊登，〈悲劇批評的基礎〉，見伍蠡甫主編《西方文論選》（上），上海譯文出版社一九七九年版，第三〇九頁，。
5. 李瑞騰，〈編後記〉，《我歌唱著走了——史紫忱的詩與詩論》，台灣文學觀察雜誌社一九九四年版，第一五四頁。

第五講

人生與文學的情境差異：「留白」

情境就是情景和境地。文學情境就是文學作品中表現的特定的或虛擬的人生情景和境地，它與人生情境有著相當密切的聯繫，一般來說，人生情境是文學情境之母，文學情境在一定的條件下體現著人生情境之精華。但兩者之間的差異性很大。籠統地說，人生情境呈現出自然的和人文的必然狀態，體現著「眞」的內涵；文學情境呈現出文學家創造的精神形態，體現著「美」的要求。如果說，從文學的起源看其與人生的豐富而複雜的關係，強調的是文學情境與人生情境的聯繫，那麼，從文學創作的特殊性考察其與人生現象的一般性關係，則強調的是文學情境與人生情境之間的差異。

如果要討論文學與人生之間的差異性，那面對的將是一個非常龐大甚至是有些漫無邊際的課題，當將這一題目縮小到「情境」上來以後，便可以從文學情境對人生情境的美感提煉，文學情境與人生情境的邏輯關係等方面展開，將文學與人生的關係解析得具體入微。

人生的情境與文學的情境存在著明顯的差異，這種差異的關鍵在於美的內涵的多少或有無。文學情境的美可以透過多種方式獲得，而富有空間感的「留白」策略，是建構和充實文學情境之美的重要途徑。

一、文學情境對人生情境的美感提煉

在美學上，有人提出了「人按照美的規律來創造」的觀點。前些年風靡世界的捷克小說家米蘭·昆德拉，在其代表作《生命中不能承受之輕》中有一段精彩的議論，將這一命題的內涵發揮到了極致。他說：

> 人的生活就像作曲。各人為美感所導引，把一件件偶發事件（貝多芬的音樂、火車下的死亡）轉換為音樂動機，然後，這個動機在各人生活的樂曲中取得一個永恒的位置。1

他所說的「貝多芬的音樂」是指主人公托馬斯最初與情人特麗莎偶然相會的環境，在捷克一個小鎮的旅館餐廳裏，收音機裏正在播放貝多芬的音樂，在這音樂聲中，特麗莎注意到了孤獨的托馬斯，她的年輕、熱情而浪漫的心爲他的孤獨連同貝多芬的音樂所深深打動。他所說的「火車下的死亡」是指特麗莎所喜歡的小說《安娜·卡列尼娜》中，主人公安娜與情人最初相遇之時，正好是在火車站，當時的情形是一個人被火車軋死；在小說的結尾，安娜卻自己也躺到了火車輪下。按照米蘭·昆德拉的解釋，安娜本來可以選擇其他的死亡方式，但她之所以選擇被火車軋死，是因爲她最初與渥倫斯基偶然產生愛情的情景——有人被火車軋死的慘劇，在她的意識中已經成為與她的愛和美的記憶緊密相連的人生樂章的「動機」，「並且在她絕望的時刻，以黑色的美誘惑著她。」於是她祇能選擇這樣的一種死亡。作家總結道：「即使在最痛苦的時候，各人總是根據美的法則來編織生活。」由此看來，處在人生情境之中的人們不僅按照美的規律來創造，甚至選擇毀滅也會按照美的規律來進行。

人們常說美是一種感動，也就是說，美往往訴諸情感的人性方面。怎樣形成這種感動？劉勰在《文心雕龍》〈神思〉篇中描述過「神用象通，情變所孕」的創作現象，就是說，文學的構思必須在空間想像上有足夠的拓展，容納情緒的醞釀，美才能從中產生。因此，文學的情境之美必須有賴於一定的人生空白的營構。

許多流俗的民間文學，常常將人生的情境當作理解文學情境的門鑰，於是在表現之中充塞著人生的經驗，不給讀者的情感活動餘留任何情境空間，因而往往激發不出情感因素，當然也就容易失去美感。特別是對於詩這樣比較精緻的文學樣態來說，一個不考慮美感的作品也是不可想像的。在文學作品中，最精鍊的自然是詩。如果人們僅僅把詩理解成分行排列的、局部押韻的文體，則許多所謂打油詩之類的東西完全符合這樣的標準，難道它們也都算詩？當然不是，因為它們往往缺少作為詩或文學作品最關鍵的最根本的東西，那便是情感或足以感動人的因素。有一首流傳很廣的打油詩，據馮夢龍在《古今笑》一書中記載，乃是唐人張打油的傑作，題為〈雪〉；這首開創打油詩先河且被很多人所讚歎的「詩」是這樣描寫雪景的：「江上一籠統，井上黑窟窿。黃狗身上白，白狗身上腫。」這自然是惡劣的遊戲之作，根本算不上詩，儘管有古人認為這

種「張打油」式的詩，「以俗為雅，而一語之出，輒令人絕倒」[2]，可作為詩實在是沒有一點詩味，因為它所刻畫的空間非常狹隘，而且滑稽，激發不出空間想像的感興，也就不可能產生情感的流動或感動人的某種情愫。

有些民間藝術常常將文學情境同簡單的人生情境等同起來，忘記了文學情境的第一要求便是美感，不給這樣的美感和情緒留下任何迴旋的空間，往往還因此自以為高明。在安徽省地方戲曲——安徽琴書[3]中，有一齣傳統保留曲目《十把穿金扇》，內容講的是一個姓陶的官宦人家遭了滅頂之災，祇逃出名喚文斌、文燦的兩位公子。這兩位公子各帶出祖傳的五把穿金扇，吃盡人間苦難，終於以滿腹詩書和倜儻的氣度，贏得了貴族人家的賞識和富家女兒的青睞，個個都金榜題名同時又洞房花燭，十把穿金扇也就完璧歸家了。書說陶文燦未遇之時祇得討飯，討飯也很艱難，正在饑餓難忍之際，來到一個坐館的教書先生的住處，祇聽得那鄉野窮酸的教書先生正對著東家送來的稀薄的粥憤憤不平，在那裏作詩抒發自己內心的痛苦，詩曰：「合米煮成粥一甌，西風吹來數條溝，遠望好似西湖水，祇差漁翁下鈎鉤。」那先生感歎一回，正準備捧起粥甌喝將起來，陶文燦門外大叫「不通」。先生見是一個叫化子，自然不服，兩人便打賭，誰贏了就喝粥。陶文燦批駁先生說：一合米如果煮成一甌粥，那粥就已經很不薄了，你門朝南，西邊並無窗戶，哪來西風吹？一甌粥這麼有限的面積，怎好用西湖水比擬？這一番道理那窮酸先生自然拜服，我們也權且承認，那麼他改作的詩就令人難堪了：「數米煮成粥一甌，鼻風吹起兩條溝，近看好似團圓鏡，照見先生在裏頭。」說書人說到這裏，不免會添油加醋，自鳴得意，以為陶公子這四句詩高明得了不得，符合生活常識所規定的各種邏輯的推正。確實，後來杜撰的這四句詩確實非常符合當時的人生情境，但是能否成詩？不能，因爲那鼻風是無論如何進不得詩的意象，有它這一惡俗的表現，再符合人生的眞實也難以進入文學的情境。相比之下，窮酸先生的詩雖爛，但所寫的「西風」、「西湖水」等畢竟還是詩的意象，還是表現了文學的情境，能夠激發起人們對於美好事物的聯想，爲讀者的情緒流動準備了一種情境空間，故而比起陶文燦那不成詩的東西來，倒還眞可算是詩。

《十把穿金扇》在江浙皖地區流傳甚廣，傳統越劇水路班子[4]也保留此節目。這樣一個俗得不能再俗的故事中，自然不會出現什麼像樣的詩來，更重要的是，說書人居然還要講論詩的道理，那結果便俗得可想而知。在說書先生看來，符合人生情境的才是眞詩，殊不知用「鼻風」吹稀飯這樣確實也十分符合人物境遇的人生情境，就是不能入詩，因爲詩要表現的是文學情境，文學情境首要的因素便是美，眞實與否倒在其次。更重要的是，完全符合人生情境的文學表現，失去了文學情境應有的空靈，什麼意象和場景都變得非常實在，任何美感的發揮都找不到足夠的空間。

文學情境的空間就意味著審美想像的自由，沒有提供足夠的空間讓人們施展這種自由的作品，就會顯得較爲庸俗。從性別角度分析，對於異性的想像是獲得某種文學情境空間的一個重要途徑。在男性主導的社會裏，對於女性的美的想像則成了文學情境營造的巨大空間，於是很難想像一個男性文學家不會對女性世界發生濃郁的興趣，甚至很難想像有多少美好的情境與女性沒有關係。這樣的創作和閱讀心理，決定了女性在文學情境中將非常自由，而男性進入到文學情境卻

沒有這樣的自由。唐代詩人朱慶餘有詩〈近試上張籍水部〉，是說自己給張籍上了一個行卷，不知張水部看後如何評價，能否得到朝中的賞識，以詩代問曰：「洞房昨夜停紅燭，待曉堂前拜舅姑。妝罷低聲問夫婿，畫眉深淺入時無。」這首詩自比女子，將張水部比作新郎，讀來十分肉麻低俗，可千百年來卻被傳爲經典，備受推崇，可見文學界根本沒有意識到這種比擬的肉麻和低俗。如果將這首詩祇是當作新婚夫婦之間的戲謔纏綿，那自不失爲活趣精巧，生動輕靈，問題是當人們選擇此詩、詮釋此詩乃至於欣賞此詩時，非常清楚此詩的寫作背景和詩中的比擬關係，這種比擬關係之肉麻和低俗嚴重影響了文學的審美情境，於是人生情境中或許能夠成立的那種兩個男人之間的婦婿之比，進入到文學情境之中就是一種失敗，就是一種對美的戲謔與嘲弄。

女人可以比擬男人，花木蘭的故事及其樂府詩等等，以及《再生緣》中的孟麗君、《梁祝》故事中的祝英台，都能夠爲歷代讀者和觀眾所欣賞，女扮男裝作爲一種藝術審美現象得到了普遍的接受和認同。但如果反過來，男扮女裝，雖然也存在著不少這樣的現象，例如較早的京劇，梅蘭芳時代的玩藝兒，還有錫劇等地方戲劇中的《王老虎搶親》之類的周文賓的裝扮等等，不過要比女扮男裝的現象少很多，而且總是受到有識之士的挑剔和責難。魯迅就曾明確表示過對梅蘭芳一類作派的反感和嘲諷，戲劇舞台上周文賓的扭捏作態也讓許多人看得極不舒服，而越劇中的女扮男裝卻越演越紅火，以至於有的地方別出心裁讓男角進入越劇，效果並不很好，許多觀眾都無法接受，更無法欣賞。

從人生邏輯來分析，女扮男裝和男扮女裝都是屬於非常態的人生演繹，用來闡示一種道理或說明一種人生情境，其效果應該是相當的，因而不應厚此薄彼或揚此抑彼。不過進入到文學欣賞、藝術欣賞和美學欣賞的語境之後，人們從文學情境和審美情境的角度去審視這種非常態的人生情境時，所持的評價態度就截然兩樣。這是一種複雜的接受心理和欣賞習慣，怎樣來分析這種接受心理和欣賞習慣，是一個非常艱難的美學和藝術心理學課題，而可以肯定的是，男扮女裝基本上不符合人們的審美認同，女扮男裝則可以被廣泛接受；在審美的世界裏，男人是非常不自由的，而女性，特別是嬌美的年輕女性，才是理想的和自由的對象。朱天文作爲一個女作家似乎感到這一點，但不明其所以然，後來從胡蘭成的《中國的女人》一書中受到啓發：「女人理論上不及男人，男人美感上不及女人……向來英雄愛色，他是從女人得知美感。」5如果反過來，人們試圖在男人那裏得到美感，豈不是太肉麻了！於是，《戰國策》中的〈鄒忌諷齊王納諫〉篇，讓鄒忌與徐公兩個大男人「比美」，作爲寓言實在無可厚非，可作爲文學描寫，也難免墜入到肉麻和低俗的境界。因爲寓言基本上立足於人生情境說明人生邏輯，而文學作品則須引領讀者進入到文學情境，必須貫徹審美法則，即使在比擬的意義上，男人的形象也不宜作女性式的「美」化。人生的邏輯從來不給讀者和作者留下任何審美想像以及情感激發的空間，而文學情境非常注重這樣的空間餘留。

總之，人生情境的描寫祇是對人生邏輯的合法性負責，文學情境的刻畫則須對美的規律負責。文學創作應是對人生情境的一種審美提煉，文學欣賞也是在對人生情境領悟的意義上的一種審美提升。

二、空間感興：審美途徑之一種

文學之美的本質屬性也許可以從時空感興上作出解釋。文學藝術表現的美不過是在時空方面分別拉開距離，形成一定的張力，然後再加以克服，以圖一種快感的獲得。這樣的距離說與接受美學上的距離說有很大的不同。從接受的角度說，距離產生美，這似乎比較容易爲人所接受，但怎樣的一種距離才能產生美，似乎任何美學家都難以說清。人們不可能認爲距離越大就越美，如果那樣，任何一種美也比不過太陽系以外的星團和黑洞。從文學與人生的關係角度來分析，文學之美來自於文學與人生的某種距離的形成及其克服的運作之中。

文學之美顯然不能等同於人生之境，它必須與人生的情境拉開相當的時空距離，使得創作者和接受者立足於人生之境，卻能對那一種被表現和凸顯的美的境界保持一種對象化的姿態；但當創作者和接受者確認了這種美的對象與現實人生之間的距離之後，之所以能夠繼續認同它，那是因爲它們能夠在這種美的對象中，獲得人生情境的某種對應或者證同。這兩方面的作用才是審美活動的一個完整周期。於是，文學和藝術之美雖然與現實人生情境拉開一定的距離，但終究離不開人生百相；離開了人生百相，文學就成了天馬行空的東西，甚至像外星系的星團和黑洞，與人生沒有什麼關涉性，人們就不會將它當作審美對象加以閱讀或接受；於是一般來說，人們總是傾向於閱讀與自己的人生體驗有某種親近之感的作品。

人們在解析文藝之美的時候，總是習慣於追溯到遠古人類的遊戲，其實那些遊戲之所以被稱為是審美的活動，就是因為它們符合這種與人生既拉開時空距離、同時又導向對這種距離的克服的遊戲規則。例如原始人的圍獵舞蹈，其所反映的或許是前幾天的事情，也許是這個原始人部落在山上取得頗多斬獲的情形，大家興奮異常，以為是神人助力，於是手之舞之，足之蹈之，慶祝這次豐收並打發因這樣的豐收帶來的閒暇。這時的歡樂舞蹈與當時當地圍獵的人生現實就拉開了距離，正因為拉開了距離，因為沒有了當時現場氣氛的緊張甚至殘酷，大家才倍感興奮，才覺得非常開心。不過人人都明白這樣的興奮和開心並不僅僅對紀念過去的勝利有意義，他們的狂歡更重要的是為了祈禱來日的順利，為了樹立克服猛獸的信心，為了體嘗未來勝利的喜悅，正是這後一方面帶著某種功利性的考量，使得人們在狂歡中倍覺舒暢，倍覺美妙。由此看來，一種美感的形成或者完成，必須經過拉開與現實人生的距離，同時又在另一層意義上克服這種距離，讓審美快感在復歸人生這一特定的路徑上得以實現。

這樣的審美經驗可以推廣到任何一個審美對象的鑒賞過程。例如面對一簇美豔的鮮花，人們如果感到震驚，感到戀戀不捨，那是因為發現了此花之美的與眾不同，實際上由此花生發了對於平日所見之花的一種距離之感；然而面對這美豔之至甚至歎為觀止的鮮花，人們想描摹之、歌頌之，更想攀摘之，甚至想連根移栽於自家庭院，即總是喚起一種讓這樣的花與自己的現實人生發生某種更緊密的關係的臆想，這就是對於自己心造的距離加以克服的欲望。傳唱於民間許多年的

優美歌曲——蘇州民歌〈茉莉花〉，表現的正是這種審美過程：「好一朵茉莉花，／好一朵茉莉花！／滿園花開比也比不上她！／我有心摘一朵戴，／又怕看花的人兒罵……又怕來年不發芽！」

這首歌所引的前半部分便是距離的產生和強調：那一朵被歌頌的「茉莉花」卓爾不群，滿園的鮮花都比不上她，因而她成爲審美的特別對象；後半部分則是對這種距離感的克服，想到占有這朵花，拿這朵花直接爲自己的人生作點綴。當然，這樣的想法不能付諸實施，一旦付諸實施便成了對美的摧折；但這種想法的產生，又實在是審美過程中的一個必然環節。總之，面對美麗的對象譬如鮮花，最終的結果最好祇是觀賞、描摹、歌唱，其他什麼也沒有發生，不過無論怎樣，欣賞鮮花之美的過程總須在這種距離的形成與克服努力中完成。

欣賞一幅畫的審美過程也是如此。一幅哪怕是潑墨山水畫（當然，必須是夠水準的作品），其審美價值都可能比一張數位照相山景要大，因爲山水畫與實際的山景水象拉開了相當的距離；同時，這山水畫必須反映中國常見的青山綠水，甚至須畫上一兩山間小亭，三兩樵夫釣翁，這樣給欣賞者以某種親近之感。於是，一個藝術作品既須與創作者和觀賞者的人生體驗拉開距離，同時又要讓這種距離能夠在創作者和欣賞者的想像空間裏存在著克服的可能。潑墨山水與現實所見的山山水水諸多相異，但那一兩山間小亭其特別的美處，在於提醒人們這是一座與我們的人生很親近的山，三兩樵夫釣翁也許能表述著悠久往昔的歲月，但同時也暗示我們它的中國特色、民族風味，以及傳統文化中恬淡無爲的深意。這些方面的美感都是克服了表現對象與實際人生之間距離的結果。

由上述諸例更可知，審美過程中必須有的對於文藝表現對象與實際人生之間距離的克服，最重要的必須在心理上展開，實際上體現為人生中的主體對於文藝表現中的對象的一種心理認同，事實上人為拉開的距離為心理認同所彌合了，這樣才產生了美感。如果前述「茉莉花」眞的從實際動作上消除於對象的距離，那便是肆無忌憚的「摘一朵戴」了，還有什麼美？再美的鮮花離開了繁茂的枝葉戴在人的頭上，也不可能再煥發出令人稱羡的美。再如，如果觀賞者對於中國畫中亭台人物的認同，不是從精神、文化和心理層面進行，而是硬要將自己納入畫中，自己去踩一踩看上去很是精美的涼亭，自己站到那畫中的相應位置垂釣一番，還有什麼美感可言？

正因為文學藝術所創造的情境與實際人生之間拉開的距離，必須透過心理認同的方式加以克服，而不能採用實際的辦法進行彌補，所以藝術的誇張才是允許的，也才有可能性和合理性。古代人的詩特別喜歡誇張，也敢於誇張，李白〈北風行〉所吟「燕山雪花大如席，片片吹落軒轅台」之類的便是。這當然是誇張。有人說，經過科學測定，最大的雪花的直徑也不過二十公分，大如席是十分誇張的。有的人在解讀這樣的詩時，從現實可能性的原則出發論述誇張須有現實根據，說是講燕山雪花大如席還是有事實依據的，因為燕山確實多雪，而且雪也確實大，如果說別的地方例如廣州的什麼地方雪花也大如席，那就沒有什麼根據了[6]。其實這還沒有說到這種詩學的根子上。祇要那個地方可能下雪，以詩人的心境如果確實覺得異常寒冷，雪異常之大，他就說雪花大如席甚至大如帛也未嘗不可。誰也不可能給詩人作這樣的規定：燕山之地的雪比較大，可以誇

張到大如席；齊魯之間的雪相對可能小一點，則能誇張到大如扇；蘇皖之際的雪更小，或能誇張到大如葉；台灣北部的雪小得可憐，祇准誇張到大如鵝毛。如何形容雪花之大，並能夠得到讀者的審美認同，關鍵是看詩人如何理解那雪花的意義，而不是按照雪花之大的實際可能性然後再乘以若干倍，以及讀者是否能夠理解和接受詩人的這種誇張。在這裏，讀者的理解，也就是心理認同，是十分關鍵的。《西遊記》裏的孫悟空一個筋斗可以翻十萬八千里，這種誇張讀者願意認同，那就無所謂，其實對於處在沒有飛機，沒有汽車、火車時代的讀者來說，一萬八千里與十萬八千里沒有什麼分別。李白的〈秋浦歌〉吟唱道：「白髮三千丈，緣愁似個長，不知明鏡裏，何處得秋霜。」這三千丈的誇張較之大如席的雪花來，更是大膽得離奇，但人們還是願意接受，因爲人們不會想到在實際的空間意義上去確認白髮三千丈的具體長度，而是在心理上認同了詩人對長長的白髮所代表的愁思的刻畫，凡是有一定人生體驗的讀者都能體會到，有時感受到的愁思確實是無窮無盡，綿綿不絕的，三千丈豈是一個一般的虛數而已！

於是，文學藝術之美的實現就在於時空距離處理的這種動態之中：美必須拉開與實際人生的距離，同時又必須在接受者的心理上導向對這種距離的克服，使之反過來確認這樣的距離的合理性。有人說藝術之美全在於似與不似之間。齊白石認爲：「繪畫之妙在似與不似之間，太似則媚俗，不似乃欺世」。這誠然是對於美和審美心理過程體味很深的一種心得。但從藝術之美、文學情境與人生情境之間時空距離的形成與克服這樣一個特定序列來看，這句精彩的話還是說顛倒了。應該說，文學藝術之美與人生的關係，全在於不似與似之間：「不似」乃意味著文學表現與人生現實的距離被拉大或被強調，「似」則表明創作者和接受者同時將文學藝術所表現的對象，在比照於人生的意義上得以重新確認，克服了那種人爲營構的距離。

明白了文學藝術之美之於人生體驗之間時空距離因素的關鍵性，則不難理解文學情境與人生情境之間的重要差異，乃在於時空距離的運作。文學情境之所以能夠「移人性情」，能夠讓人產生遠超出於人生之境的美感，常常就在於這種時空距離的運作，是時空距離的運作使得人生之境得到了審美的提升，從而成爲審美感動的不二法門。

因此，文學創作的要旨便是在空間感和時間感上拓展人的感興，開拓人的思維，牽引人的思緒朝更悠遠或更久遠的方面延展，這樣才能將人生情境往文學情境上提升，才能使得人們在一種更加自由的時空感上，愉快地完成審美的想像。

古代詩話所傳范文正公題詞遭一字之改的故事，可以當作這方面的一個例證。嚴光是漢武帝時名士，因屢次拒絕漢武帝的親自徵召和封賞，實踐了《易》經〈蠱〉篇所言「不事王侯，高尚其事」的德行，遂得歷代文士崇仰。從杭州沿著風景優美的富春江溯流而上，在桐廬縣境內，至今有嚴子陵釣台之古蹟。明代謝榛的《四溟詩話》卷三提到，范文正公爲嚴子陵祠堂寫紀，中有「雲山蒼蒼，江水泱泱，先生之德，山高水長」的頌詞。在圍觀者嘖嘖稱賞之際，當地名賢李泰伯認爲有一字可改：將「先生之德」的「德」字改爲「風」。范仲淹等一聽「先生之風」，頓覺滿紙生輝，連連稱妙。這一字之改，確實很妙，且妙在許多方面。其一是這一「風」字非常有效率，表述的內容因此大爲擴展。原擬「先生之德」，祇是頌讚到了嚴子陵這位高士的品德、道

德，改為「先生之風」後，那「風」自然也包括道德風範，可除此之外還有為人的風骨、處世的風習、行動的風采、言語的風致、形象的風貌、精神的風韻，幾乎一個古賢聖人的方方面面都透過這一個字立體地呈示了出來。其二，「德」字入聲韻，類促音，讀起來比較逼促，不如平聲韻的「風」字那麼舒徐悠揚。其三，「德」是抽象詞，「風」是具體形象的描述，文學表現宜於採用具體生動的形象，而不宜採用抽象的詞語。更重要的是，「風」之為物雖說是形象的，但它並不直接訴諸我們的視官，而是透過各種各樣的物態顯現其風姿，這樣，一個「風」字就給人們留下了相當寬闊的想像空間，並同時調動起了人們在這空間自由翱翔的想像熱忱。

風是氣流的流動，氣流的流動並不是導源於一種無形的鼓風機器，而是導源於氣壓差異或地形差別所形成的某種特定空間，有了這樣的空間就有了氣流現象，就產生了風。人們的審美思維和審美想像就如同腦域中的空氣，它的流動和活躍與否往往取決於腦域之中是否產生了某種空間，有了這樣的空間就必然產生思緒和詩情的流動，就必然產生遐想的欲望和想像的熱忱。因此，好的文學作品往往總是自覺地或不自覺地致力於人的想像空間的拓展，從而促動人的審美思維和審美想像的流動與活躍。劉禹錫的〈秋詞〉在這方面堪稱典範。該詩有云：「自古逢秋悲寂寥，我言秋日勝春朝。晴空一鶴排雲上，便引詩情到碧霄。」

前兩句意味了了，不過是對於秋高氣爽的情境作了交代和刻畫，為後兩句作鋪墊。後兩句不僅是全詩的精華，也堪稱是那個時代所有詩思的一種結晶。這兩句有豐滿的形象：晴空，碧霄，雲朵，仙鶴，以及仙鶴排空而上的動態和姿勢；這些形象組合全部用來構成詩情的空間，激發詩人和讀者的想像，而且這想像的空間是那麼美好、那麼清新、那麼優美。

碧霄晴空、白雲仙鶴，這一切與普通的人生沒有太大關係，但對於每一個熱愛人生的人來說，欣賞這一切不正是一種高品質的、美好的人生體驗？哪怕是飄然欲仙的詩情的表現，祇要給讀者提供了詩性暢想的空間，就能對普通的人生起到審美提升的效用。

三、超越人生情境的「留白」

一般來說，人生的情境往往喜歡不留空間，而文學藝術的情境則非常講究這種空間的餘留。在現實人生中，人們希望充分利用自己的房間、房屋、庭院和別宅，用各種各樣的家具、生活物品、裝飾物乃至盆景、植物、山石等等將其塡滿，以便於利用和休閒的方便，同時也顯示自己的富有與充實。人們並不指望在自己的生活場所激發關於空間的想像力。文學藝術的實踐則可以證明，空間的餘留甚至是營造，不僅是文學藝術情境區別於人生情境的一個基本方法，也是文學藝術情境的創造中頗爲見功力的關鍵技法。音樂上的「曲終奏雅」，充滿著節制和力度的空間回味，是藝術的至高之境，甚至這樣的藝術方法也影響到文學中的散文。中國傳統國畫中的「留白」，標誌著國畫藝術的上乘水平和崇高境界，其目的也是激發人們的審美想像，留待人們的想像去塡空那妙不可言的留白，讓人們在這種想像中感受到進入藝術情境的歡悅。

文學史上有兩首唐詩曾常處於人們的比較閱讀中。一是王維的〈渭城曲〉：

渭城朝雨浥輕塵，
客舍青青柳色新。
勸君更進一杯酒，
西出陽關無故人。

這是非常經典的送別詩，內中充滿著前路渺茫、人生難測的焦慮與傷感，文字空靈而情調優雅，千餘年來感動了無數文士才女的心，惹動了多少遷客騷人的淚。由此詩的意境敷衍而成的〈陽關三疊〉等音樂作品，已經成爲中國音樂寶庫的經典傑作，許多詩人墨客競相寫作「陽關」題材，已足以構成值得人們深入研究和深深回味的「陽關文化」現象。應該說，這是一首不朽的詩作。

但是自從高適的〈別董大〉出來之後，情形發生了某些微妙的變化：人們開始將高適的這首明顯取意於王維的詩與〈渭城曲〉一比高下：

千里黃雲白日曛，
北風吹雁雪紛紛，
莫愁前路無知己，

天下誰人不識君。

人們感興趣的自然是後兩句，高適寫到此處一定十分得意，一方面將友人董大寫得名震四方，威風遐邇，傳達自己的友情更顯得真誠深摯；另一方面也對將別的友人有了一個美好的安慰，這似乎才是待友之道和送別之詞的正經。更重要的是，他借助王維的意境，在此基礎上翻新出異，立意超乎王維之上，足以造成令人拍案叫絕的藝術效果。許多人正是這樣理解高適詩歌的妙處，確認高詩比王詩來得高明。

王維和高適都是唐代詩人中的出類拔萃者，他們的詩各有千秋，皆宜稱賞。不過就此二首，說高詩高於王詩，完全是一種偏頗之論，而且這種偏頗正是來自於不懂得文學情境需要「留白」，需要提供一定的想像空間的道理。偏愛高詩者顯然主要是從人生情境出發理解「送別」場面和相關情景，覺得天下人都認識，天下人皆能友善地對待乃至接待這位即將遠行的董大，這是人生的一大幸事、一大樂事；這樣的人生情境，自然是人人嚮往、人人稱羨。然而從文學情境來看，前路充滿著「知己」，天下所有的人都熟識，於是伴隨著的永遠是前呼後擁，擠擠挨挨，熱熱鬧鬧，沒有了空虛，同時也失去了獨自徜徉的空間，沒有了寂寞，同時也失去了萬里一身孤的詩趣，沒有了零落，同時也失去了自由的體嘗。祇有完全沈寂在世俗人生的氛圍之中，人們才會欣賞這種情境；祇要懂得詩並偏向於詩的人，一般不會對這樣的情境加以欣賞。於是，從文學情境來說，王維詩刻畫出的「西出陽關無故人」的景象雖然倍感淒涼，但充滿著古悠的意趣；雖然

聲韻悲苦，但蔥蘢著憂傷的詩意；雖然語氣凋零，但洋溢著迷茫的清商。更何況那種友人之間「再無故人」的生死相依、生離死別的情感，比起高適詩中一句輕飄飄的「誰人不識君」，好似推卸責任一般的友情表現，不知眞誠、深摯多少倍。

王詩與高詩的差異，就是文學情境與人生情境的差異。王詩將陽關以西的巨大空間，連同未來的迷茫、孤零甚至生死未卜的巨大空白，留給了陽關之別的友人和自己，留給了千百年和千百萬的讀者；人們可以伴隨著詩人淒苦哀傷的樂步，去想像、去思量，在想像和思量中咂味人生的艱難與無常，那便是一種詩意的領略，一種美學之境的漫步與徜徉。於是，千百年來王維的〈渭城曲〉被競相引據，成爲詩人表達別情常用的經典。李清照〈蝶戀花．昌樂館寄姊妹〉寫道：「淚濕羅衣脂粉滿，/四疊陽關，/唱到千千遍。/人道山長水又斷，/瀟瀟微雨聞孤館。/惜別傷離方寸亂，/忘了臨行，/酒盞深和淺，/好把音書憑過雁，/東萊不似蓬萊遠。」有「四疊陽關」，有山長水斷，有惜別傷離，有酒盞也有飛雁，這一切不都出典於王維的這首不朽名唱？陽關曲甚至成爲一個詞牌曲目，蘇東坡曾作〈陽關曲〉並作序確認，認爲此曲「本名小秦王，入腔即陽關曲」。總之，王維此一唱，使得「陽關」成爲中國傳統詩意長期棲居的家園。而高適的〈別董大〉衹有在比較世俗化的意義上，才博得人們的贊同和引用。

人生重別離，更重別離之後生死茫茫音訊杳然。最令人悲傷同時也最動人的，往往是這種「西出陽關」式的別離。由於這樣的別離充滿不確定的因素，充滿著人生的孤獨感和飄零感，充滿著前路的迷茫和生命的「留白」，因而同時也充滿著濃郁的詩意。《紅樓夢》寫到後四十回出現了許多離別的場面，最感人也最富有詩意的，倒不是賈寶玉與薛寶釵等人的告別——儘管薛寶釵等人已經隱約感到此一番似乎生離死別，賈寶玉也連連說「我自己也知道該走了」、「走了，走了！不用胡鬧了，完了事了！」等充滿讖意的話，但因爲「外面」尚有人等著，而且此去俱知有明確目的，所以「留白」不是十分明顯，情緒的感染力並不很強。倒是第一百二十回寫到考完試失落了的賈寶玉似眞似幻地告別賈政的描寫，非常富有詩意：賈政在差畢回家的路上，官船行到陵驛地方，那天乍寒下雪，泊在一個清靜去處。賈政在船中寫家書，正寫到寶玉——

抬頭忽見船頭上微微的雪影裏面一個人，光著頭，赤著腳，身上披著一領大紅猩猩氈的斗篷，向賈政倒身下拜。賈政尚未認清，急忙出船，欲待扶住問他是誰。那人已拜了四拜，站起來打了個問訊。賈政才要還揖，迎面一看，不是別人，卻是寶玉。賈政吃一大驚，忙問道：「可是寶玉麼？」那人衹不言語，似喜似悲。賈政又問：「你若是寶玉，如何這樣打扮，跑到這裏？」寶玉未及回言，衹見舡頭上來了兩人，一僧一道，夾住寶玉說道：「俗緣已畢，還不快走。」說著，三個人飄然登岸而去。賈政不顧地滑，疾忙來趕。見那三人在前，那裏趕得上。衹聽見他們三人口中不知是那個作歌曰：

我所居兮，青埂之峰。我所遊兮，鴻蒙太空。誰與我遊兮，吾誰與從。渺渺茫茫兮，歸彼大荒。

賈政一面聽著，一面趕去，人早已不見，「衹見白茫茫一片曠野」。

這一片曠野就是作家高鶚的「留白」。當然令人難以忘懷的、帶有詩意的「留白」還有不少，包括寶玉此後的人生著落到底怎樣，他與那一僧一道締結了什麼因緣，寶玉此番見父親何以「似喜似悲」，更重要的是，連那光著頭、赤著腳、披著大紅猩猩氈斗篷的人是否就是寶玉，這一點也沒有確認。這些「留白」儘管都不難用推論和想像加以填補，但它們畢竟是作者交付給讀者，讓讀者進行詩性領略的內容，能夠啓動讀者的文學思緒，並在作者設定的悲劇氣氛中伸展著這樣的思緒。

平常人生中也同樣充滿著故事，包括鄭重其事的離別；在人生情境下的離別之類的故事，之所以不能產生文學情境下類似情節的審美感動力，是因爲其中缺少內容的「留白」，同時缺少濃郁的憂傷的情緒氛圍。如果在現實生活中展演著一個這樣的故事：兩個友人不知何因面臨著離別，也不知道即將遠行的一方會萍蹤何方，祇見他們彼此默默地舉杯痛飲，颯颯的秋風吹散了他們斑白的頭髮，遠處飄來薩克斯風忽連忽續的憂傷旋律，像是纏綿的〈回家〉，又像是悱惻的〈紅河谷〉。這在普通人看來就進入了文學的情境，因爲那些個「不知」具備了時空的「留白」，能夠激發人們的時空感興；那秋風吹來的音樂聲又造成了濃郁的悲劇情調的渲染。於是，人生情境要想提升到文學的情境，就必須要有激發人們時空感興的「留白」，同時伴有相應的情緒渲染。

悲劇感是文學最擅長於表現的情感，也是最能打動人和感染人的情緒；文學在表現悲劇情緒的時候，總要借助「留白」之類的空間處理技法，這樣既能夠將普通的人生情境提升到文學的情境，又能夠調動起讀者的審美想像，使之參與到悲劇性的情境領略之中。

注釋

1. 《生命中不能承受之輕》，時報出版公司一九九五年版，第七九頁。
2. [明]王驥德，《曲律》，〈論俳諧第二十七〉。
3. 也叫「淮北琴書」、「泗州琴書」。流行於安徽省淮河、渦河兩岸及合肥等城市。一般認爲是由魯西南傳入泗縣後，與當地老鳳陽歌等小調結合而成。與山東琴書，徐州琴書有一定的血緣關係。一至數人演唱，伴奏樂器有揚琴、墜胡、三弦、琵琶、檀板。曲調有慢板（四句牌子）、悲調（苦條子）、流水、垛子、鳳陽歌、流水連句（包括大連句、小連句、貫口連句）。傳統曲目有《說唐》、《反唐》等長篇，《水漫藍橋》、《十把穿金扇》等中篇作品。
4. 杭嘉湖一帶的越劇水路班子往往以嘉興爲中心，以嘉興爲集散地。
5. 朱天文，〈自序：花憶前身——記胡蘭成八書〉，《花憶前身》，麥田出版股份有限公司一九九六年版，第七五頁。
6. 魯迅在〈漫話「漫畫」〉中有言：「『燕山雪花大如席』，是誇張，但燕山究竟有雪花，就含著一點誠實在裏面，使我們立刻知道燕山原來有這麼冷。如果說『廣州雪花大如席』，那可就變成笑話了。」

第六講

人生與文學的情境差異：「時差」

如果說人生情境與文學情境之差異之一，在於它不能給美感和審美情緒預留下足夠的空間，不能為作者和讀者的心靈自由提供誘發的機制，不能啓動人們的空間感興，則另一種差異就在於它不能激發起作者與讀者的時間感興，不能在時間的「留白」上，為文學之美的營造提供相當的條件。一般來說，人生情境都非常現實，甚至不鼓勵人們對過往歲月和未來時日的聯想與幻想，而文學情境則往往主要透過這樣的聯想與幻想釀造美的意緒，進入審美的殿堂。因此，文學創作須克服人生情境過於現實的限制，借助某種「時間差」的構思法進入文學的審美情境。

一、移人性情的過往

目前人們還無法對「美」的概念內涵和外延作出統一的描述，雖然遠在柏拉圖時代，「什麼是美」就被當作一個經典問題提了出來，並且，在其論著〈大希庇阿斯篇〉中，柏拉圖讓他的老師蘇格拉底非常智慧地提出這一經典問題，與「什麼東西是美的」這個一般性問題的嚴格區別。柏拉圖認為美是理式（idea），理式是事物的所有本質特徵的總和。這些構成事物「理式」的本質特徵包含著客觀性的內容，更包含著人們的主觀對這種客觀性本質特徵的認知。這種在主客觀結合的意義上認識美的關係的思路，一直被當作美學認知的正途。

如果將上述這種哲學內涵很深的美學命題作一種通俗化的理解，有關人的美學的認知可以透

過下列理式達到：人的理式也即人的本質特徵是人之所以為人的本質定性，簡單地說就是人性，因而人性是美的；同時人的本質定性又必須為人自己所認知，而人對於自身本質特性的認知往往透過人的心理、行為狀態，符合人性的心理、行為狀態，主要體現在人的理性與情感及其外在表達，其中理性的活動往往體現為成果形式然後被認知，而情感的活動才是活生生的人性的生態，因而美更多地體現在人的情感方面。人們常說美是一種感動，這感動即是訴諸情感方面的人性活動。

人生處在時間的流動過程之中，人生稍縱即逝的體驗與感受常常是最能感動人的情感內容。於是，高超的情感調動者（當然包括文學家）總擅長於運用「時差」來移人性情。在這方面，俞伯牙跟著成連學琴的故事頗能說明。據《太平御覽》「樂府解題」所說，伯牙學琴於成連先生，三年不成。以至於精神寂寞，情之專一，都不能取得較好的效果。成連對他說，「吾師方子春，今在東海中，能移人情。」便與伯牙一起至蓬萊山，留伯牙在此山練琴，說自己去迎迓自己的老師方子春。成連先生去了很多天都不回來，伯牙近望無人，但聞海水洞滑崩澌之聲；山林寂寞，群鳥悲號，於是愴然而歎曰，「先生將移我情！」乃援琴而歌。曲終，成連也回來了，伯牙遂為天下妙手，其所彈曲名為〈水仙操〉。這裏的移情之說就是藉一種特定的情境來感動心靈。清道光年間的黃景星在《悟雪山房琴譜》「琴苑要錄」中記載，俞伯牙獨處蓬萊山彈唱〈水仙操〉，其詞為：「繄洞渭兮流澌濩，舟楫逝兮仙不還，移情愫兮蓬萊山，嗚欽傷宮兮仙不還」。「移」就是「動」，「移情愫」就是感動人的心情。

這則故事表明，移情愫或感動人的最好方法就是製造時間差，讓對象感受到歲月的流逝，人事的滄桑，山河的變異。

感動人的心情當然可以透過各種各樣的操作加以實現，雖然許多操作不必都像俞伯牙的老師成連先生那麼神秘兮兮。文學便是能夠移人性情、動人情感的一種藝術。文學家動用各種藝術手法，使得文學表現富有美的魅力，所追求的也正是這樣的效果。清代焦循認為文學表現的高妙之處乃在於：「不質直言之而比興言之，不言理而言情，不務勝人而務感人。」道出了文學「言情感人」的秘密。劉勰在《文心雕龍》的〈情采〉篇中甚至提出為情而造文，可見文學祇有訴諸情才能體現出美。

人們解讀《詩經》有情動於中的說法。《詩大序》有云：「情動於中而行於言，言之不足故嗟歎之；嗟歎之不足故永歌之；永歌之不足，不知手之舞之，足之蹈之也。」這就是說，文學創作的美學驅動乃是情動於中的必然結果。陸機在〈文賦〉中非常傳神地描述了這種情動於中的創作過程：「佇中區以玄覽，頤情志於典墳。遵四時以歎逝，瞻萬物而思紛；悲落葉於勁秋，喜柔條於芳春……慨投篇而援筆，聊宣之乎斯文。」其所論中最關鍵的文學情境製造法，便是時間差效果的營造：按照四時的時序歎息逝者如斯，目睹萬物的變異聯想飄逝的過往，為秋天的落葉而悲傷，為春華的吐露而欣慰。時間的遷動，命運的播弄，正是動人心腑、動人情思的機運。劉勰在《文心雕龍》〈體性〉篇中描述過「情動而言形，理發而文見」的創作情形，其實講論的正是情感在創作中的關鍵性作用，甚至根本性作用，狄德羅從文學效果的角度也作了這樣的論證：

「沒有感情這個品質，任何筆調都不可能打動人心。」[1] 而動人的情感調動常常總是與人的身世之感、滄桑之感等時間性因素緊密聯繫在一起。

從上述意義上看，我們眞可以說情感的感動乃是文學創作之母。如果說，這樣的定義在理論上尚多有可榷之處，則用之於文學對人生情境的提煉，應該說是十分對症的。人生情境如果要在一定的文學處理中上升爲文學情境，則可以引入時間差的感興，融入相當的情感因素，使之煥發出令人感動、讓人產生美感的情緒效果。

有時候，一種文學情境的感人之美就是如此簡單，引入時間差的概念並進行感興對比。《詩經》中的〈采薇〉是千古傳誦的詩篇，本應該算是樸實之詩，之所以能夠感動不同時代的讀者，是因爲它透過往年和今天的「時差」調動起人們的時間感興，這種時間感興與生命感興聯繫在一起，因而特別感人。唐代詩人崔護有著名的〈題都城南莊〉詩，詩曰：「去年今日此門中，人面桃花相映紅；人面不知何處去，桃花依舊笑春風。」這一詩的文學情境很美，因爲它表現了一種時間關係中美的失落的悲哀，表現了不同時間狀況下的情境的變異與流散，帶著詩人眞摯的情懷，喚起讀者對過去的想像和對今日悲涼心境的同情，確能感動任何情景下的讀者。如果將這樣的文學情境落實到或還原到人生情境之中，則人們看到的僅僅就是滿面春風的桃花與寂寞荒涼的庭院，沒有「去年今日」情形的對比，沒有失落和悲涼情緒的參與，那樣的情景應該說隨處可見，稀鬆平常，談不到任何詩之美。而這首詩在文學情境與人生情境之間，也就衹是引入了「時差」而已。這樣的文學情境營造法在蘇東坡那裏同樣得到了很有魅力的應用，他的〈少年遊〉上闋吟唱道：「去年相送，餘杭門外，飛雪似楊花。今年春盡，楊花似雪，猶不見還家。」詞中出神入化地借用了〈采薇〉和〈題都城南莊〉的意境和情感，也出神入化地引入了「時差」，激發自己和讀者的詩美感興。

前一講所論述的文學表現中的空間「留白」，往往可以與人生與世事的「時差」結合在一起，那樣體現出來的文學情境將格外上乘。劉禹錫〈懷古〉詩曰：「舊時王謝堂前燕，飛入尋常百姓家。」這已經是千秋傳誦的好句，其中充滿著人世滄桑的感歎，詩人運用的便是「時差」法：凸顯文學表現之「現在時」與緬懷和感歎的「過去時」之間的無可挽回的時間差異，這樣留出令人想像的餘地，以便寄託思古之幽情。但有人對這兩句詩並不滿意，說是改為「王謝堂前燕，今飛百姓家」更有氣格。這當然毫無道理，因為劉禹錫的〈懷古〉詩本是七言，如何隨便更為五言？不過明代謝榛在《四溟詩話》中說可以改為：「王謝豪華春草裏，堂前燕子落誰家？」而且自我檢討說，「此非奇語，祇是講得不細。」我倒是覺得此改很妙，將劉詩所傳達的感舊傷懷的情感表現得更加濃烈，因為他用了一個問號，將「尋常百姓家」改成了不能確定的「誰家」，這「誰家」既可能指「尋常百姓家」，那就完成了劉禹錫原詩的那一層悲涼和淒惻，也可能是指別的大姓人家，例如唐代的李家、宋代的趙家，那就增添了歷史的滄桑意味甚至反諷意味，還可能是誰家也沒有落，連燕子也沒有了，那不是更加空茫虛無，更加令人悵恨無已？總之，這樣一改，使得詩句在時間上既保持了「時差」的效果外，又在空間上造成了「留白」的效果，時空兩維的餘留確實更能激發讀者的想像力，太多方面的不確定性更強化了詩句的藝術感染力。稍

嫌不足的是，謝榛的改句直用「豪華春草」，雖能反襯王謝家族敗落的景象，可到底不夠含蓄。

二、時差中的詩性

人生處在時間之中。屬於人生的每一日每一時都在不停地消逝，而且消逝的時間永遠無法喚回。於是，每一個人的人生積累，其實不過是那些無法喚回的消逝時間的痕跡的匯集，甚至祇是這些消逝時間被歲月風乾了的渣滓的堆砌。每一個人都不會願意讓自己的生命歷程祇是以一種淡淡的痕跡出現，也不會十分甘心自己的人生積累就那樣白白地讓歲月去風乾，於是便常常用感歎的聲腔，用悵惘的調子，帶著神往的笑靨甚至懺悔的淚水，去濕潤那些行將風乾的殘片，去喚醒那些開始淡化的記憶。由於這樣的努力不可避免地要與當下的人生拉開時間的距離，而且充滿著不得不然的深沈和無可奈何的憂傷，一般來說，都能夠順理成章地體現出文學情境之美。

哪怕是一個普通人對於過往人生的回憶，也往往因客觀上的時間距離和主觀上的情感因素的作用，而顯得富有情趣、富有詩意；許多人走上文學創作的道路，都常常是因爲往事的記憶激動著自己的心扉。巴金曾經說，當自己在寫過了《滅亡》、《新生》等小說之後，感到創作的源泉和靈感完全枯竭了，忽然看到了自己的大哥，大哥的出現喚起了他大量的童年回憶，於是他就像「挖開了記憶的墳墓」，將自己過去舊家庭的生活如泉湧一般抒寫出來，這就是中國現代文學史上的傑作《激流三部曲》（《家》、《春》、《秋》）。臺灣傑出的鄉土文學家鍾肇政也是如此，他最初創作了一篇寫自己婚姻生活的作品，獲得刊用，以後就努力寫作，但屢寫屢敗，成了「退稿專家」，直到他從自己的鄉土回憶中挖掘出〈魯冰花〉的故事，他才眞正走出了創作的路數，爲社會、爲文壇、爲讀者所接納。林海音的《城南舊事》打動了多少人，其最感人的因素不正是作家童年人生的記憶？陳映眞早期的作品，也是來自「易感的青少年時代」留下的烙印，在〈我的弟弟康雄〉、〈故鄉〉、〈死者〉、〈祖父與傘〉等作品中，表現的「貧困的哀愁、困辱和苦悶」中，在一派「蒼白慘綠的色調」中，凸顯的正是青少年時代家道中落，及「由淪落而來的灰黯的記憶，以及因之而來的挫折、敗北和困辱的情緒」[2]。朱天文的代表作品也是〈童年往事〉和〈外婆家的暑假〉等帶著親切的童年記憶的文字。沒有一個作家不曾寫過自己的童年和少年，從創作的根柢上說，相當多的作家之所以寫作，往往正是童年或青少年的人生往事深深感動著自己、激勵著自己、催促著自己奮筆疾書。陳映眞在爲《曲扭的鏡子》寫自序時指出，自己少年時代曾按時到教會聚會、祈禱、讀經，「離開教會多年，驀然回首，才驚異地發現，自己的小說評論中，竟然有不可忽視的部分涉及自己對教會的思考和苦悶。」[3]這說明，作家自己根本沒有意識到，少年時代的記憶無時不在左右著自己的寫作，那幾乎就是他創作生命的原動力。

以上所舉的文學作品多爲小說，其實在浩如星海的散文作品中更是如此。作家每寫散文，除了余秋雨那種別出心裁的所謂文化散文，以及各種各樣原算不上散文的學術隨筆、讀書筆記以及「小語」、雜文之類的而外，一般的文學散文，總是纏繞著童年的夢囈和往事的回味；隨便打開一

本文學散文集，人們都能發現作家們其實誰也無法逃脫昔年往日人生經歷的執著乃至執拗的糾纏。

文學作品表現的昔年往日的人生情境，之所以能夠感動作家自己同時也能較普遍地感動讀者，是因爲這樣的人生回憶拉開了與現實的時間距離，這種時間距離提醒著每一個人：逝去的人生永無挽回的可能，從而喚起人們對於往事悠悠、日月匆匆的悵惘感興，於是自然地產生了認同，產生了美感。運用時間的距離將人生情境昇華到文學情境，也就是在文學構思的意義上與人生現實打「時間差」，或者製造和開發「時差」，這是文學創作的常見手法。

「時差」的開發和運用所以能使文學移人性情、感動讀者，如前所說，是因爲時間距離的拓展能強化某種人生體驗的悲劇感，讓時間的流逝這種任何人都祇能徒歎奈何的現象，表現於較爲一般的人生體驗，從而喚起人們的情感認同。既然是任何人都無可奈何，則任何人都會喚起這樣的認同，審美的普遍性因此便得到了凸顯。古人早已明確這一點，雖然他們並不能明確說出其中的道理。據《世說新語》記載：「謝公問諸子弟：『《毛詩》何句最佳？』玄曰：『昔我往矣，楊柳依依。今我來思，雨雪霏霏。』」這被晉朝明賢稱爲《詩經》中最佳詩句的這幾句，乃出自《詩經．小雅．采薇》，其實從人生經驗方面說它表現的故事相當一般，不過是一般的離鄉背井，比賀知章〈回鄉偶書〉中所寫的「少小離家老大回，鄉音無改鬢毛衰。兒童相見不相識，笑問客從何處來」的感歎要普通得多。誰沒有離開家鄉的經歷？祇不過離開時間的長短有別。「少小離家老大回」，相隔的時間比較長，而楊柳依依時的昔我往矣到雨雪霏霏的今我來思，也不過一個或幾個寒暑而已，祇不過是經歷了一場打敗「玁狁」的戰爭而已，而且從詩中所表現的勢如破竹的戰鬥場景可知，離家的時間並不是十分長久，這樣的經驗應該說並不特別引人注目。但詩人——凡是感歎這種離家賦歸情形的詩人，都強調離家之前和賦歸之時的情景之異，從而強化了時間的距離感，喚起人們對於逝去的年月作徒勞的悲悼。這種對於逝去的歲月的悲悼同抒情主人公「我心傷悲」的淒楚相映成趣，使得看似平常的離鄉經歷透過情感的誇張，呈現出巨大的情緒落差：原是楊柳依依的春風得意，現在變成雨雪霏霏的悲冷落寞，時間的距離在情感的誇張中被擴大，人生的悲苦情境在這種時間距離的處理中，得到了有效的渲染。

對歲月流逝的感慨，常常就是這樣與蕭瑟、落寞的心情聯繫在一起，才顯得特別動人，特別富有詩意。感歎歲月的流逝，孔夫子有著名的「逝者如斯，不舍晝夜」，但人們一般不將這一名言當作詩句和文學情境加以引用或引述，而是當作一條眞理和一則經典名句，因爲孔夫子的感歎中並不特別顯現出人生悲劇感所特有的感染力，而且它表現的是「當下」的情境，沒有拉開足以移人性情的時間距離。人們樂於引用的感歎歲月流逝的詩句，除了上述〈采薇〉中的那幾行經典外，還有就是典出晉代大司馬桓溫的「木猶如此，人何以堪」的千古感歎，仍然是充滿著蕭瑟、落寞和悲涼。劉義慶在《世說新語．言語》中曾有描述：「桓公北征，經金城，見前爲琅邪（太守）時種柳，皆已十圍，慨然曰：『木猶如此，人何以堪！』攀枝執條，泫然流淚」。說的是晉太和四年（西元三六九年），桓溫統帥軍隊北伐，大軍途經金城，這正是他三十七年前任琅邪太守之地。看著自己當年手植的柳樹已經大到十圍之數，蒼涼之感便油然而生，「人何以堪」的萬

千感慨伴和著人生遲暮之歎，成了千百年來人們反覆咂味的經典意趣。百餘年後，南北朝詩人庾信基於此一番感歎寫作〈枯樹賦〉，將桓溫大司馬百多年的心情抒寫得更加悲涼：「昔年種柳，依依江南。今逢搖落，悽愴江潭。樹猶如此，人何以堪！」

一般都將這首感歎之作理解成感時變之快，其實從「今日搖落」這一關鍵句可知，這是詩人心情衰頹的表現和悲歎。樹木都「搖落」、凋零了，「人何以堪」？顯然更加易於偏枯、衰朽。正是這樣一種悲涼的感歎，令人喚起無限的同情：因為每一個人都會深有同感，志趣再高遠、能力再偉大的人也不可能不正視歲月的流逝。當人們對於歲月流逝的悲哀和無可奈何被喚醒之後，任何關於歲月無常的詩性誇張都能夠得到認同；雖然時間的距離明顯被誇大了，可人生的滄桑感會讓每一個讀者認同這樣的時間距離。

及至南宋，詞人辛棄疾在其名作〈水龍吟．登建康賞心亭〉中，又重溫這樣的蒼涼與悲傷：「可惜流年，憂愁風雨，樹猶如此。倩何人喚取，紅巾翠袖，英雄淚」。豪放派詞人從「可惜流年」的「憂愁風雨」中，窺見了「英雄淚」，婉約派詞人則從「人何以堪」的悲涼情境中，揭示出人生的搖落。姜白石在〈長亭怨慢〉（中呂宮）的小序中直言：「桓大司馬云：『昔年種柳，依依漢南。今看搖落，悽愴江潭。樹猶如此，人何以堪？』此語予深愛之。」——他沒有強調所引詩乃庾信〈枯樹賦〉之發揮性文本。不過他在這首詞中，以更為隱晦的筆法表達了樹木與人情的聯繫：「遠浦縈回，暮帆零亂向何許？閱人多矣，誰得似長亭樹？樹若有情時，不會得青青如此！」如果說從桓溫到庾信採用的是正喻手法，將樹木的榮枯與人生易老按照某種正比例方式進行比附，則姜夔採取的是反比喻策略，將人情的遲暮、落寞與「青青如此」的長亭樹作反向比對，以樹木的無情來反襯人的傷情。

用無情的樹木反襯人物的傷情，這樣的筆法在歸有光的〈項脊軒志〉中也有明顯的表現。作者以簡約而有力的筆觸，描寫項脊軒這個百年老屋的破敗和情致，包括「三五之夜，明月半牆，桂影斑駁，風移影動，珊珊可愛」的情景，更主要的是充滿情感地憶述與自己和與這座老屋相關的已逝親人的音容笑貌，這些親人已然作古，但老屋尚在，特別是庭前的樹木尚異常茂盛——「庭有枇杷樹，吾妻死之年所手植也，今已亭亭如蓋矣。」這樣的反向比對，既在一種悠久的時間距離上突出了歲月之滄桑、人生之無常，又從情緒上反襯了作者情感的悲苦和心境的蒼涼。

這樣的文學情境在敘事性文學中常常被採用，往往是小說家渲染悵惘、憂傷情緒、感歎人生悲涼的常用手段。金庸《倚天屠龍記》中〈百歲壽宴摧肝腸〉一章，敘說到張三丰為解張無忌身上的玄冥神掌寒毒，帶他到少林寺，舊地重遊，回憶起八十餘年前師父覺遠大師挑一對鐵水桶，帶郭襄同自己逃出少林的往事，但見五峰依舊、碑林依舊，想到覺遠、郭襄諸人早已不在人間，不免感慨萬千，恍若隔世。這樣的情緒渲染在小說創作中非常普遍，因為各路小說家都已了解，歲月悠悠的「時差」能夠有效地激發起人們的滄桑感、悲劇感和搖落、愴然之感。

這種種感觸在陳子昂的〈登幽州台歌〉中得到了另一番表現。梁實秋在一篇讀書札記中提到，一友人讀此作，認為這首膾炙人口的千古絕唱最關鍵的乃是一個「獨」字：

前不見古人，
後不見來者。
念天地之悠悠，
獨愴然而涕下。

梁實秋所說的那個友人認爲：陳子昂最厭惡建安之後詩風的浮華，「古人既已遠不可見，無法相會相談，而當今之世，衹有自己一人……晚一輩的詩人，也多半走向新浮華派」；這就是他登幽州之台，不見古人與來者，「獨」愴然涕下的原因。梁實秋對友人的這一解釋有所保留，認爲陳子昂縱有杜審言「恨不見古人」的恃才傲物，「但何至於前不見古人呢？」[4]梁氏此問似無太多道理，「前不見古人」其實就是「恨不見古人」，按其友人之說，建安以前的風骨人物在陳子昂看來正是「已遠不可見」。而且這位友人劉中和先生將此歌最重要的字理解爲渲染孤寂的「獨」，也算是把握到了詩歌的神髓。問題是解詩者太拘泥於陳子昂的人生情境——對於陳子昂這樣的詩人來說，他對於當時文壇的感受其實就是他所處的人生情境。無論是梁實秋還是劉中和，都似乎要將此歌所表現的情境與作者人生情境中的所思所感一一對上號，這才放心，才覺得有根有據。其實完全不必。詩歌表現的文學情境與作者自身的人生情境可能會有相當的聯繫，但人們的理解如果過於拘泥，往往會既失詩作內涵之要旨，又難免不附會歷史事實。

祇要設想一下便能明白，如果陳子昂的這一詩歌祇是表現他自己的人生情境，它何以能千百年來引起歷代讀者那麼多的共鳴？任何一篇文學作品在寫作之時，顯然都不同程度地反映著作者的人生，是作者人生情境的一種投影，但一旦作品已經成形，這種人生情境的投影便已成爲文學情境，必然與作者的人生情境拉開了相當的距離；虛構性的文學如小說之類是這樣，即使非虛構性的散文表現也是如此（幾乎可以說，沒有任何一篇散文在事實的記敘方面完全是生活實際的實錄，絲毫沒有加工、組織、整理和渲染），至於詩歌，如〈登幽州台歌〉之類，是詩人情緒的表達而非人生境地的寫實，虛構性自不在話下，哪能循著作者情緒的表達試圖去坐實作者的人生情境？陳子昂即使眞的如梁實秋友人所說，因在現實的人生情境中感受到前不見古人後不見來者，也不至於將這種感受完全藉登幽州台寫詩作歌之時和盤托出。他登上幽州古台，固然有相當多的人生感受需要進行文學表述，但在進入文學情境之中的時候，他的思緒必然超越現實的人生情境，必然拉開與人生體驗的距離，一切思古之幽情，各種前路之焦慮，都會奔湧而至，且聯翩於腦際。至少，他的這番歌吟尙包括屈原〈遠遊〉的意緒和情致：「惟天地之無窮兮，哀人生之長勤；往者余弗及兮，來者余弗聞。」這種古意悠悠的太息顯然給陳子昂以莫大的啓發，相信還有許多詩性修養強化了詩人人生天地間的孤獨愴然的感興。後人又怎能將〈登幽州台歌〉的文學情境，與陳子昂本人的人生情境及其相應的感觸作簡單比附呢？

這首歌詩的動人心魄之處不僅在於超越了詩人的人生情境，匯聚了古往今來關於天地悠悠、孤獨愴然的詩性感歎，更在於它在時間概念上開闢了十分空靈的空間，從而拉大了與人生情境的距離。「前不見古人」，是曠古的時間回溯，「後不見來者」，是渺遠的時間延宕，當前所見祇能

是「天地之悠悠」，那又是時間的飄忽不定，不可捉摸，所有這樣的時間界定，都使詩歌表現的文學情境遠遠疏離了作者當時的人生情境，這樣，讀者眞正理解它或大致走近它的唯一途徑，便是領悟作者所沈浸的同時也是作者希求表達的詩性感歎，而不是弄清作者歎息的具體人生內容。

這首歌除了在時間距離意義上的「時差」處理外，還同時採用大幅度的空間「留白」的詩法，使得詩歌在時空交錯、時空混沌的狀態中，更疏離了任何人生情境，並籠罩著一層似眞似幻的朦朧與蒼茫。詩歌的「前不見古人」、「後不見來者」也未嘗不可理解爲方位關係，「天地之悠悠」更可以視爲空間的無際無涯，於是整首詩的文學情境又可以說是在一派莫大的難以把握的未知空間展開的。不可捉摸的時間與難以把握的空間強化了人生的虛渺感和孤獨感，印證了人生的無奈和無助，一如〈古詩十九首〉之三所吟：「人生天地間，忽如遠行客。」於是衹有「獨愴然而涕下」了。

三、拉大「時差」的文學造境

人們在用「時差」處理的方法超越人生情境而進入文學情境的時候，早已掌握了誇大人生情境與文學情境「時差」的奧妙，並常常樂此不疲地加以運用，所取得的文學成果甚至在各民族的文學歷史上都相當可觀。

在中國，「山中方一日，世上已千年」的傳說，典型地體現了先民從「時差」的角度試圖超越人生情境，而企求在文學情境中獲得自由的審美心性。據南朝梁代新安太守任昉著《述異記》卷上所載：「信安郡石室山，晉時王質伐木，至見童子數人，棋而歌，質因聽之。童子以一物與質，如棗核，質含之不覺饑。俄頃，童子謂曰：『何不去？』質起，視斧柯爛盡，既歸，無復時人。」說的是晉朝伐木人王質到信安郡（今浙江省衢州一帶）的石室山伐木，看到幾位童子對弈、歌唱，王質便在一旁賞聽。有童子遞給他一個東西，像是棗核，王質將它含在嘴裏便不覺饑渴。過了一會兒，童子提醒他應該回家了，王質這才發現這不大一會兒的工夫，伐木斧的木柄已腐爛而盡。回到家時，當年認識的人都已經沒有了。酈道元《水經注》則更是言之鑿鑿，說是事情發生在「晉中朝時」，王質在山中所見爲「童子四人」且「彈琴而歌」，當王質在仙童提醒下回到家時，「計已數百年」。無論是千年還是數百年，這篇傳說安排了人類可能進入的兩個不同的時空，一是現實人生，一是仙人仙地，兩者之間像「相對論」所演繹的那樣存在著不同的時間秩序：一個現實的人誤入仙人仙地，便進入到另一種時間秩序之中，再返回原來的人生情境，則「時差」就被凸顯出來。

發生在爛柯山的「時差」雖然有些荒誕不經，不過隨著科學技術的發展也並非完全沒有可能；據說太空梭如能接近光速，就能進入到所謂的宇宙速度，時間就會變慢，類似的「時差」眞會出現。接近光速的太空梭據說花費差不多五十六年的時間，就能夠繞著我們現在所知道的宇宙範圍轉一圈，而地球時間則需要數百億年。不過無論這類「時差」是否眞的存在以及如何發生，

展現在神異傳說之中的這種「時差」，確實很容易將人們帶入絢麗多姿的哲學和文學的情境。人們可以從這種時間和空間的相對性中，體悟到某種深刻的人生哲學思想，這種思想的精微化與深徹化甚至可能通達愛因斯坦「相對論」的哲學層面，甚至可以通達宗教層面。佛家經典《華嚴經》在〈壽量品〉中有這樣的說法：

此娑婆世界，釋迦牟尼佛剎一劫，於極樂世界阿彌陀佛剎，為一日一夜；極樂世界一劫，於袈裟幢世界金剛堅佛剎，為一日一夜；袈裟幢世界一劫，於不退轉音聲輪世界善勝光明蓮華開敷佛剎，為一日一夜；不退轉音聲輪世界一劫，於離垢世界法幢佛剎，為一日一夜；離垢世界一劫，於善燈世界師子佛剎，為一日一夜……

僅以此推算，若以五百年爲一劫算，則婆娑世界的五百年不過相當於善燈世界師子佛剎這一崇高世界的十八萬的五次方分之一天而已。如此巨大的時間差，令人難以想像。

當然人們念念不忘的主要是這番傳說所帶來的文學情境，它讓人感歎人生之短暫無常，感歎世事之疾變滄桑，它讓人感歎精神還鄉的艱難，感歎一種永難擺脫的異鄉人的孤獨和寂寞。唐代詩人劉禹錫〈酬樂天揚州初逢席上見贈〉吟誦道：「巴山楚水淒涼地，二十三年棄置身。懷舊空吟聞笛賦，到鄉翻似爛柯人。沈舟側畔千帆過，病樹前頭萬木春。今日聽君歌一曲，暫憑杯酒長精神。」運用爛柯之典，表達出了比「百年多病獨登臺」還要憂傷和愁苦的落寞情懷。同是在這一經典傳說中，朱熹則體味到了超脫人間紛爭、嚮往寧靜悠閒的詩緒。他在〈遊爛柯山〉中吟道：「局上閒爭戰，人間任是非。空教采樵客，柯爛不知歸。」抒寫了一種清通超越的名士情懷。

這種超脫世俗紛爭、嚮往寧靜悠閒的情緒，其實在陶淵明的〈桃花源詩並記〉中便有著更爲卓越的表現，重要的是，陶淵明創造了另一個關於「時差」的經典傳說：晉太元中，一位以捕魚爲業的武陵人緣溪而行，忽逢一處桃花林，林盡水源，便得一山，山有小口，捨舟獨身進去之後，豁然開朗另一世界。在這裏，男女衣著悉如外人，黃髮垂髫，並怡然自樂，原來是避秦亂的古人來此絕境後繁衍的一個「與外人間隔」的小社會，他們「不知有漢，無論魏晉」，對於外界的紛亂與滄桑，唯有「歎惋」而已。其實「歎惋」的還有詩人自己，桃花源內的世界與外面的世界不僅空間迥異，而且時代不一，這樣的時空距離，怎不令人太息不已！有趣的是，他在所記中讓人們重尋舊徑，卻「遂迷不復得路」，使得這樣的時空差異越發顯得撲朔迷離，恍惚無常，那如醉如夢的時空感興，與爛柯山的傳說庶可媲美。

「山中方一日，世上已千年」的「時差」構思法，似乎在許多民族的神話傳說中都相通。這似乎可以說明，人類的文學創作思路都比較趨近，都知道引進「時差」處理法可以有效地將人生情境提升到文學情境。

被譽爲「美國文學之父」的華盛頓．爾文（Washington Irving）在其名作《里普．范溫克爾》（Rip Van Winkle）中，就以迷人的筆觸敘寫了爛柯山傳奇的美洲版，雖然那個叫里普．范溫克爾且誤入仙境的美國人，在仙人山谷看到了更多更稀奇的玩藝，包括造成人間轟轟雷鳴的九柱戲的

遊戲，但他還是在倏忽之間，忘乎所以，及至回到故鄉，已經若干年過去，美國的政治格局也已發生了巨大的變化，儘管並沒有到達「無復時人」的慘境，但也有「不知有漢，無論魏晉」的蒼涼。這部小說自一九一二年搬上銀幕（中國譯成《睡谷傳奇》）以來，在世界範圍內形成很大影響，成爲一個世界性的經典。

日本也有類似的故事，祇不過發生故事的空間不再是山中，而是龍宮。但「時差」處理的思路仍然相似。這個故事就是《龍宮傳奇》，說的是：很久很久以前，有一個心地善良的年輕漁夫，叫作浦島太郎，有一天到海邊去捕魚，發現一群頑皮的小孩子正在拿著木棒和石頭打著一隻可憐的大海龜。浦島太郎用錢向他們買下這隻海龜把它放回海裏。那隻大海龜爲了報恩，就主動背浦島太郎去龍宮遊玩，連美麗的龍王公主也來接待浦島太郎。從此以後，他每天吃著山珍海味，穿著華麗衣裳，舒舒服服的在宮裏住了下來。就這樣快快活活過了三年，浦島太郎要求回家。他又坐在海龜的背上，回到想念已久的故鄉。但是村子的景象和以前已經完全不同，而且再也找不到一個熟人，原來已經過去了三百年。

這雖不是爛柯的悲劇，卻有亡鄉亡家的痛苦。給人的蒼涼感、滄桑感同樣深切。於是到二十世紀乃至二十一世紀的臺灣，一個叫朱天心的小說家對此還念念不忘，寫下了〈從前從前有個浦島太郎〉這樣的名作，刻畫特定時期恐怖的歲月留痕。朱天心似乎特別喜歡用「從前從前」這樣的疊語，《想我眷村的兄弟們》一作也說「從前從前」，這成了她的口頭禪。是有意取代「很久很久以前」這樣的俗套話，還是爲了別出心裁地強調故事年代的久遠？反正，這位女作家特別懂得「時差」之於文學情境營造的重要性。或許浦島太郎式的傳奇在年輕的文學家看來確實悲愴感人，同樣是朱家女兒的文壇姊妹花的另一枝——朱天文，在一篇懷念張愛玲和胡蘭成的文章中，特意提到她妹妹的這篇小說，以及浦島太郎傳說中充滿憂傷的結局。

無論從作者還是讀者的角度看，時空感興都是文學審美的一個可靠途徑，時空距離的合理安排，包括空間意義上的「留白」法和時間意義上的「時差」法，皆是使一般的人生情境上升到文學情境的可靠方法。不過，文學現象是複雜的，有的文學家甚至有的文學派別，並不十分主張人生情境與文學情境的分離，而是主張將二者合一，如歐洲十九世紀末二十世紀初興起的自然主義思潮，以及以「私小說」爲代表的日本自然主義文學，就持有類似的主張。不過，它們是在比較先鋒的意義上立意於對美的消解，因而儘管有其合理的成分，尤其理論的和文學的價值，但並不適用於崇仰美、欣賞和追求文學之美的一般讀者。

注釋

1. 《文藝理論譯叢》一九五八年第一輯，第一四九頁。
2. 陳映眞，〈試論陳映眞〉，《鞭子和提燈》，人間出版社一九八八年版，第四頁。
3. 陳映眞，〈一面嚴重歪扭的鏡子〉，《鞭子和提燈》，人間出版社一九八八年版，第三七頁。
4. 梁實秋，〈「登幽州台歌」〉，《梁實秋札記》，時報文化出版公司一九七八年十月初版，第一六一－一六二頁。

第七講

作家的人生體驗與文學創作

文學的魅力誠然在於對人生情境的超越與克服，與此同時展示出不同於凡俗的美，但是這絕不等於文學可以獨立於文學家的人生之外。誠如上一講所說，文學情境既在於與人生情境拉開一定的時空距離，又在於克服這種距離的努力之中，這正是文學脫離不了文學家人生的一個原理。文學與人生的關係，應該具體到文學作品的創作與作家人生體驗的關係加以討論。在這一方面，歷來就有許多文學理論家乃至一些不怎麼懂得文學理論的好事者，非常感興趣，湧現出了不少眞知灼見，不過更多的往往是謬誤。

一、奇聞軼事：人生體驗的豐富性

有關文學家的人生體驗與文學創作之間的密切甚至微妙的聯繫，好事者傳播了或者說編出了許多煞有介事的故事，包括一些文學家稀奇古怪或特立獨行的傳說。例如，德國詩人席勒如何有一種怪癖，即習慣於將腐爛的蘋果放在寫字台的抽屜裏，一邊聞著那臭蘋果不斷散發出來的腐爛味，一邊進行文學創作，據說這對於刺激他的靈感有奇效。詩友歌德有一回來拜訪他，差點沒被爛蘋果的惡臭薰倒。還有寫《基度山恩仇記》的大仲馬，如何恪守自己的規矩，堅持用藍紙寫小說，用黃紙寫詩，用玫瑰色的稿紙給雜誌寫稿，又是如何喜歡半躺在沙發上，用枕頭墊著手腕才能進行構思和創作。而與之形成鮮明對比的是美國小說家海明威，他習慣於站著寫作，而且總是

用一隻腳站著，認爲這種姿勢能讓自己處於一種緊張狀態，逼使自己盡可能精鍊地表達文學構思和人物對話。據說英國作家法勒也是如此，一輩子都是站著寫作。還不僅是這些，據更傑出的法國小說家小仲馬說，大仲馬一到深夜就會大吃大喝，不知是否有意，反正這樣他就吃飽了撐得無法入睡，衹好不停地寫作，因而成爲世界上最高產的作家之一。還說有一些作家爲了躲避名聲的鵲起，不得不使出損招。列甫．托爾斯泰因《戰爭與和平》風靡文壇，訪客和崇拜者蜂擁而至，爲了能夠安心寫作，便讓人對外散布托爾斯泰去世的消息，終於使自己安靜下來，寫出了一部傳世之作《復活》，這才舒了口氣，讓自己也在世人面前「復活」。也有人說馮玉祥讀書相當刻苦，曾在當士兵時，爲能晚上讀書，又不影響他人睡覺，就找來個大木箱，開個口子，把頭伸進去，藉微弱的燈光看書。更有說他擔任旅長時，駐軍常德，規定自己每日早晨學英語兩小時，並堅持執行。學習時，關上大門，並在門外懸一塊牌子，上書「馮玉祥死了」，以示堅拒別人打擾，待學習完畢，又將門牌換成「馮玉祥活了」。此一傳言，如係杜撰，一定是受到托爾斯泰此舉的啓發。爲了節省時間，還有更妙的辦法：法國大作家維克多．雨果還曾有這樣的煩惱，爲了避開日益繁忙的社交活動而專心創作，便毅然將自己的頭髮和鬍鬚分別剃去一半。這樣的一副令人恐怖的滑稽相自然不適合出席各種聚會，來訪的客人見了也十分不舒服，於是他爲自己贏得了安靜。

這些瑣瑣碎碎、似幻似眞的故事，確實無不連接文學家的人生與文學創作這兩端，但它們所表述的不過是名人的奇聞軼事，所說明的作家人生與其文學成就之間的聯繫是那麼膚淺、那麼流俗，對於闡述文學與人生的理論關係沒有多少實際意義。世界上從古到今文學家不計其數，他們的人生之豐富多彩更是難以盡述，用這樣的瑣碎和特別的事例解釋文學與人生的關係，不僅會流於膚淺、流俗，而且會讓人對於文學與人生這種深層關係產生一種誤解，好像是祇要如此特立獨行甚至行爲怪異，文學的靈感和文學的技能就隨之產生。

因此，解析文學與人生關係，並不是祇要有了作家人生和文學創作兩方面的有趣例證，就能夠完成。這些例證必須非常有效力地論證文學與人生的深刻而複雜的聯繫，作家的人生與其文學創作的關係其深刻性和複雜性，往往不是名人軼事所能夠闡述清楚的，它往往深徹到作家的生命記憶，甚至人類族群的集體無意識層次。

這就是說，即使是那些能說明作家的人生體驗與其某一具體創作發生直接聯繫的故事，也同樣不能很好地闡述文學與人生的深層關係。

在上述一類的作家奇聞軼事中，故事的主角常常有大仲馬，另外還有兩位法國傑出的文學家福樓拜和莫泊桑。在這些故事中，福樓拜總是很稱職地扮演莫泊桑老師的角色。強調文學必須與人生體驗發生異乎尋常之關係的人言之鑿鑿，說福樓拜如何讓甘願拜倒在他門下的莫泊桑祇管去觀察一個看門人的特點，一而再、再而三地觀察出那個看門人與別的人甚至別的看門人有什麼不同，還有人說，一位誠心拜師學習寫作的人卻因爲初次登門沒有答得上他一共走了多少級台階，而受到作家導師的迎頭訓斥。這種拘泥於細節的藝術人生觀對文學與人生體驗之間關係的理解，如果不是故弄玄虛，就是含有太多誤解。文學與作家的人生體驗確實存在著很緊密的聯繫，但不一定非得如此瑣碎，如此詭秘，如此錙銖必較，如此讓文學家自己看來都戰戰兢兢，好像一舉手

一投足都必須非常符合「文學」法則。

文學創作當然需要人生經驗作爲基礎、作爲資源、作爲素材，但人生經驗也不過僅僅就是文學的基礎、資源、素材而已，要經過各種各樣的情感發酵、思想提煉甚至生命體悟、潛意識過濾等等處理過程，才可能成爲文學表現的對象和內容，因此任何有意爲之或刻意爲之的人生體驗，離文學表現的直接內容都還有相當的距離，那種「急用先學，立竿見影」式的人生體驗，對於成熟的和感人的文學形態而言，並沒有很大價值。祇有那些不知文學爲何物的人，才會把人生實踐的臨時瑣碎的體驗當作文學創作的有效經驗，加以對待或者加以運用。

台灣「東森新聞報」網站於二〇〇三年七月六日發布消息，說有一少女名小潔者頂著「文藝女青年」的名號下海賣淫，自稱是爲了「找尋寫作靈感」云云。另說由四格漫畫改編成電視劇的《澀女郎》一炮打響以後，成了炙手可熱人物的原作者朱德庸也坦承，自己的創作靈感是從「偷窺」中得來的，平日除了仔細觀察生活中每個人的一舉一動，穿什麼、作什麼都要記錄，甚至還因此添購了一套設備齊全的望遠鏡器材用於窺視。據說大陸也有自稱文學青年者行竊被抓，並向警方辯稱自己是爲了體驗小偷的生活與心理而偷竊的；國外還曾傳有人因爲要寫獄中生活而不惜自投羅網，如此等等，這樣的事情想來並不完全虛誣，當事人如此坦率也算是「精誠可嘉」，但如果認爲這樣的舉動就是文學創作靈感和內涵的保證，則是大謬不然。正像一個作家描寫死亡並非一定得去死他一回，作家們去描寫小偷、妓女、囚犯的生活與心理，大可以透過邏輯性的人生沉味和間接性的文化、文學積澱去進行，重要的是寫出人生邏輯的合理發展和情感體驗的眞實可靠，而不在乎現場感的細節如何逼眞。問題的關鍵是，既然沒有這樣的人生經驗，爲什麼一定要刻意搜求這樣的人生經驗再去寫作？一個文學家的寫作應該是一個自然地、水到渠成地呈現自己人生經驗及相關感受的行爲，或者在理論上將這種呈現的願望表述爲創作衝動；沒有這樣的人生積累，沒有這樣呈現的資本和願望，也即沒有這樣的創作衝動，其實也就等於沒有創作的理由。當一個人不惜用名譽乃至生命爲代價，去作一件根本就沒有理由去作的事情的時候，除了值得同情和憐憫之外，還能得到崇敬和感佩麼？

作家的人生體驗與文學創作的聯繫是深刻的、複雜的，一定的人生經驗特別是富厚的人生積累，是作家文學創作的基本資源，這往往能決定一個作家最基本的文學創作內容；一定的人生經歷和人生境況也可能成爲作家文學價值觀念的基本依據，也往往可以決定一個作家的基本價值傾向和流派特性；一定的人生趣味及其養成的審美趣味常常成爲作家訴諸文學表現的風格，法國文學家布封（Buffon）在他的不朽名著《論風格》中，提出了一個著名觀點：「風格即人」。其實就文學風格來說，它更是作家人生的一種直接體現。

二、「前二十五年」：人生體驗的深刻性

將文學定位在與作家的時時刻刻的人生體驗都有密切關係的說法，其實可能是對文學創作心

理比較陌生的體現，同時也是對文學與人生關係理解的最爲簡單的表現。一些傑出作家在這方面已經醒悟到，作家的人生體驗與其文學創作直接發生關係的部分可能相當少，而且這種關係並不應該像上述故事中所說的那樣，是一種刻意安排的結果。

被譽爲「二十世紀小說家中最會、也最專注於說故事」的英國小說家格雷安．葛林（Graham Greene），其四本小說《喜劇演員》、《布萊登棒棒糖》、《愛情的盡頭》和《沈靜的美國人》在台灣受到過熱烈的歡迎，擁有很大的讀者面。在《喜劇演員》一作中，更有一個精彩的觀點引起了朱天文等台灣作家的極大興趣，說是作家的前二十年人生就能涵蓋他的全部經驗，愛爾蘭作家喬伊斯（Joyce）則說二十五年，此後作家便衹有觀察世界，他寫作的最大衝動和最感動人的人生底蘊，就是在這二十年或二十五年的體驗中。這樣的說法是否絕對化了一些，似可以探討，不過他確實說出了文學歷史的一種比較普遍的現象。幾乎所有作家最重要最感人的作品，其創作素材、其人生觀察、其生命感興，都差不多從人生的青少年時代積累而成，少數作家依然對中年及中年以後的人生體驗保持著良好的表達願望，但大致都不能比反映青少年時代生活積累的作品更加卓越、更加感人。《紅樓夢》成爲中國文學的偉大經典，是曹雪芹披閱十載、終其天年都未能完成的傑作，可其中所寫的也祇是作家少年生活的記憶。對於千千萬萬、世世代代的讀者來說，體現爲賈寶玉經歷的十幾年大觀園人生，也就意味著作家曹雪芹一生經驗的全部。托爾斯泰最優秀的傑作《復活》，根據的也是自己青少年時代的人生經驗，以及由這種經驗激發出來的靈感與衝動。幾乎大多數作家的傑作其基本靈感和創作衝動，都形成於各自青少年時代的人生體驗。由於人在青少年時代的心理比較單純、稚嫩，受到相應的刺激後容易形成深刻的印象，甚至成爲一種心靈的鬱積，成爲一種情意綜，因而作家在青少年時代的人生體驗，總比他成年以後的人生經歷印象更爲強烈。這種強烈而深刻的人生印象，在作家此後的人生經歷中會不斷被強化、被深層化，對他們的創作心理構成沈重的壓迫，或者構成洶湧的迸發欲，從而會執拗地出現在他們終其一生的創作活動中，像幽靈一樣排遣不開、擺脫不了。大多數研究魯迅創作的人都不會否認，魯迅作品包括雜文中的憤激、冷峻和尖厲，與他童年時代家道中落、飽經世態炎涼和人情冷暖的人生體驗密切相關，而杜思妥也夫斯基小說對人性的嚴厲審判，也與其在西伯利亞荒原所留下的一系列陰冷、恐怖的記憶連在一起。

這種關於最初二十年或二十五年人生體驗，及其與作家創作心理和文學成就關係的理解，也可以說明這樣一種文學的歷史現象：大多數感人至深的文學都與童年的憂傷和青春的躁動密切相關，那種表現中年的沈寂和老年的空虛的作品，如果不與少年的孤獨和青年的激情聯繫在一起，便會顯得貧乏無味，了無生趣。因此，從某種意義上說，文學的對象和內容自然屬意於人類的青少年時代。

著名作家白先勇二〇〇〇年初春在香港城市大學演講，盛況空前，聽眾們或將演講場所圍堵得水洩不通，或者透過電視收看實況。白先勇在演講中感觸最深的，還是與他童年的生活積累和少年的人生體驗密切相關的那些個經典之作，如《寂寞的十七歲》、《玉卿嫂》等等，一位主持人兼評論家當場分析說，這部分作品之所以受到青少年的喜愛，是因爲它們寫出了年輕人切身的

問題，如他們面對代溝的苦惱及對愛情的執著等，從而深得他們的共鳴[1]。這樣的說法可以當得起隔靴搔癢之評。如果說白先勇在二、三十年乃至近四十年前，就已經能夠「寫出」二十一世紀年輕人的「切身問題」以及「苦惱」、「執著」之類，那他不成了神仙一般的人？從另一個角度說，一個現代作家描寫其青少年時代人生積累的作品，如果寫得生動感人，仍然受到這個時代年輕人的喜愛，其原因又何嘗不在於觸及了當下青年的這些個切身問題？這樣的詰問似乎有些弔詭，不過這種弔詭是評論家總結的荒唐性所引發出來的。其實問題並不複雜，白先勇的這些作品因爲表現出了他如葛林所說的「前二十年」的人生積累，這樣的人生積累乃成了長期刺激著他、感動著他、催促著他進行審美表現和藝術呈現的生命要素，他書寫了這樣的人生積累，同時更表現了他自己的感動，奉獻出了他的生命體悟，因而不僅會贏得過去時代的歡呼，也會贏得現時代讀者的欣賞。白先勇在這次演講中就已經說明了這樣的問題：創作就必須忠於自己的感覺，「你必先要自己覺得感動，才能感動別人。」他確實是讓青少年時代的這些人生積累深深感動了，然後寫出來再去感動別人。其實，在受到這些作品感動的人群中，未必都是被「寫出了」「切身問題」的「年輕人」。一部眞正經典的文學作品，一般不應是祇屬於年輕人或特殊年齡段的人群。

台灣作家東方白寫出了台灣文學史上篇幅最長的「大河小說」，一百五十萬字的《浪淘沙》，也許有人會認爲這樣的「歷史小說」祇要努力搜集資料，然後根據其掌握的歷史發展脈絡拉伸、敷衍開來，就可以成功。但讀過作家的自傳體作品《眞與美》，就能知道即使是寫歷史小說，對人生體驗的要求也並非那麼簡單。此作的附題是《詩的回憶》，東方白用自傳式的體裁寫自我成長的人生經歷，向讀者展露自己曲折的心路歷程。表面上看，《浪淘沙》展現的是波瀾壯闊的歷史，其實在歷史的演繹中傾注著作者對於人生的體認，並且體現著作者頑強的人生意志和充足的生命熱量，在《浪淘沙》的寫作過程中，甚至多次面臨生存意志低迷的危險，然後憑藉自己的意志力走出了危機。《浪淘沙》憑藉東方白對於人生特別是人生艱辛的體驗，憑藉作者對歷史人物生命意志和悲涼情感的深刻理解，將這部長篇巨製寫得相當生動甚至頗富神采。這就是說，任何真誠的文學作品，無論其題材是否涉及到作家自己的人生內容，都無法避免與自己的人生體驗發生比較密切的關係；如果不將自己的人生體驗及其深徹的感受帶進文學表現之中，即使是寫歷史人物，也寫不出生命的鮮活和情感的靈異，那樣的文學作品必然會慘不忍睹。

同樣的，如果一個作家不是調動自己由青少年時代積澱而成的人生經驗，以及這種人經驗中最感動自己同時也最纏繞自己的感受、體悟或者「情意綜」，而是臨時安排與寫作題材直接相關的生活體驗，現場獲得某種經驗，再將這些從非經過情緒釀造、審美過濾和思想發酵的經驗，生搬硬套地用到作品之中，結果祇是完成了一套人生體驗與文學寫作的實驗而已，很難取得寫作的成功。

被稱爲「佛化文學」創作者的女作家梁寒衣，曾經被人發現隱居在新店的荒山裏，住一個破舊公寓，出入之徑則被斷壁殘垣和亂叢雜草所包圍。作家住處懸吊一盞古色斑斕的油燈，自己則腰束紺青帶，高攏青絲，中插一柄檀木髮釵，房內的榻榻米上擺著一座花型燭台。原來她正在構

思一篇描寫古代生活的小說，這樣打扮、這般裝飾、這處環境，比較容易讓她進入到古代人物的內心，感受當時的時空背景。這樣的創作態度相當嚴肅，雖然也相當浪漫，還是相當值得讚賞。應該讚賞的倒不是她爲了創作古代題材的小說，而刻意體驗古風古味、古色古香的生活，而是她爲了感受古人在特定生活狀況下的情調和心理，使得自己在寫作過程中不至於太隔膜，同時能從這樣的生活情境中激發某種對於古人古事的靈感，使得自己的創作具有歷史的和生活的靈性。如果一個作家指望靠這樣預設的人生情境體驗古人的生活，然後以此爲寫作的基本內容，那他不是過於幼稚，就是過於草率地對待古人生活題材的創作。

三、乖謬的認知

在人生體驗與文學創作的關係問題上，許多人都存在著各種乖謬的認知。許多不懂得文學的人誤以爲，既然文學創作都是人生的寫照，與作家特別的人生體驗連在一起，則從作品中就應該能準確無誤地尋找到作家生活的軌跡，甚至能夠確證作家人生的一般事跡。有一個故事這樣說：因爲在著名小說《基度山恩仇記》中，大仲馬將法國的伊夫堡描寫成囚禁愛德蒙·鄧蒂斯和他的難友法利亞長老的監獄，該書暢銷以後，引得無數好奇的讀者紛紛來到這座陰慘慘的古堡參觀，古堡的看守人也煞有介事地，向來訪者繪聲繪色地介紹那兩間當年囚禁鄧蒂斯和法利亞的囚室，人們好奇心因而得到了滿足，看守人也愉快地拿到了相當的小費。一天，一位衣著體面的紳士也來到這裏，看守人照例爲他作言之鑿鑿的介紹，那位紳士好奇地問道：「那麼說，你是認識愛德蒙．鄧蒂斯的嘍？」「是的，先生，這孩子眞夠可憐的，您也知道，世道對他太不公正了，所以，有時候，我就多給他一點食品，或者偷偷地給他一小杯酒。」「您眞是一位好人。」那位紳士帶著微笑說，一邊把一枚金幣和一張名片放在看守人手裏，一邊從容走去。看守人拿著名片一看，上面是用漂亮的花體字印著：亞歷山大．大仲馬。

不必嘲笑那肯定很尷尬的看守人，生活中的許多人都是這樣，他們樂於循著作家所描寫的內容，在現實世界裏去追尋、去發現一切可以確證作家描寫之眞實，很多像前述看守人一樣的導遊公司經理和導遊小姐，也樂得在相關景點中敷衍、延伸出與文學作品有聯繫的內容，以吊出這些人的胃口。有意思的是，作家們往往還特別會利用人們的這般獵奇心理，將自己虛構的故事置於人們所熟知的空間加以展現，特別是法國作家。雨果的《鐘樓怪人》將美麗的吉普賽女郎艾絲梅拉達和醜陋卻善良的「鐘樓怪人」卡西莫多的神奇而曲折的愛情，安排在這裏演示，巴黎的「大飯店」（Grand Hotel）也競相爲戲劇家和小說家選爲展現離奇故事的場所。巴士底監獄也是小說家們百寫不厭的地方。這些都會激發起讀者和旅遊者莫大的興趣。現在有關巴黎旅遊介紹的小冊子，一般都會把雨果的小說以及根據其小說改編的電影《鐘樓怪人》或《鐘樓怪俠》提出來作招引。人們走到這些地方都會想起那些文學作品，並懷著好奇，想像著作品中的某個人物曾經在哪個角落作著些什麼有趣的事情。殊不知作家體驗的人生並不可能原模原樣地搬進文學作品，作家

所描寫的故事發生的地點，如果對應到生活中的眞實場景，也祇是向現實世界假借的結果，讀者會信以爲眞，一般是因爲不瞭解文學創作的這一原理。鍾肇政曾經宣揚過他的「騙人」說：

我常常說小說家都是騙人的，我寫很多故事、很多書，大家不妨認為這是騙子在騙人。不過騙子在騙人比傻瓜作給傻瓜看的，還聊勝一籌，至少我在創作的時候，我希望我筆下寫出來的東西能夠使你相信、使你認同、使你不懷疑，如果你懷疑的話，那麼我的小說就根本不必寫了。2

在分析和釐定作家現實的人生體驗與文學表現之間的關係問題上，這樣的「騙人」說還是有相當道理的。

從讀者這一方面看，知道文學描寫的內容是虛構的，但願意相信其眞，這是一種幸福的感覺，也是文學閱讀的理想之境。這裏的關鍵字是知道虛構和願意相信，兩方面相輔相成，缺一不可。如果祇是知道一篇小說、一部戲劇的內容都來自於虛構，並不相信其中可能的眞實性，這在閱讀和欣賞心理上便形成了排斥，對於作品就缺少認同的誠意，一般來說就難以完成作品的欣賞。如果像前面所舉的例子所述，對於小說中的情節甚至故事場景太願意相信其眞實性，就是不相信其虛構和假設，這就沒有理解文學家的人生體驗與文學表現之間的正常關係，結果造成了可悲的文學迷信。在這方面，《紅樓夢》中賈寶玉的悟性顯得非常之高。該書第四十三回寫寶玉「不了情暫撮土爲香」，他乘著家裏人在熱鬧著喝酒看戲，偷偷帶著茗煙來到荒野的河邊，見到水仙廟，便準備藉此拜祭死去的金釧。茗煙當然不知道他的心思，問他往日最討厭這水仙庵的，今日如何會來敬香，寶玉答道：

我素日因恨俗人不知緣故，混供神混蓋廟，這都是當日有錢的老公們和那些有錢的愚婦們聽見有個神，就蓋起廟來供著，也不知那神是何人，因聽些野史小說，便信真了。比如這水仙庵裏面因供的是洛神，故名水仙庵，殊不知古來並沒有個洛神，那原是曹子建的謊話，誰知這起愚人就塑了像供著。今兒卻合我的心事，故借它一用。

這對於人生體驗與文學創造的分寸把握得便非常之好。他知道水仙和洛神都是曹植虛構出來的，俗人和愚婦們則不知道虛構的道理，不僅信以爲眞，而且蓋廟庵祭供，可謂迷信之至；但寶玉同時又覺得水仙雖出於杜撰，也未嘗不可用來寄託自己對於金釧的懷念、歉疚和哀悼之情，於是又很願意相信這水仙庵能夠達誠申信，故而虔敬如儀。

如果說對作家人生體驗與文學創作關係的上述誤解，包括將文學等同於人生甚至神化文學創造物的迷信現象，都主要發生在一般讀者身上，則下面一種關於即時性的人生體驗就能直接作用於文學創作的誤解，則多出自於文學家自身。有的人確實相信，臨時的和刻意安排的人生體驗，對於文學創作能夠很有效用。他們不知道直接的、臨時的文學經驗由於沒有經過作家情感的發酵，沒有經過作家生命之火的冶煉，沒有經過歲月的淘洗和過濾，是無法成爲高品質的文學描寫對象和文學表現內容，勉強用它來充任文學資源，所創作出來的作品也不會有很強的藝術感動力

和生命力。有些作家常常試圖離開自己的人生積累而進入創作狀態，特別是離開自己對於社會人生的最初最生動的體驗，進入到「現實性」創作之中，甚至是爲了創作才去臨時「體驗生活」，這樣的創作也可以完成，但有多少感動人甚至感動自己的地方，是否能成爲比較經久的力作和佳作，都很值得懷疑。現代中國文學史上曾經擁有過不少關於這個命題的正反兩方面的例證。著名作家巴金一開始創作小說《滅亡》、《新生》等作品，表現那個時代的熱血青年對黑暗社會作無政府主義的反抗，以及圍繞著反抗鬥爭展開的個人恩怨和愛情糾葛，但總覺得越寫越不得勁，以至於感到創作資源枯竭，創作之路似已到頭。據作家本人回憶，就在他爲寫什麼而陷入苦惱的關頭，他的哥哥——小說《家》裏大哥覺新的原型恰好來到他身邊。大哥的到來像是幫他「挖開了記憶的墳墓」，使他想起了大哥的人生遭際，想起了故家的各種人物和故事，想起了自己的童年和少年生活，想起了長期感動著他或是糾纏著他的那個特定時代和特定空間的恩恩怨怨、生生死死、林林總總的往事。當他描寫這些往事的時候，他才眞正在文學創作的境界找到了自我，同時那些往事中深深感動他自己的情節也很容易感動別人、感動讀者，於是《激流》（《家》）使他一舉奠定了在文學歷史上的崇高地位，連同以後的續集《春》、《秋》組成的《激流三部曲》，俱成爲現代中國文學的經典之作。與此形成對照的是，現代著名小說家茅盾，很少用自己青少年時代的生活體驗作爲小說的題材，而是熱中於表現最直接的社會生活，熱中於透過調查研究、資料分析和現實體驗來搜集文學素材，並以此爲內容進行寫作。這樣寫出來的作品如《子夜》等，雖然一度擁有比較高的政治地位，但很少能激發出感動讀者甚至感動他自己的審美力量，因此藝術價值不是很大。一九九〇年代初，大陸一些學者為編選《二十世紀中國文學大師文庫》，發起評選這個世紀藝術成就最高的一百位文學大師，結果茅盾名落孫山，引起輿論大譁，特別是一些茅盾研究的學者對組織者大加撻伐，釀成一場文壇風波。從文學與人生的關係這一特定角度考察，茅盾確實算不上一個能夠為現代漢語文學提供可靠經驗的大文學家，評選者雖然作法有些無聊，但未將茅盾評上，似無大錯。不過茅盾在大陸文學評價系統中地位歷來崇高，僅次於魯迅、郭沫若，以至於研究茅盾的人也能夠輕鬆得道且「雞犬升天」：一個對現代中國文學全然不學無術的「工農兵」，居然能憑藉注釋茅盾、編輯茅盾作品的因緣，而一躍成為國家級學位評審機構的成員，就這種匪夷所思的事情很能說明問題。在這種非學術的氣氛中，茅盾被摒除在「大師」之外，當然會被視為大逆不道的舉動。

其實，茅盾的這種現學現賣式的「體驗生活」然後創作的路子，在大陸以前的文學運作中可以說非常流行：一個政治運動來了，就動員作家詩人去寫相應的作品，或者配合宣傳的需要，或者進行正面的表現；作家如果對這樣的相關政治活動以及民眾生活不太瞭解，就會被要求打起背包到工農兵群眾中去「同吃同住同勞動」，讓他們盡量熟悉有關的人群及他們的人生，這樣的作法叫作「體驗生活」。也許這類政治運作並非沒有意義，臨時讓文學家「體驗生活」也並非沒有作用，但透過這樣的方式所硬性獲得的人生經驗是否適合於文學創作，是否能成功地轉變為文學的有效資源，都還是一個問題。

當然，也並不是所有的文學創作都必須倚重於作家與生命感知深刻地聯繫在一起的人生積

累，有些文學創作可以透過間接的人生經驗，如幻想、如閱讀，或者幻想加閱讀，再經過相當的藝術處理而完成。這樣的創作現象還有不少成功的例證。世界聞名的美國推理小說家范達因（本名維勒．亨廷頓．萊特（Willard Huntington Wright），原是一位藝術雜誌《巧置》（*The Smart Set*）的總編，是在紐約文學、美術、音樂圈內比較活躍的評論家，由於患病嚴重而進行了爲期兩年的療養，在此期間，經過醫生同意，他不停地閱讀偵探小說，據說有兩千本偵探小說被他讀過。閱讀過程中讓他積累了知識，產生了靈感，培養起了精密的構思能力和豐富的學識涵養，一次投入寫作，終於成爲一個成功的推理小說家，而且他的創作使得原本較爲低級的偵探文學提升爲高水準文學作品。

不過這些透過幻想、推理和閱讀等間接人生經驗而創作的作品，包括范達因式的小說，往往是文學中的特殊品類，如通俗文學家族中的偵探小說、武俠小說、科學幻想小說、宮闈秘事小說乃至言情小說等，這些作品之所以被目爲與一般的文學創作有所區別的品類，除了它們的創作目標基本上與市場行情有關而外，最主要的是，作家在寫作中不必調動自己最深刻最痛切的人生積累和生命體驗，不必將與生俱來的人生體驗的深秘非常坦誠地揭示出來，甚至不必將自己的眞性情流露於創作之中，因而可以帶著某種超然的遊戲心態，設計和處理作品中的情節和人物。

四、文學的虛與實

人生體驗與文學創作的關係最終會牽扯到文學的眞實性問題。既然文學與人生的體驗有著密切而複雜的聯繫，文學的眞實性的認知就也應該有著同等程度的複雜性。

人們的欣賞心理常常是這樣：賞景尙虛，讀書崇實。當我們置身於空氣清新、優美如畫的太魯閣，會對山上叢密的樹影，對岩頭奇異的山石，甚至對數峰環擁著的晴空白雲，產生某種虛幻的想像，想像著那樹影的婆娑掩漾著無數生靈的悸動，奇石的造型演繹著遠古時代無人知曉的故事，白雲的變幻讓人覺得腳底的大地正在浮動、上升。站在礁溪的林美山上看太平洋近岸的龜山島，那山島的造型渾如巨型海龜翹首出水，旁若無人地向遠處凝望，神態畢現，令人神往。如果遊覽湖南名勝張家界和浙江古地雁蕩山，導遊還會特地安排晚間觀賞奇異山石造型的節目，那時一派夜幕籠罩著山裏世界，高遠的天光將山澗巨石的輪廓勾勒得生動可喜，或如人形，或如動物，或如人形與動物構成的童話故事，有時眞是唯妙唯肖，趣味無限。總之，觀賞自然景物，人們所重的往往是這一類虛幻之感，是恍恍惚惚、撲朔迷離、似是而非、如入仙境的感覺，它能喚起人們對於造化之鬼斧神工和大自然氣象萬千的讚歎；如果觀賞自然景象一覽無餘，實實在在，絲毫不能激發人們的想像力，就顯得全無內涵，索然無味。

可讀文學作品就不一樣，很多人願意將作家所描繪的場景、所敘述的事件、所表現的人物及其行徑，當作眞實的或是曾有過的，即願意以求實的心態進入文學閱讀。特別是對敘事類作品的閱讀，如果眞正讀進去了，則人們主要的欣賞心態不外乎這兩方面：一是欣賞和關注作品中的人物的命運和情節的發展，一是欣賞和品味作家處理人物和事件的技巧與訣竅。多數人對這兩方面的心態會同時具備，不過也有不少讀者爲敘事性文學作品所吸引，往往典型地體現著前一種心態；有時這種認同作品的眞實性一如認同現實人生的觀念，在較爲愚昧的人群中甚至會造成文學迷信。據說原始民族就對什麼是現實人生的眞實，什麼是文學藝術的再現分辨不清：

有一次，一位歐洲藝術家在一個非洲村落畫了一張牛的素描，那兒的居民悲歎道：「如果你把它們帶走，我們將靠什麼生活？」3

將文學作品中的人物和情節等同於人生眞實的讀者，與這種初民的愚昧是兩碼事，不過如果過分沈溺於文學作品的情節和人物命運之中不能自持，甚至試圖在其中尋繹現實人生的眞實性對應，至少是缺乏文學閱讀的理性調節能力。

少數具有研究癖好、創作習慣和遊戲心性的人會比較偏向於後一種心態。古人早已有了這樣的自覺，認爲對於讀者切切不能將其注意力引向後一方面，而最好是讓讀者完全忘我地進入作品的情境之中。因此，孟子在〈萬章〉上篇指出：「說《詩》者，不以文害辭，不以辭害志。」他所擔心的正是讀書人不能沈心潛入《詩經》的觀念世界和文學境界，而祇是琢磨其表述的文辭妙處。在中國古典文學理論中，人們對於可能發生的以文害意的閱讀現象都有著共同的警惕，實際上認同的是上述第一方面的閱讀心態。當人們醉心於文學閱讀並為作品中的人物命運和故事情節所深深吸引的時候，人們就會對這些付出自己的情感認同和心理認同，就在內心深處寧願相信其有，相信其真。這固然對於文學作品是一大好事，但同時也可能會置作家於玩火者的地位：有些得不到讀者認同和理解的部分，人們可能會用「不眞實」、「虛假」來橫加指責。

如果說，鍾肇政關於小說都是騙人的說法，是對於小說家虛構自由和權利的一種強調，那麼郁達夫多次引用法國作家阿那托爾．法朗士的觀點，表述文學作品都是作家的自敘傳的著名論斷，就是對作品中內含作家人生體驗的必然性的強調，兩種觀點其實都沒有正面涉及文學的眞實性問題。雖然文學創作中一般都含有作家一定的人生體驗成分，但這種人生體驗成分在作品中表現到何等濃度才算是體現了眞實，乃是一個頗爲繁難的理論問題。如果跳脫傳統現實主義的理論框架，疏離凡俗庸常的眞實性考量，就能明白所謂文學表現的眞實性其實無法用人生的眞實觀加以衡量。英國唯美主義文學家王爾德（Oscar Wilde）認爲，文學藝術的目的和價值都在於對「美而不眞」的事物的講述[4]，這就是說，文學作品的判斷標準應該是看其美不美，而不是眞不眞實。在傳統現實主義的理論框架中，曾經出現過所謂文學的眞實與人生的眞實這樣兩個命題，認爲有相當多的文學現象雖然不一定符合人生的眞實，但卻是文學和藝術眞實的體現。這樣的命題對於克服文學眞實性的簡單化認知，比較有效果，可觀念仍是囿於以求眞的價值尺度衡量文學。固然可以在區別於人生眞實的意義上看取文學的眞實，不過這兩種眞實雖有交叉，畢竟是各成體

系的兩股軌道，很難彼此參照。

在對待文學的眞實性問題上，文學家自身往往處於非常矛盾的境地。一方面有些作家試圖讓人相信自己所寫的內容都是眞實的披露，甚至盼望讀者和評論家予以確認，在確認的基礎上加以認同；另一方面有些文學家則矢口否認自己的創作與自己的人生體驗有什麼眞實性的聯繫，同時闡述類似於鍾肇政的騙人觀。不過，在承認寫作內容的眞實性時，作家們一般採用避實就虛的策略，承認自己的觀念情感甚至人生感觸與作品中表現的人物和內容有聯繫，與此同時也就否定了作品情節、人物動作與作家個人的行徑之間的實際聯繫。法國文學家福樓拜有一個豪邁的名言：「包法利夫人就是我！」作爲一個男性作家，福樓拜當然不可能就是愛瑪，愛瑪的行爲當然不可能是作家的行爲，她的語言也不會是作家的語言；這樣的話實際上就是宣布了他的小說傑作《包法利夫人》其備受人們質疑和詰難的主人公，體現了他自己眞實的人生感受，甚至體現了他自己印象深刻的人生經驗。福樓拜這種挺身而出將自己與頗有爭議的主人公「等同」起來，以捍衛人物乃至作品的眞實性的行爲，已經成了世界文學史上的經典。讓─皮埃爾．熱奈二〇〇一年推出了自己導演的喜劇片「阿梅莉．普蘭的快樂生活」，對於主人公的眞實性和正當性，熱奈也仿著福樓拜的話義正辭嚴地說：「阿梅莉．普蘭就是我」。當年郭沫若創作話劇劇本《蔡文姬》，寫拋下匈奴兒女，爲繼承父親遺志毅然回歸漢廷的蔡文姬的故事，也學著同樣的話說：「蔡文姬就是我──是照著我寫的」。錢鍾書去世不久，楊絳寫了〈記錢鍾書與《圍城》〉的紀念文字，其中也這樣說：

法國十九世紀小說《包法利夫人》的作者福樓拜曾說：「包法利夫人就是我。」那麼，錢鍾書照樣可說：「方鴻漸就是我。」

福樓拜和郭沫若說他們所塑造的這些個人物等於他們自己，並不會引起什麼歧義，人們不會眞將他們當成包法利夫人和蔡文姬。不過錢鍾書之於方鴻漸就不一樣了，他們是同一性別，又有著類似的人生背景，本來人們就臆測方鴻漸差不多等同於錢鍾書，仿照福樓拜的話這樣一宣布，那豈不是更加鼓勵和印證了這樣的臆測？一般來說，當人們懷疑作品中人物的眞實性時，作家會以言之鑿鑿的例證甚至包括自我的體驗來爲之辯護，但倘若人們不再懷疑作品情節和人物的眞實性，而且進而將這種眞實性與作者本人的人生經驗掛起鉤來的時候，作家及其追隨者這時想到的，就不是捍衛人物的眞實性，而是捍衛作家自己的尊嚴和優雅。楊絳就是這麼作的，她說完了方鴻漸就是錢鍾書的話以後，用了很長的篇幅說明，《圍城》描寫的生活與人物同錢鍾書的實際人生體驗之間，雖有相當的聯繫，但更多的卻是差異。她用歸謬法寫道，《圍城》裏說方鴻漸的家鄉，出名的行業是打鐵、磨豆腐，名產是泥娃娃，有人讀到這裏，不禁得意地大哼一聲說：「這不是無錫嗎？錢鍾書不是無錫人嗎？他不也留過洋嗎？不也在上海住過嗎？不也在內地教過書嗎？」這下就很可能坐實方鴻漸就是錢鍾書。於是有一位專愛考據的先生，竟然推斷出錢鍾書的學位也靠不住，方鴻漸所持的文憑乃是莫須有的克萊頓大學所「頒」。按照作家自己家鄉的風物人情描寫人物故園的景象習俗，這對於每個作家來說都是比較自然的選擇，由此就讓人物和作

家畫上等號，顯然說不過去。而人物的文憑不眞，就因此類推錢鍾書的文憑也有問題，這更是毫無道理。不過，確實有一段時間，網路上議論過錢鍾書的學位問題，倒不是一位愛考據的先生在那裏獨白。

楊絳辯說方鴻漸實際上是錢鍾書的兩個親戚的合體，方鴻漸的父親方豚翁有二三分像錢鍾書的父親，更有四五分是像他的叔父；蘇文紈小姐也是個複合體，她的相貌是經過美化了的錢的一個同學。楊絳說有些情節也與他們的人生經歷很相像，如方鴻漸一行五人由上海到三閭大學旅途上的一段，確實當年錢鍾書他們是五個人一起到湖南，這五個人楊說全都認識，可以說沒有一人和小說裏的這幾個相似。當年她也確曾和錢鍾書乘法國郵船阿多士二號（Athos II）回國，甲板上的情景和《圍城》裏寫的很像，包括法國警官和猶太女人調情，以及中國留學生打麻將等等。鮑小姐卻純是虛構。如此等等，囉囉嗦嗦，無非是竭力拉開錢鍾書與作品中的人物方鴻漸之間的距離，使他自處於安全的、尊嚴的和優雅的地位。

其實不必花這麼大的力氣說明方鴻漸並非錢鍾書，因爲讀者雖然很想弄清楚作品中的人物與作者之間究竟屬於什麼樣的關係，但如果作者及其家屬不作說明，一般也不會幼稚到將人物與作家等同起來：哪怕錢鍾書眞的像福樓拜那樣公開宣稱：「方鴻漸就是我！」讀者都會明白作者的意思，無非是說方鴻漸的某種人生感受或感想是來自於作者，而方鴻漸的作爲大部分其實與作者沒什麼關係，因而也不必由作者來對他的荒唐和尷尬負責。不要說錢鍾書從來沒有將《圍城》表述爲自己的自敘傳，便是那些將創作宣布爲自敘傳的作家，其眞正的意思也還是讓讀者明白作品中的主人公表達了自己的某種情感體驗而已，並不是要讓他們將自己與人物畫上等號。在中國現代小說家中，郁達夫可以說是鼓吹自敘傳說最積極的人，但他也明確反對人們「以讀〈五柳先生傳〉的心情，享讀我的作品」，因爲「並不是主人公的一舉一動，完完全全是我自己的過去生活」[5]。

他說的這番話與他素來樂於鼓吹的自敘傳說聯繫起來，表明他心目中有兩個自敘傳概念，一是作爲一般創作的自敘傳，祇是代表觀念和情感的「自敘」，而不是至少不完全是人生經驗的自敘；二是〈五柳先生傳〉式的自敘傳，那是「一舉一動」都「完完全全」是自己的過去生活。前一種自敘傳可以說許多作家都願意承認，而且往往是一個文學家眞誠地坦露自己作品的眞實性，以及文學眞實觀的可靠途徑。高行健獲得諾貝爾文學獎後不久，「美國之音」（VOA）記者初曉在瑞典首都斯德哥爾摩電視採訪這位非常幸運的法籍中國人。當問到《靈山》和《一個人的聖經》這兩本書是否都是自傳性寫作時，高行健回答說：

> 自傳不自傳未必，但是有相當多自己親身的經歷，反映在作品之中。這兩本書很難說是完全的自傳，我也不想把它稱為是傳記，把傳記、自傳進入文學，進入小說創作。但是我可以說，這兩本書有很大的部分是自言自語……很多都來自親身的經歷。經過小說還有很多必要的加工、想像。但是都有一個基礎。我認為真實的感受是一個基礎，否則就很容易墮入胡編亂造。脫離真實是文學的一個大忌。就是信口胡說。

這樣來解釋作家的人生體驗與文學創作之眞實性的關係，不僅相當坦誠，而且很有說服力。要知道高行健是一個一門心思追求現代主義觀念和創作手法的先鋒派作家，他能如此重視文學表現的眞實性，並且將自己的人生經歷披露出來作爲支持這種眞實性的代價，應該說難能可貴。不過他表述的作品中體現的眞實，主要並不是人生經歷的眞實，而是他的「自言自語」的思想成分，是他的「眞實的感受」，這一點與郁達夫完全相通。

中國大陸著名女作家林白，是屬於那種不惜將自己「身體的眞實」訴諸寫作的無所畏懼的一類，不過當有人說她創作的《玻璃蟲》很像是她一段眞實的生活經歷時，她相當肯定地指出，「《玻璃蟲》是一部虛構的回憶錄，既有我眞實的生活經歷，又有大量虛構的內容，如果使人看上去像是眞的，那可以認爲是我的敘述力量的成功。」「虛構的回憶錄」這一概念顯然是林白的發明，同時也切中了文學「自敘傳」說的要害：作爲文學作品，任何哪怕是被作家稱爲「自敘傳」的東西，都不可能是眞正的自傳，因爲文學離不開虛構，連特別強調眞實的「報告文學」都允許相當的虛構成分，何況小說這種以想像和虛構爲基礎的體裁文類。林白的訪問者當時斷言「衛慧她們」是把小說寫成了自己的生活，這顯然是誤解了衛慧這些女作家的意思，或者就是中了她們自我策劃、自我宣傳以及商業包裝的圈套，任何人的創作都不可能是眞實的自傳。

說到這裏，應該指出郁達夫所理解的〈五柳先生傳〉式的、完全體現作者「眞實」人生經驗的自傳，並不眞正存在。任何自傳體文學都祇能是程度不同的「虛構的回憶錄」。懂得文學原理和懂得文學創作實情的人，應該放棄從作家人生經驗的眞實性角度去判斷文學的眞實性如何，將文學眞實性的理解置於作家情感體驗和生活感受的意義上；對於作品中的情節，應該毫不猶豫地考慮到文學與虛構、與想像無法脫鉤的先天性聯繫。楊絳對於文學創作中的人生經驗與文學想像之間的必然聯繫，也毫不懷疑，同時她作了這樣精到的比喻：

創作的一個重要成分是想像，經驗好比黑暗裏點上的火，想像是這個火所發的光；沒有火就沒有光，但光照所及，遠遠超過火點兒的大小。[6]

雖然那些寫實性比較強的文學作品並非想像的光亮一定會超過經驗之火，但人們確實很難發現不發生一點光澤的火。任何人生經驗一旦進入到文學記敘，甚至一旦被意識到將要進入文學記敘的時候，它就不可能是眞實的，通常就已經帶上了某種被感受的主觀成分。《生命中不能承受之輕》可以說是二十世紀最後一部傑出的世界性小說，捷克作家米蘭·昆德拉在這部對中國人一九九〇年代的創作及文學思維有著深刻影響的名著中，透過女畫家薩賓娜表達了這樣的觀點：「生活在眞實之中，既不對我們自己也不對別人撒謊，祇有遠離人群才有可能。在有人睜眼盯住我們作什麼的時候，在我們迫不得已祇能讓那隻眼睛盯著的時候，我們不可能有眞實的舉動。有一個公衆，腦子裏留有一個公衆，就意味著生活在謊言之中。」[7]因此，米蘭·昆德拉在另一個場合指出，不要把那些「虛假的」、「杜撰的」、「違背生活眞實」的概念，用來當作「小說味」的代名詞，「人類的生活確切地說，就是用這種方式構成的。」[8]他的這番話顯然包含著如下兩層意思：一是不應該用眞實與否的標準來衡量小說，即是說所謂的「小說味」其關鍵也不在於虛

假、杜撰和不眞實；二是如果要談論虛假、杜撰和不眞實，那不僅僅是小說的專利，其實人生本來就是這樣。這樣的見解粗聽起來有些令人驚悚，而細一分析就會覺得特別精彩。無數的歷史情形都能支持這個精闢的見解。人們早已發現，有些歷史人物的日記相當不可靠，原因是他在寫日記時就想到將來要拿出去發表，祇要腦子裏有了這種公之於衆的念頭，那就意味著某種謊言的不可避免。

必須從文學眞實性的角度，破除那種純粹寫實以及在人生經驗層面上完全眞實的理論神話。徐志摩談到郁達夫的寫實功夫時曾這樣說：

> 達夫真是妙人。A. Bennett以寫實精確稱，聞其父死時，彼從容自若，持紙筆旁立，記其家人哭泣之況，達夫頗相彷彿。9

郁達夫是否眞是這樣的妙人，値得懷疑；這位血脈裏充滿激情的小說家要是能夠那麼冷靜，就不會寫出《沈淪》這樣充滿憤激和憂傷情緒的作品；至於那位班納特，如果眞的有這樣的行徑，那麼一定是一個冷血的、怪異的以及缺少情感乃至道德良心的小說家，這樣的小說家能夠寫出動人的小說作品來，那才是怪事。

一般的文學創作離不開一定的人生體驗。人生體驗的有效性原則表明，文學創作最需要的，是那種深徹到作家生命記憶和原初感動的人生經驗的積累，這是文學作品之所以感人、之所以恒久的重要原因；任何一種預設的、有目的的、急功近利的生活體驗，都無益於文學品質的上升。

主要依靠閱讀、幻想和推理而獲得的間接的人生經驗，如果成為創作的主要材料，則這樣的作品往往走的是比較符合通俗文學的創作理路。正像人生經驗的眞實不能決定文學的眞實性一樣，文學的眞實性也主要不是體現在人生實際經驗方面，而是體現在作家感受和情感體驗的眞實性上。

注釋

1. http://www.cityu.edu.hk/puo/linkage/02-2000/c000204.htm。
2. 鍾肇政，《台灣文學十講》，前衛出版社二〇〇〇年十一月版，第一七一頁。
3. E. H. Gombrich，《藝術的故事》，聯經出版事業公司一九九七年三版，第四〇頁。
4. 王爾德，〈謊言的衰朽〉，見伍蠡甫主編《西方文論選》（下），上海譯文出版社一九八五年版。
5. 郁達夫，〈《茫茫夜》發表之後〉，《時事新報．學燈》一九二二年六月二十二日。
6. 楊絳，《事實——故事——眞實》，《文學評論》，一九八〇年第三期，第一七頁。
7. 米蘭．昆德拉，《生命中不承受之輕》，時報文化出版公司二〇〇一年七月三版，第一四七頁。
8. 米蘭．昆德拉，《生命中不承忍受之輕》，時報文化出版公司二〇〇一年七月三版，第七九頁。
9. 徐志摩，〈通信〉（致成仿吾），《創造周報》，第四號。

第八講

人生觀念風度的文學呈現

文學作品與作家人生體驗有著緊密而複雜的聯繫，這種聯繫的複雜性首先在於：文學表現的眞實性與人生體驗的眞實性不是簡單的對等關係，甚至，如果說人生的經驗主要透過眞實性的尺度加以觀察，則文學創作往往最不宜用眞實性進行評價。但這並不意味著文學作品中就不存在任何眞實的人生信息。一方面，一個作家或詩人雖然未必奉眞實性為圭臬，有時甚至像鍾肇政那樣宣揚小說「騙人」觀，但誰也無法脫離自己的人生體驗、單憑雲裏霧裏的想像進入完全「自由」的創作狀態，事實上也沒有人會否認自己的創作與自己人生體驗的某種程度的眞實聯繫，一般來說，更多的作家總是樂於表述作品中的人物、情節和靈感，在自己人生實際經驗的某種對應，哪怕自信如錢鍾書、楊絳這樣的文學家，也按捺不住這樣的表述願望，以承認或確認文學表現之於人生經驗的某種有限的眞實性。有的作家甚至以自己眞實的名字作為敘述主體出現在作品中，有的則稍作變換，但仍然向讀者明確暗示作品中的人物就是自己，例如郁達夫小說中的人物就經常被叫作于質夫。文學家們一直處在這樣的觀念懸置狀態：既害怕讀者將作品中的人物和情節坐實在他們自己身上，又擔心讀者看不出作品中人物的某些特徵和情節的某些因素，與自己人生經驗的對應。過於詳密和肯定的自敘傳理解會使作家產生一種不安全感，似乎人生的私密在全無技法掩飾的情形下，都暴露在大庭廣衆，由此代價換回的印象不過是創作技法的貧乏；漠視作家人生經驗在作品中的存在，又會使他們覺得自己的眞誠沒有被充分認知，而且多多少少都會存在的自我書寫自我表現的願望，並未得到酣暢體現。相較之下，更多的作家恐怕還是會覺得創作的眞誠和自我表述的痛快淋漓更為重要，於是一般不會放棄承認或確認文學表現與自我人生之眞實聯繫

的機會。大多數作家的創作經驗談和作品補述，都是這種眞實聯繫的承認與確認。

另一方面，作家在創作中哪怕有意掩藏自己的人生，也無法人爲地割斷文學構思和相關表現與人生體驗之間的必然聯繫，人生體驗的各種信息都會程度不同地、或隱或顯地顯現在作品之中。這些人生信息包括作者的社會地位、生活方式、價值立場，當然還包括興趣愛好等等。有時候，作者可能並不願意在作品中透露自己這些方面的人生信息，但他的文學構思和文學表現會毫不留情地出賣他，使得他的許多人生信息都難以逃脫明眼讀者的搜尋與凝視。這是文學與作者人生相交織和相交錯的複雜情形，也是文學作爲藝術創造物頗爲迷人的一種現象。如果說，作家的人生體驗和人生經驗對於文學創作的影響，體現了人生「硬體」之於文學的關係，則分析文學作品中的其他各種人生信息，即如作家的人生氣度、人生方式，特別是人生價値觀念等等，便是解析人生「軟體」之於文學的關係。

一、觀念、風度與文學風貌

文學所表現的作家的人生信息，當然仍與文學家的人生體驗密切相關，不過更主要的首先是文學家的人生觀念。儘管人們的人生觀念，特別是後天讀書修養得來的，往往並不能輕易地轉化爲人的特定風度，但當文學家有意將它訴諸文學表現時，它在創作中就能夠有效地作用於情節的構思、情景的設置和情感的傾向，從而體現出與這種人生觀念相統一的人生風度，進而也使得作品呈現出與這種人生風度相接近的文學風貌。

本來，人生觀念就可以直接進入文學表現，因而也能夠直接決定文學作品的風貌，可爲什麼還要將人生氣度這樣一個中間環節引入論題進行討論呢？一般來說，逕自運用人生觀念進入文學創作的作品，不會是相當成功的作品，因爲那樣的作品很容易演變成觀念的圖解，甚至成爲宣傳某種觀念的標語口號或箴言式的東西。通常所看到的教諭詩、宗教文學以及宣傳某種主義、鼓動革命的作品等等，多數屬於這一類。文學作品不是宣傳品或布道書，不應將人生觀念和思想透過形象化的譬喻方式灌輸給讀者，那樣即使能讓某些讀者收到某些啓發和教益，也終不能喚起讀者的美感與感動，而能喚起美感與感動才是文學應有的與正常的功能。人生觀念不容易釀成令人感動的美的魅力，如果這種人生觀念在一個人格化的個體那裏體現爲某種人生氣度，那種包含著個人氣質、獨特意志和人格傾向的人生氣度，就會體現出特別的審美感動力，而且這種審美感動力完全可能超越人生觀念的輻射力，成爲讀者普遍共用的對象。也就是說，許多讀者可能並不認同某種人生觀念，但一個表現這種人生觀念的作品由於渲染的是由此觀念產生的人生風度，人們就可能忽略對這種人生觀念的不認同而被那種人生風度所深深吸引，或者深深感動。這是一種相當普遍也是相當有趣的文學閱讀和文學鑒賞現象。不是基督徒的讀者正無妨欣賞法國作家雨果的《悲慘世界》，從冉阿讓這位完美的基督精神的化身上，領略無限忍讓、無私犧牲和自我救贖，那是一種崇高的人生氣度，儘管它來自於一般的基督教教義，是基督徒理想的人生觀念的體現。

現在的許多讀者都不再認同遙遠的革命之聲和反抗的戰叫，但是各個國家各個歷史時期表現革命和反抗意識的文學作品，常常因爲凝結著作者在那種特定觀念下表現出來的獨特的人生氣度，包含著頑強的意志力，堅定不移的信仰和義無反顧的犧牲精神，也還是能感動在不同歷史條件下，對於革命觀念持有各種不同見解的讀者。也正因如此，一個對於性愛秉持著非常嚴肅態度的讀者，完全可能欣賞類似於米蘭·昆德拉《生命中不能承受之輕》這樣的作品，儘管這樣的作品將性愛處理得相當隨便，但這個作品不是直接在兜售也不是爲了兜售這種性愛觀念，它是透過主人公托馬斯等人在特定的人生環境中生命之「輕」的展現，刻畫出他們人生風度中的壓抑、苦悶、無聊和荒誕成分，雖然這樣的人生風度確實有性愛自由的人生觀念作支撐，而有著這許多內涵的人生風度，又確實能夠引起許多人的同情，無論他對性愛持什麼樣的價值觀。

於是，透過文學中人生風度這一重要信息的揭示，便能夠成功地解釋這樣一個令人迷惑的文學鑒賞現象：爲什麼人生觀念各不相同的讀者可以欣賞同一個或同一類作品，表現這一種人生觀念的作品可以爲持有另一種人生觀念的讀者所欣賞。讀者比較注重接受也比較容易接受的，乃是作品中表現出來的人生風度，這種人生風度使得文學作品與作者的人生觀念表現之間，構成了間接關係。眞正懂得文學和文學創作的人都應該知道，爲了使作品不至於成爲某種人生觀念的傳聲筒，這種間接關係是多麼難得！文學創作家由此也應有相當的自覺：儘管文學創作少不了相當的人生觀念，但人生觀念的好壞、對錯，與文學作品的成敗並不構成必然聯繫。重要的是要透過某種人生氣度的錘鍊，使得這種人生觀念以間接的方式進入作品，這樣才能使之成爲審美的對象而不是說教的文本，這樣才能使作品具有文學的風貌，而不是宣傳品或布道書。

中國現代文學在這方面教訓頗多。現代文學家從一開始就認定文學對於人生是一項很切要的工作，倡導「爲人生的文學」，透過文學作品直接表述對於人生的思考，而且使這種表述顯得過於直白。這樣一種「直上加直」的文學架構，其結果祇能是消解文學的因素，使文學變成「非文學」。羅家倫在五四時期發表過小說〈是愛情還是苦痛〉，非常直白地敘說一個青年知識分子的人生苦惱：自由戀愛不能實現，父母之命媒妁之言的婚姻沒法拒絕，承受著這樣的婚姻卻又難忘懷自由的愛情，享受著自由的愛情又受到良心的譴責，因爲被迫結婚的另一方也是無辜的羔羊。處在這戀愛與婚姻之間，主人公問作者，作者問讀者：這「是愛情還是苦痛」？答案是十分清楚的。但新文學家們就是要將這清楚不過的人生問題加以質直的表現，以申述具有時代特徵的人生觀念，作爲這一觀念載體的人物則非常單薄，感受也非常膚淺，談不上任何人生風度，也不足以表現作者的人生風度，這樣的文學作品就差不多成了態度軟弱的控訴書和語氣緩和的宣言書。差不多同時發表的俞平伯的〈花匠〉也算是一篇小說，敘述一個人看著一個花匠在剪裁花木，就上前詢問，長得好端端的花木，爲什麼要這樣削剪它們？那花匠不以爲意地回答說：花木哪能任它成長，要按一定的規矩和造型規約它們，就必須按時修剪。那個發問者便大爲不然，認爲植物的生長如同人的個性，讓它自由自在那該多好，修剪它等於是扼殺個性。這篇小說就是表述了這樣的人生觀念和價值觀念，文學的成分極少，就還是那觀念有點價值，所以一九二九年俞平伯在〈教育論〉中坦誠地說道：

十年前我有一篇小說〈花匠〉，想起來就要出汗，更別提拿來看了，卻有一點意見至今不曾改的，就是對於該花匠的不敬。我們走進他的作坊，充滿著龍頭、鳳尾、屏風、洋傘之流，祇見匠，不見花，真真夠了夠了。我們理想中的花兒匠卻並不如此，日常的工作祇是殺殺蟲、澆澆水，直上固好，橫斜亦佳，都由它們去；直等到花枝戳破紙窗，方才去尋把剪刀，直到樹梢掃到屋角，方才去尋斧柯。雖或者已太晚，尋來之後，東邊去一尺，西邊去幾寸，也就算修飾過了。

他表述的意思非常清楚，那小說根本不像小說，不是藝術品，唯獨裏面傳達的人生價值觀念上有些用處。這作品的價值就不過是表述了這種人生觀念。

爲了炒熱「人生觀念」的時代主題，五四知識分子還透過各種社會運作，造成「人生究竟是什麼」的焦點問題，然後圍繞著所謂的「人生究竟」進行「問題文學」的創作。謝冰心、王統照、葉紹鈞、廬隱都是在這種文學時潮中嶄露頭角的新文學家，其中以冰心最爲熱心，成就也最爲突出。

冰心這方面的代表作品是〈超人〉，這篇小說的主角叫何彬，他本是一個冷心腸的青年，消極對待人生，也不喜歡帶一點生氣的東西，更從不與人交往；住在他樓下的十二歲男孩祿兒摔壞了腿成夜呻吟不止，他掏錢爲祿兒治病，也不過是爲了免除被他叫鬧，絕不是爲了可憐那孩子。他總是認爲「世界是虛空的，人生是無意識的。人和人、和宇宙、和萬物的聚合，都不過如同演劇一般：上了台是父子母女，親密得了不得；下了台，摘下假面具，便各自散了。哭一場也是這麼一回事，笑一場也是這麼一回事，與其互相牽連，不如互相遺棄；而且尼采說得好，愛和憐憫都是惡……」不過治好了傷痛的祿兒對他的感謝，喚起了他的人生眞情，使他常常想起慈愛的母親、天上的繁星、院子裏的花。特別是母親的慈愛。母愛的歌頌是冰心對「人生究竟」的基本回答，是冰心人生觀念的集中體現；冰心就是要藉何彬這個冷心腸的青年心情變熱的過程，表達自己的這種人生觀念。果然，何彬爲母愛的感受熱情融化了：「世界上的母親和母親都是好朋友，世界上的兒子和兒子也都是好朋友，都是互相牽連，不是互相遺棄的。」

冰心的母愛感念特別眞摯，她將這樣的感念轉化爲特別的人生觀念表現於作品之中，使得作品中呈現母愛的情境總特別感人。例如，小說這樣寫何彬在夢中憶念童年時代享受母愛的情形：

> 風大了，那壁廂放起光明。繁星歷亂的飛舞進來。星光中間，緩緩的走進一個白衣的婦女，右手撩著裙子，左手按著額前。走近了，清香隨將過來；漸漸的俯下身來看著，靜穆不動的看著——目光裏充滿了愛。
>
> 神經一時都麻木了！起來罷，不能，這是搖籃裏，呀！母親——慈愛的母親。
>
> 母親呵！我要起來坐在你的懷裏，你抱我起來坐在你的懷裏。
>
> 母親呵！我們祇是互相牽連，永遠不互相遺棄。
>
> 漸漸的向後退了，目光仍舊充滿了愛。模糊了，星落如雨，橫飛著都聚到屋角的黑影上

——「母親呵，別走，別走！……」

當年許多人，甚至包括化名冬芬的《小說月報》主編沈雁冰，都說被感動得流下了熱淚。是的，體驗過深深的母愛但又失去母親的人看了這樣的夢境描寫，誰不爲之動容！小說家在這裏用以感動人的，恰恰不是母愛救世的人生觀念，而是自己傾注在這觀念中的對母親和母愛無限依戀的人生風度。綜觀這篇小說，作家所要表達的主要是母愛救世的人生觀念，耽溺於母性的人生風度倒在其次，因而充滿著說教意味，人物形象十分單薄，其觀念轉變也相當牽強，總體上不能算成功的作品。

比較起來，王統照更加屬於直輸人生觀念的新文學家，而且更加不善於調動相關的人生風度去「中和」生硬的人生觀念的表述。王統照的人生觀念與冰心大同小異，他覺得挽救人生的不二法門是美與愛。在〈微笑〉等小說中，他將美的力量作了令人難以置信卻又令人難以忘懷的誇大。〈微笑〉寫一個不良青年阿根入獄以後，本來對人生充滿著消極的觀念，不過有一天在放風的時候，遠遠看到一個女犯人臉上漾出一種很美的微笑，那微笑傳達出一種博愛的信息，給了阿根很大的震撼，他從此洗心革面，出獄後成了一個有些知識的工人。而那個能夠發出美麗的微笑以拯救墮落靈魂的女犯人，本來並不是充滿愛心的人，祇是因爲感動於基督教會扶危濟困的義舉，領悟到上帝的仁愛之博大，才煥發出那麼美麗和善良的精神。愛是美的源泉，美是善的動力，這就是王統照的人生觀念，也是他對於人生問題的基本回答，他將這樣的觀念直接交付於文學表現，並沒有致力於刻畫女犯人或阿根的人格力量，沒有在他們身上寄託和表現自己特定的人生風度，因而沒有多少藝術感染力。這篇作品在構思上明顯受到美國小說家歐．亨利的〈警察與讚美詩〉的影響，小說中刻畫的轉變人物索比是因爲聽到教堂中的讚美詩，靈魂猛然發生奇妙的變化，驚恐地醒悟到自己已經墜入了深淵，一股強烈的改過衝動鼓舞著他去洗心革面，迎戰坎坷的人生。在歐．亨利的筆下，索比不僅僅是改變了觀念，讚美詩莊重而甜美的音調已經在他的內心深處引發了一場革命，他深深地懺悔，深深地自責，自新已經變成了他的一種生命要求，一種感人的風度。歐．亨利的小說不僅以高明而具有反諷意味的結尾突轉——本來千方百計尋求將自己送入監獄的索比正想改過自新時，警察逮捕了他，讓他失去了自新的機會——拉開了與王統照〈微笑〉的距離，而且它注重人生風度與生命要求的描寫，也是其比後者感人的原因。

二、特別的人生風度與文學品味

重要的是，這種人生觀念必須較爲獨特。每個人都有各自的人生觀念，但並非任何一種人生觀念都能夠透過文學創作，表現出特定的人生風度，過於大衆化、普泛化，缺少個性的人生觀念，即使訴諸文學表現，也不可能形成比較特別的文學風貌。那些顯得比較平庸的文學作品，往往就是因爲作者缺乏比較富有個性的人生觀念，風貌特異的作品往往並不是因爲文學描寫方式的

獨特，而主要還是其中體現的人生觀念以及相應的人生風度不同凡響。

人生觀念可以訴諸文學的表現，但最好透過相應的人生風度進行表現，使得這種表現包含著深切的生命體驗和精神感動。一種普泛性比較強的人生觀念，可能並不能夠特別激發或調動起人們的人生風度，而一種獨立而特異的人生觀念會深深影響文學家的個人氣質和藝術風度，這樣的人生風度訴諸文學表現，即能使文學作品綻放出作家個性化人生的特殊光彩，顯現出富有特別格調的文學風貌。

或許透過徐志摩、林徽音、凌叔華等人的文學創作，比較能夠說明人生觀念、人生風度與文學風貌的這種關係。他們是一九二〇年代嶄露頭角且風格特異的文學家，都隸屬於一個習慣上稱之爲新月派的文人團體，該團體有著比較一致的人生觀念，即「我們都信仰『思想自由』，我們都主張『言論出版自由』，我們都保持『容忍』的態度（除了『不容忍』的態度是我們不能容忍以外），我們都喜歡穩健的合乎理性的學說。」[1]這種自由的強調，容忍的倡導和穩健、理性的堅持，可以概括爲屬於紳士文化的範疇[2]。新月派理論家梁實秋在《新月月刊》上發表〈紳士〉一文，概括新月派文人相近的「根本精神和態度」便是這種紳士氣度，且說是「紳士永遠是我們待人接物的最高榜樣」[3]。徐志摩在私下裏極願意以「西式紳士」自許，一次與陸小曼通信，便直截了當地表述了這個意思：「我又是好面子，要作西式紳士的。」[4]當周氏兄弟與陳西瀅等圍繞著女師大風潮展開無休止的論戰時，徐志摩強烈呼籲他們「結束閒話，結束廢話」，同時嚴厲地指出了論戰的雙方（當然，他明白他祇能對陳西瀅有所影響）已遠遠有背於紳士之道：「這不僅是紳士不紳士的問題，這是像受教育人不像的問題」。他指責包括好友陳西瀅在內的罵戰雙方都有著「不十分上流的根性」，也就是說他們紳士氣度的嚴重缺乏[5]。直至十年以後，胡適還敦請陳西瀅，就枉責魯迅的中國小說史的研究抄襲日本學者鹽谷溫之事向魯迅公開道歉，言「此是gentleman的臭架子，值得擺的」[6]。

紳士風度所體現的人生觀念有許多特別的內容，最關鍵的則是，正如一些文化學者所概括的那樣，「把人生看作是一項體育運動」[7]，即重在參與和體驗，不強調目的與結果，盡量體現出「灑脫的漫不經心的」、「熱心的彬彬有禮的」、「善於思考的滿不在乎的」乃至「圓滑的風雅的」[8]等氣度。這樣的人生觀念由於與相應的人生風度密切聯繫在一起，故而特別適宜於文學表現，而且表現起來也特別能見風格。徐志摩、林徽音的詩歌一般都有輕盈、瀟灑、躲避沈重和黏著的風格，這種風格正來自於「灑脫的漫不經心的」紳士氣度，而這種紳士氣度又導源於不講究目的與結果的紳士派文人的人生觀念。徐志摩經常表現的意象有「雪花的快樂」，有輕鬆的「雲遊」，有「沙揚娜拉」式的甜蜜的憂愁，這些都是灑脫、輕盈的風格的體現，是相關人生風度的文學展現。當他想像著「我就像是一朵雲，一朵/純白的，純白的雲，一點/不見分量，陽光抱著我，/我就是光，輕靈的一球，/往遠處飛，往更遠的飛……」，於是「什麼累贅，一切的煩愁，/恩情，痛苦，怨，全都遠了」（《愛的靈感》），這時他的人生、他的風度、他的風格便是一個整體的輕盈和瀟灑，是對於沈重、黏著的堅定拒絕。在〈一隻燕子〉中，詩人解釋「輕快」就是「不黏著」：「一隻燕子掠水面過，/像天河裏一朵流星；/『這是輕快，』她對他說：/『我愛顫

不黏著的心』。」正因爲有著這顆不黏著的心，詩人才可能這樣向他十分鍾情的母校告別：

輕輕的我走了，
正如我輕輕的來；
我輕輕的招手，
作別西天的雲彩。

既然康河的波光在心頭蕩漾，在康河的柔波裏，詩人都甘心作一條水草，可見他對這一片河岸，這一條河道，是何等地富有情感，但這情感貴在「不黏著」，既然離別吹響的就應該是「悄悄」的笙簫：「悄悄的我走了，／正如我悄悄的來；／我揮一揮衣袖，／不帶走一片雲彩。」——連一片雲彩也不帶走，那是何等灑脫的氣度，是何等輕盈的風格！這一切都與紳士文人的人生貴在過程體驗的觀念有關。於是帶著同樣的人生觀念，帶著同樣的人生風度，帶著同樣的輕盈、灑脫和不黏著的風格，詩人在歌詠最美好的感情甚至戀情的時候也十分別致——他覺得一切都當作「偶然」更好：

我是天空裏的一片雲，
偶爾投影在你的波心！
你不必訝異，

更無須歡喜！
在轉瞬間消滅了蹤影。
你我相逢在黑夜的海上，
你有你的，我有我的方向。
你記得也好，
最好你忘掉，
在這交會時互放的光亮！

對於一般的詩人而言，天上的一片雲投影在池塘的波心就是一種美麗的機緣，黑夜的海上不期而遇更是一種千載一時的邂逅，這樣的偶然得來不易，怎能輕易忘掉，怎能不驚喜萬分，孜孜以求？可以，說許多詩人會以十分黏著的態度對待這樣的「偶然」，因為人們一般比較多地接受了目的論的人生觀念，人們習慣於表達對結果矢志以求的堅韌不拔的意志和堅定執著的風度。現代社會普遍的教育一般都是在培養後一方面的人生觀念，現代人也多養成相應的人生風度，這就使得徐志摩式的輕盈、灑脫和不黏著的詩風獲得了凸顯。

在新月派文學中，徐志摩的這種詩風卻並不突兀。林徽音作為一個女詩人，同樣具有如此歌吟的悟性與才情，詩作中同樣充滿這樣的灑脫和輕盈。她的一首〈蓮燈〉這樣描寫蓮燈的燦爛與幻滅：「……單是那光一閃花一朵——/像一葉輕舸駛出了江河——宛轉它漂隨命運的波湧／等

候那陣陣風向遠處推送。／算作一次過客在宇宙裏，／認識這玲瓏的生從容的死，／這飄忽的途程也就是個——／也就是個美麗美麗的夢。」與徐志摩的詩比較起來，有著更濃郁的感傷氣息，但注重在宇宙裏作一次過客的飄忽過程，而對死的結局有著從容的忽略，正是再現了這一派詩人特有的人生風度和人生觀念。

帶著這樣的人生風度和人生觀念，凌叔華在小說創作上也體現出相當特異的風格，從而強化了新月派紳士文學的風貌。這位才女作家在這方面最典型的作品當然是〈酒後〉。小說敘寫一個教授之家請客過後情形：丈夫永璋和夫人彩苕都有了相當的酒意，永璋乘著酒興在對自己漂亮而有才華的夫人大加讚美，彩苕則神情不屬地看著在客廳另一端醉臥在沙發上的朋友。永璋高興，忽然提出要送夫人禮物；彩苕被纏不過，便提出要求，竟然是要求允許她去吻一吻那位醉中的朋友。永璋初覺有些怪異，但當彩苕說沒有任何別的意思，就是有吻一吻那朋友的想法時，也就勉強應允了。彩苕強抑住內心的慌亂，走到那位朋友面前，看了看，忽然轉身撲向自己的丈夫，說到了他面前忽然又不想kiss他了。乍看起來，這似乎是一篇沒有任何意義的無聊作品，其實包含著這派文人一貫的人生風度，折射著他們獨特的人生觀念，那就是祇注重情緒形成的過程，並不注重行爲發生的結果，那一種拿得起也放得下、隨著興致所之的自由飄灑，似可與《世說新語》中「王子猷居山陰」的魏晉風度相媲美。該書〈任誕第二十三〉記載：「王子猷居山陰，夜大雪，眠覺，開室，命酌酒，四望皎然。因起彷徨，詠左思〈招隱〉詩。忽憶戴安道。時戴在剡，即便夜乘小船就之。經宿方至，造門不前而返。人問其故，王曰：『吾本乘興而行，興盡而返，何必見戴。』」——好一個「乘興而行，興盡而返」，正是重體驗輕目的、重過程輕結果的人生觀念的表述，有此觀念，其文學描寫中才盡顯人物的「任誕」氣度，於是非常獨特的人生觀念、人生風度和文學表現共顯精彩。

當然，人生觀念的獨特並不意味著鼓勵怪異，人生風度的瀟灑也並不等同於不計後果。人生畢竟比文學描寫和審美表現嚴峻得多、嚴肅得多，也嚴厲得多，人首先得對人生負責，爭取到相當的人生條件，才能有餘裕揮灑別致、自由的人生風度，才能進入精彩地、詩意地、風格化地營構文學風貌的過程之中。

注釋

1. 見《新月月刊》第二卷第六—七期合刊〈敬告讀者〉。
2. 參見拙著《新月派的紳士風情》，翰林文教基金會二〇〇三年版。
3. 梁實秋，〈紳士〉，《新月月刊》，第一卷第八期。
4. 徐志摩致陸小曼（一九三一年三月十九日）。
5. 徐志摩，〈結束閒話，結束廢話！〉，《晨報副刊》一九二六年二月三日。
6. 胡適致蘇雪林（一九三六年），見《胡適來往書信選》（中），中華書局一九八六年版。按"gentleman"英語，即紳士。
7. [英]麗月塔，《紳士道與武士道》，浙江人民出版社一九九〇年版，第一四五頁。
8. [英]麗月塔，《紳士道與武士道》，浙江人民出版社一九九〇年版，第一三〇頁。

第九講

人生氣質風度的風格展示

文學作品都是一定的作家、詩人人生體驗、人生經驗和人生感受的表現。這些體驗、經驗和感受大都爲作家和詩人所自覺，但也有許多非常隱秘的成分，爲他們自己所渾然不覺，卻往往會在創作過程中自然流露出來。從事文學創作的人以及熱中於文學事業的人，不一定是人生經驗最豐富的人，但無疑應是人生感觸最充沛的人，而且往往還應是人生體驗最深徹的人，他們自己也許並不能清晰地覺察到這種感觸的充沛與體驗的深徹，不過這些因素必然或隱或顯地體現於作品之中，成爲讀者和評論家易於感受的種種人生信息。在作品閱讀中，人們除了把握和了解作家樂於承認的人生體驗，或雖諱言不已但其實相當明顯的人生經驗，還應注重這些人生信息的搜求和分析，其中包含著作家人生的氣質風度、人生境況、人生訴求以及人生價值觀念。這些人生信息構成可謂非常複雜，其中有些因素爲作者所認知，有些卻爲他們自己所忽略；有些因素爲他們所樂於宣揚，有些則令他們諱莫如深；當然有些因素對於理解這個作家乃至其所處的時代社會有著重要的意義，有些則可以說是無足輕重。從某種意義上說，文學作品的人生信息越是豐富，文學作品的品質就越高，其所體現出來的作家素質也就越高。

一、文學中的氣質風度

在文學作品所能體現的人生信息中，作家的人生氣度是非常醒目同時也是非常複雜的內容。

所謂人生氣度，是指透過各種人生途徑體現出來的人的精神氣質和性格、風度。文學作品體現的人生氣度，可以泛指一般人正常的、普遍的、永恒的精神品質和人格風範，梁實秋在一九二〇年代後期提出的「人性」概念與之頗相彷彿：人性是「固定的和普遍的」，是「常態的」和純正的[1]。其實人性有著更為複雜和更為深邃的內容，因此從文學表現的角度說，仍以表述為人生氣度為妥，這不過是在人類普泛性意義上所體現的宏觀的人生氣度。在相對中觀的意義上看，一定歷史時期的文學作品，總會帶有那個時期的文學家所感受和體驗的時代精神，這就是那個時代的人生氣度在作品中普泛性的體現，例如人們從盛唐的有關作品中讀出浪漫宏大、波瀾壯闊的所謂「盛唐氣象」，從晚唐時代哀婉幽逸的詩歌中概括出的晚唐詩風等等，就是那相應的歷史時期文學家所表現的普遍的人生氣度的展示。一定地域的文學作品總能體現出一定的地方色彩，這地方色彩正是那一方水土、一方風俗的呈現，也未始不可以說就是那一方人生氣度的表現。當然，文學作品中的人生氣度還可以而且應該體現在作家和詩人的性格特性方面，這從文學的角度看具有風格論的色彩，可從人生的角度看則是微觀意義上的人生氣度的顯露。

如果將文學中反映的人生氣度分別在宏觀、中觀和微觀的意義上展開分析，則似乎接近於對文學中的人性表現、時代精神和地方色彩的體現，以及文學風格的凸顯的考察，而這許多問題都是文學理論和文學批評中習見常聞的命題；如果說，文學的時代精神和地方色彩這些命題，分別都已經在文學的政治歷史批評和文化批評方面，得到了比較透徹的解析，則剩下來的人性表現和文學風格等命題，都包含著非常複雜和非常深邃的內涵。從文學與人生關係的層面論述人生氣度，則可以避開那麼複雜而深邃的理論解析，將人生氣度的文學表現處理成一個輕鬆而新鮮的話題。

整個二十世紀，對文學的人性表現鼓吹最力的當然是梁實秋。他認為「文學之精髓在其對於人性之描寫」：

人生是寬廣的，人性是複雜的，我們對於人生的經驗是無窮的，我們對於人性的了解是無究極的，因為文學的泉源永遠不竭，文學的內容形式是長久的變化。偉大之文學家能深悉人生的奧妙，能徹悟人生之最最基本的所在，所以文學作品之是否偉大，要看它所表現的人性是否深刻真實。[2]

他甚至認為人生的表現其實就可以理解成人性的表現——既然寫實主義是按照人生的本來面目進行寫作的，那麼，「好的寫實作品，永遠是人性的描寫，雖然取材或限於一時一地之現象，而其內涵的意義必為普遍的人性之描寫。」[3]

一般認為梁實秋如此推崇和鼓吹文學中的人性因素，是受了美國人文主義理論家歐文·白壁德（Irving Babbitt）學說的影響，其實不然。白壁德雖然在他的人文主義理論中重視人性，但僅僅將人性當作他論述的幾個重要命題之一，更重要的是，白壁德並不認為人性是文學表現的理想對象或當然對象，他反覆闡述人生的狀態呈現出三種境界：一是動物性狀態，二是人性狀態，三是神性狀態；人類的理性運作就是要克服動物性狀態，改善人性狀態，而皈依神性狀態。因此，

文學的理想對象應該是帶有宗教情懷的神性，而不是尙與動物性有千絲萬縷聯繫的人性。

梁實秋對人性論的強調，主要是出於對魯迅等在「革命文學」時期大肆倡言的文學的階級性觀點的強烈反駁。文學階級性的強調並非從人生出，發而是從政治立場出發看取文學問題，故而所得出結論的偏激和片面自然不言而喻；而梁實秋的人性論基本上是用來回應階級論的，當然難入中和持平之境。

人類社會從某種政治角度來分析，自然充滿著階級分層、階級矛盾和階級鬥爭，文學也不妨反映這樣的階級分層、階級矛盾和階級鬥爭，文學家也可能有時甚至必然地從某一階級的立場出發，進行創作，將人生的表現歸結爲階級立場的顯露，不過這一般祇局限於特定的文學題材和特定的歷史時期，以及特別的作家詩人的創作，不宜作普泛化的理解。在「階級」論空前高漲的一九二〇年代，魯迅等倡導「革命文學」和「普羅文學」[4]，便竭力將文學的階級性強調到無所不在的程度。魯迅的觀點是，人的一切習性，祇要是文學可以描述的，就可能都帶有階級性。譬如人生苦難的體驗，不同階級的人體驗就很難溝通：「窮人絕無開交易所折本的懊惱，煤油大王那會知道北京撿煤渣老婆子身受的酸辛」；談到人生情趣，「饑區的災民，大約總不去種蘭花，像闊人的老太爺一樣」；甚至愛情也有階級性：「賈府上的焦大也不愛林妹妹的」[5]；即使生理現象，魯迅也覺得可能含有階級性的成分：「譬如出汗罷……該可以算得較爲『永久不變的人性』了。然而，『弱不禁風』的小姐出的是香汗，『蠢笨如牛』的工人出的是臭汗。」[6]

這些觀點所揭示的具體現象可能都存在，但作爲一種文學理論或一種普遍道理，顯然過於偏激，禁不住事實的和邏輯的推敲。不同階級的人體驗辛酸苦樂的內容自有不同，但一定的辛酸苦樂總是與一定的條件和原因相聯繫，這樣的邏輯關係卻並不因階級的差異而發生變化。窮人雖然沒有開交易所折本的懊惱，但他花上幾塊錢去買彩票，屢次不中照樣煩惱：都是因投機不成而染上的煩惱，這之間祇有程度的不同而無本質的區別；巨賈大亨中自有不少是因繼承大筆祖產而既富且貴者，不過白手起家甚至數起數落者也不乏其例，後一種人如果成了油礦主，怎見得一定不知道撿煤渣的老婆子的酸辛？不僅「饑區的災民」不會去種植蘭花，「闊人的老太爺」如果正好整天在忍受某種病痛的折磨，他也不會去種蘭花，原因都是一樣，沒有那份閒心和條件；焦大如果年輕若干歲，不愛林妹妹才怪，祇怕是自愧難當，知難而退，祇好將愛埋在心底。至於香汗與臭汗之辨，實在更為簡單：那小姐如果不搽香粉護膚霜之類，很可能帶有狐臭，流出的汗可能比工人更臭。魯迅列舉的所有這些例子都可能存在，但都不具有普遍性意義。最普遍的人生現象是，人在追求中遭受挫折就必然懊惱，人在貧窮時就會遭遇苦難，在悠閒而有情趣的時候會作一些消遣的事情，遇到年輕貌美的異性總會心生愛意，如此等等，這些都並不會因階級的不同而發生改變。

有人曾回憶說，魯迅在一九三〇年代還曾給青年人講過類似的故事，說明階級性之普遍存在。說是一對從沒見過世面的農人夫婦暢想皇帝皇后的生活情形，每天挑水的農夫估計，皇帝一定會用金扁擔來挑水吃，農婦設想那享福的皇后娘娘，每天清晨醒來，如果覺得餓，一定會叫那些宮女們：「大姐，拿一個柿餅來吃吃。」如果魯迅眞說過這樣的故事，那這些故事祇能說明農

人夫婦的愚笨，根本不能說明任何與人的階級性有關的問題；聰慧如魯迅也絕對不會將他那時所同情的「無產階級」設想得如此愚昧不堪。事實上，農民出身的人一旦有了條件，往往比世代富貴的貴族更會享樂，任何社會中幾乎所有的暴發戶都在享樂方面遠遠超過世家子弟和破落戶。道理如同「飽暖思淫欲，饑寒起盜心」，這是人性中常有的「惰性」使然，與階級性沒多大關係。

想到皇帝會像他一樣每天挑水的農夫，如果刻畫在文學作品中，倒是憨厚得可愛，不過這樣的文學無論如何算不上階級文學，這個農夫的形象也代表不了任何階級。如果說，這個農夫爲文學帶來了怎樣的人生信息，那絕不是階級性或人性的啓示，而是人生氣度的匱乏：他缺少想像力，缺少正常的風度，精神氣質較爲猥瑣，語言、行爲所體現出來的性格相當懦弱。前文所述的如果依然屬實，即窮人沒有投資挫折的懊惱，大亨不知道窮人的酸辛，災民沒有欣賞蘭花的心性，焦大不愛林妹妹等等，都不過說明這些人缺少正常的人生氣度，或者秉持著相當特異的人生氣度。這一切固然與階級出身無關，但用梁實秋的「人性論」來衡量也並不合適。這些示例所展示的人物行爲如果說不是怪異之類，那就屬於特立獨行，概括爲特別的人生氣度的呈現，要比理解爲階級性的決定或人性的表現更加確切。人生氣度實際上是梁實秋所說的「普遍的人性」的一種富有個性化的體現，而人性是一個更加複雜和更加繁難的命題，甚至人的動物習性、生理習性都包含在內，如孔子所言「食色，性也」，也是人性內涵的應有之義，因而人性的概念實在不適宜運用到文學批評、文學鑒賞方面，當然更不適宜言說文學與人生的關係。

梁實秋在〈浪漫的與古典的〉一文中已經意識到，人性的素質與人生的表現並不是同一層面的人生現象。他認爲「人性的質素」可以相對於「人生的態度」，說是「物質的狀態是變動的，人生的態度是歧異的；但人性的質素是普遍的，文學的品位是固定的」[7]。其實文學直接表現的往往不是那種普遍的、固定的人性質素，而是處於豐富的歧異狀態的人生氣度。不同的人生態度對於文學創作和文學欣賞的影響迥然不同，這既不是魯迅等強調的階級性在起作用，也不是梁實秋所說的普遍和固定的人性的顯露，而是人性折射到人生層面的各種氣度的呈現。因此，檢討文學與人生的關係，既須擺脫階級論的束縛，也要跳脫人性論的框架，在人生氣度的呈現這樣一種信息層面展開。

文學無論在創作還是在欣賞過程中都與人性有關，不過這並不是文學的特性；人類的任何創造性的思維和精神性的活動，無不體現爲人性的表現。因此人性問題可以說廣泛牽涉到人生活動的每一個方面，在學理上也關涉到幾乎所有的領域，對它的討論在文學理論的話題上並不能充分展開，文學與人生的探討可以而且應該跳脫人性這樣一個生硬的、有時不免還會顯得特別嚴肅的命題。

更何況，梁實秋所謂人性是普遍的、確定的這一判斷，在學理上和邏輯上都大有可權之處，理論上先就難以立住陣腳，何能貿然運用於批評實踐。關於人性之本，歷來的說法都很有軒輊，不僅是頗多參差，甚至就是南轅北轍。孟子持著名的「性善論」，謂：「惻隱之心，人皆有之；羞惡之心，人皆有之；恭敬之心，人皆有之；是非之心，人皆有之。惻隱之心，仁也；羞惡之心，義也；恭敬之心，禮也；是非之心，智也。仁義禮智，非由外鑠我也，我固有之也，弗思耳

矣。」既然仁義禮智都是人人心中固有之物，人性當然是本乎善良的。孟子還從《詩經》和孔子的言論中，找到了這種性本善良的依據，說是《詩》中的「天生蒸民，有物有則。民之秉彝，好是懿德」，正是說明初民生而秉持好的「懿德」。孔子曰：「為此詩者，其知道乎！故有物必有則；民之秉彝也，故好是懿德。」對這首詩的解讀似乎也支持了孟子的論說。確實，從每個人幼時的記憶即能分析出，包括惻隱之心在內的善良品德，確有與生俱來之感。而荀子在〈性惡篇第二十三〉中則直接駁斥孟子的性善論，認為「人之性惡，其善者偽也」，其實就是說孟子鼓吹的乃是偽道。他的解說似乎也有道理：「今人之性，生而有好利焉，順是，故爭奪生而辭讓亡焉；生而有疾惡焉，順是，故殘賊生而忠信亡焉；生而有耳目之欲，有好聲色焉，順是，故淫亂生而禮義文理亡焉。」很難否認這一點：長期的社會人生現象確乎符合荀子之所揭示。

一方面力主性善，一方面直陳性惡，兩論針鋒相對，各各皆有道理，原因何在？在於兩論都僅僅是從一個側面觸及到人性問題，沒有從綜合的意義上追尋人性的根本。荀子所言性惡，立足於人性的物質基礎及其所包含的必有意義；孟子所言性善，實際上解釋了人性在精神層面的最初、最基本的活動。當基於物質性去展示人性的訴求時，人的攻擊本能、占有本能自然會得到凸顯；而當基於精神品質去展示人性的傾向時，則人性向上提升的本能，也即人脫離於獸性的希求同樣會得到呈現。文學如果要表現這些人性的內容，就不可能也不應該拘泥於哪一個側面然後固定不變，而是要追尋其在具體人生現象中鮮明的投射和豐富的呈現，這便是文學中必然表現的人生氣度。善良的人性須透過富有個性的人生現象予以承載，造成審美意義上的某種感動，惡劣的人性須透過具體的人生現象予以揭露，造成道德意義上的批判與否定，這些承載和揭露便是人生信息的傳達，而這些感動、批判和否定則是人生氣度的表現。文學最大和最直接的效用就是表現這樣的人生氣度。

否定文學中的人性因素固然會使文學走向僵硬的政治化的迷途，但將文學理解爲人性的表現，甚至是普遍的固定不變的人性的表現，如梁實秋所設想的那樣，每一個人的基本人性都沒什麼兩樣：「他們都感到生老病死的無常，他們都有愛的要求，他們都有憐憫與恐怖的情緒，他們都有倫常的觀念，他們都企求身心的愉快。」而「文學就是表現這最基本的人性的藝術」[8]。如果文學祇是連續不斷地表現人性當中的這些基本要素，那讀起來一定相當枯燥、相當乏味。這些人性因素實際上祇是文學之所以感動人，之所以令人產生快感的心理依據和生理依據，遠不是文學表現的直接內容和文學描寫的直接對象；文學的審美描寫須以在此人性基礎上煥發出來的人生的精彩和生命的輝煌爲對象，或者相反，文學的藝術表現須以在此人性基礎上衍生出來的人生的庸凡和生命的晦暗爲內容。無論是人性折射的人生精彩或是庸凡，無論是人性投影的生命輝煌或是晦暗，都是一定人生氣度的展示。

二、風格論中的人生氣度

人性都是相通的，但人性折射或投影出來的人生氣度卻各不相同，這就形成了文學批評中經常會提到的風格。文學風格其實就是文學表現中的人生氣度的個性化展示。祇有對文學表現作人生氣度的把握，才有可能通往對文學風格的深刻認知，而且這樣的認知有助於克服階級論的狹隘和人性論的空疏。

人無論原來的出身如何，人性究竟是善是惡，處在一定的人生境況下，必然體驗著一定的人生氣度。《孟子．盡心上》說：「居移氣，養移體，大哉居乎！」說的就是這個道理。人生的境況對於人生氣度的養成至關重要，這就叫「大哉居乎」；而人生氣度，即孟子所謂「氣」與「體」的文學體現，便是文學理論中十分強調的風格。這樣的人生氣度及其文學風格的體現，一般來說與作者的階級出身沒有直接關係，也並非是其人性善惡的直接寫照。正因如此，貧苦農民出身、學養相當粗濫的朱元璋，據說就能寫出這樣氣吞山河的詩篇：

> 天為帳幕地為毯，
> 日月星辰伴我眠，

夜間不敢長伸腿，
恐把山河一腳穿。

詩並不高明，「長伸腿」、「一腳穿」之類更是俚俗不堪，不過其中確實有一股豪邁狂放之氣，足以令許多豪放詩作黯然失色。這樣的詩是其他詩人「作」不來的，因爲一般的詩人很難獲得他這樣的一種天不怕、地不怕的精神氣概，和蓋天鋪地、踏破山河的人生經驗，對天地日月全無敬畏之心，對山河星漢敢於側目睥睨，這種人生氣度豈是「階級」立場和「普遍」人性所能決定得了的！

據說朱元璋還寫過這樣充滿殺氣的詩：「殺盡天下百萬兵，腰間寶刀血猶腥。」同時草莽英雄的黃巢也喜歡吟誦這樣的殺氣詩：「待到秋來九月八，我花開後百花殺；沖天香陣透長安，滿城盡帶黃金甲。」有人說洪秀全還曾有過「手握乾坤殺伐權」之「吟」——用這個字顯然太纖巧了。性喜殺人，嗜血成性，自然不符合人性，至少不符合人性的常態，於是從人性的表現這一梁實秋式的角度看，這些詩全不能成立。但是它們確實存在，而且一代一代留存了下來，時不時地爲人們所欣賞。人們欣賞的當然不是其中傳達出的嗜殺習性，而是由此表現出的一種豪邁、陽剛的人生氣度。

如果詩人的人生境況不能構成這樣的豪邁狂放和殺伐決斷的人生氣度，即使他位極人臣，權傾一時，也不可能寫出如此風格的詩篇。毛澤東的妻子江青素有野心，但她就無法獲得朱元璋式

的睥睨日月山河的宏大超卓氣概。其所詠的一首「名詩」表達了她所體驗的這樣的人生氣度：「江上有奇峰，鎖在雲霧中，平日看不見，偶爾露崢嶸。」「江上奇峰」無疑是自喻，這位李姓女子原藝名「藍蘋」，後爲超越昔日之我，更名爲「青」，意含「青出於藍而勝於藍」之典故；改姓爲江，正符唐代詩人錢起〈湘靈鼓瑟〉詩中「曲終人不見，江上數峰青」之意境。江青這首詩寫得頗有風格，更符合她自己的人生氣度。她感到壓抑，因爲長期以來，雖然地位崇高可一直沒有掌握到實權，於是感受到鎖在雲霧中一般，平日看不見；她期望一飛沖天，露出崢嶸面目，但又沒有十分的把握，故加偶爾二字。短短的四行詩，可以說是千迴百轉，唯妙唯肖，有志望和野心，也有疑慮和懊惱，還有怨憤和不平，這正是江青人生氣度的風格化的寫照。

將江青的詩風與朱元璋等人的詩風作一比較，不難看出階級論和人性論的分析對於文學風格的解釋都力有未逮。這兩位都是從平民飛升到人生極巔的人物，「階級」感受及其變異的感覺應該所差無幾；他們都是有問鼎志望的非凡之輩，人性感興方面也很相通，但他們的詩風差異如此之大，顯然並不全是文化修養不同和時代氣氛不同所致，重要的是殊異的人生體驗、人生情境養成了各別的人生氣度，人生氣度的不同自然導致詩歌風格的差異。

朱元璋所處的特定的人生情境和所經歷的特定的人生體驗，造就了他特定的人生氣度，這種人生氣度在他的詩作中展示出豪邁狂放的風格和個性性格。文化程度和詩學修養皆不算高的朱元璋，卻因這樣的風格和個性彌補了文學造詣的不足，這是人生氣度充實乃至助益文學創作的典型例證。應該說，朱元璋作爲一個皇帝詩人還是相當努力的，他並不完全倚重於自己的人生經驗和體驗而老氣橫秋地老生常談，有時還汲取別人的文學營養來強化自己的人生氣度，當然他所汲取的對象，一般是能表現出他所認同的人生氣度者。他有詩詠日出道：「東頭日出光始出，逐盡殘星並殘月。驀然一轉飛中天，萬國山河皆照著。」此詩仍體現著朱元璋的人生氣度和風格特徵，較之前引詩歌，俚俗與狂放照舊，不過已經融進了宋太祖趙匡胤的詩意和詩趣。據陳巖肖《庚溪詩話》記載，趙匡胤嘗有〈詠月〉詩，詩中有「未離海底千山暗，才到天中萬國明」（《後山詩話》記作「未離海底千山黑」）句，朱元璋的後一句顯然吸收了趙詩的構思。《庚溪詩話》上卷又記：趙匡胤尚未發跡時，詠有〈初日詩〉：「太陽初出光赫赫，千山萬山如火發。一輪頃刻上天衢，逐退群星與殘月。」有人則記爲：「欲出未出光邋遢，千山萬山如火發。須臾走向天上來，趕卻殘星趕卻月。」猜測後記爲趙匡胤原詩，陳氏詩話所記爲文臣潤色之稿，不過反不如原作粗獷飛揚，即減弱了趙匡胤粗獷狂放的人生氣度。朱元璋在其〈詠日〉中截取趙匡胤〈初日詩〉的意蘊和語彙痕跡相當明顯，他之所以這樣截取，也還是因爲趙氏的人生氣度與自己頗相投合。

說到人生氣度的粗獷狂放，人們自然會想起漢高祖劉邦，他的〈大風歌〉豪氣萬丈，慷慨悲涼：

大風起兮雲飛揚，
威加海內兮歸故鄉，
安得猛士兮守四方！

那一番古樸而不俚俗、渾厚而不混濁、蒼涼而見悲壯的情懷，以及金戈鐵馬之後卻居安思危的胸襟，遠非趙匡胤、朱元璋的詩章所能望其項背。這同樣是劉邦作爲開天闢地的王者特定的人生經驗的凝結，以及其作爲馬上治天下的君主特定人生氣度的表現。漢代另一位傑出君主武帝劉徹寫有〈秋風辭〉，中有「秋風起兮白雲飛，草木黃落兮雁南歸」之吟，明顯受到高祖皇帝〈大風歌〉的影響，但多了些清秀澄明，少了些渾樸豪氣，蓋因爲漢武帝乃是守業之君，坐享宇內清平，這樣的人生情境養成的人生氣度自然就淨朗平綏，井然有序，詩歌風格也便有類似的呈現。明代人謝榛在《四溟詩話》中看出「漢武讀書，故有沿襲。漢高不讀書，多出己意」，實在很有見地，不過祇是說對了一半，重要的還在於漢武的人生氣度與漢高的人生氣度頗爲軒輊，因而漢武必須靠讀書將息自己的詩性氣質，漢高卻不必。漢武讀詩自然會選取開國霸主的遺作，一方面固然有祖宗親情能喚起內心天然的親切感，更重要的是，透過讀〈大風歌〉體驗先祖的人生氣度，可惜的是人生經驗可以借鑒，人生氣度卻無法從文字中直接傳遞，因此他的詩儘管明學漢高，卻無法顯現其磅礴的氣勢和雄渾的風格。後來的君主也常常試圖像漢武那樣學習〈大風歌〉的風格氣魄，但幾乎無一成功。唐太宗李世民〈詠風〉則云：「蕭條起關塞，搖颺下蓬瀛。拂林花亂彩，響谷鳥分聲。披雲羅影散，泛水織文生。勞歌大風曲，威加四海清。」有人讀罷此詩，居然讚美說那麼蒼勁、那麼沈雄，陽剛氣十足，境界粗獷而寥廓，完全不通。詩中吟有「拂林花亂彩，響谷鳥分聲」，怎能算是粗獷而寥廓？而以「披雲羅影散，泛水織文生」之纖巧細膩，何來陽剛之氣？李世民倒是很想陽剛一番的，於是引用漢高祖的〈大風歌〉之典作結語，然而「勞歌大風曲」中一個拘謹得過分的「勞」字，足以將〈大風歌〉的磅礡大氣消解得零零落落，「威加四海清」中一個輕盈得莫名其妙的「清」字，也庶幾能將〈大風歌〉的渾厚雄風沖洗得灰白黯淡。可見，缺乏相應的人生氣度，指望透過生吞活剝前人的詩語表現出相應的風格，必然導致畫虎不成反類犬的結局。

不同詩人所處人生情境的各別必然導致人生氣度的不同，人生氣度的不同必然導致文學風格的差異，而且這樣的差異也不是透過學習和模仿所能彌補。如果說，這是文學與人生關係的一個基本原理，則循此基本原理，可以解開文學史上關於詩人交往和討論的一些謎團。例如非常著名的「推敲」故事，至此應該有個結論。

唐代詩人賈島是與孟郊齊名的苦吟派詩人，自謂「兩句三年得，一吟雙淚流」，可見追求字面表達之精切的功夫，比那種「吟安一個字，拈斷數莖鬚」的刻苦，更有過之而無不及。這位因家道貧寒、落髮爲僧的無本和尚寫有〈題李凝幽居〉詩，詩曰：「閒居少鄰並，草徑入荒園。鳥宿池邊樹，僧敲月下門。過橋分野色，移石動雲根。暫去還來此，幽期不負言。」不過這詩中的「僧敲月下門」之「敲」字，老是讓他覺得尚未「吟安」，因爲還有一個「推」字可選。《唐詩紀事》卷四十敘述：賈島到京師赴舉，騎在驢身上還在苦吟這一句的「推」、「敲」二字，甚至用手比畫著作推、敲之勢，沈吟苦思之中，不覺衝撞到大尹韓愈的馬車。韓愈知道這位年輕詩人是爲了吟這樣的詩句而冒犯自己，全然不怪，而且還紆尊降貴與賈島「並轡論詩久之」，結果以教訓的口吻告訴年輕人：「敲字佳矣。」這一詩事歷代傳爲美談，同時也成爲一個教訓，即韓愈用

字如何比賈島高明：夜間過幽居，當然用「敲」字合適，敲的行爲顯得文雅，有禮節，更重要的是，鳥都已宿眠，月下池邊樹，這樣的靜寂環境，這樣安寧的畫面，一有敲門之聲的介入，就造成了靜中之動、畫外之音的效果，如此等等。

如果韓愈眞是作如此之想，那麼他是從自己的人生體驗出發在那裏「作詩」，反映的是他自己的人生氣度：優雅、得體，詩情畫意。考慮到這首詩的作者是賈島而不是韓愈，從詩歌及其用字中尋找詩人的人生信息，析示詩人的人生氣度，得出的結論祇能是：那「敲」應該改成「推」，韓愈錯了。

有人已經作過這樣的考察：說是唐代嚴律，僧人夜間不許出門，賈島夜訪李凝幽居，豈能大搖大擺咚咚敲門？一定是約好時間推門而入。更有人說這是犯律詩僧的幽會之作，哪裏敢公然敲門，祇好偷偷地推門進去。這樣的推解，特別是幽會之說，基本上沒有道理，屬於典型的望文生義，一看有「幽期」之約，有「不負」之許，還有那幽居主人名李凝，「凝脂」之「凝」等等，似乎必有浪漫無疑。其實這裏的「幽期」不過是相約隱居的日子，可以理解成李凝原與賈島有約，在此幽居共同修行一段時間，値賈島之來，李凝尙未隱此。不過更有可能是並無此事，祇是李凝有一幽居之所，約賈島題詩，賈島覺得此地十分幽靜，曾許有朝一日會來此共隱，因而詩題爲「題」而非「記」之類。至於李凝，《唐詩紀事》卷四十作李款，《唐才子傳》卷五作李餘，顯非女子。幽會之說，不僅未免過於拘泥，而且讓詩人越發顯得形容猥瑣，頗類雞鳴狗盜，如果是這樣，恐怕也不敢在韓愈這位陌生的大官面前顯擺。更何況，幽會之人，來去匆匆，前瞻後顧，左防右覷，哪裏會顧得上「過橋分野色，移石動雲根」的詩境花景。

應該從詩人的人生情境以及由此養成的人生氣度來推定這個「推」字。詩歌的寫作有時確實表現了詩人的某一個經歷，某一次邂逅或某一件往事，不過更多的時候衹是吟誦的一種人生感受和人生氣度，未必一定坐實到詩人具體的經歷和故事。人們熱中於討論的這首詩，或許會與賈島的人生經歷中的某一個甚至是浪漫的故事有關，但將它理解成一個虛擬的情境更好，這就是對於「幽居」之境的嚮往。整首詩都爲了表現和凸顯一個世外孤境般的「幽」字。作爲一個僧人，賈島的人生氣度顯然要比達官貴人的韓愈更懂得「幽」的意思，這「幽」與「隱」緊密相連，幽隱之所的門，至少在賈島的人生經驗中，衹能用一個「推」來應付。首先是僧人如果索居「幽隱」之處，設施必然簡陋，尤其是門禁，幾乎可以取消。唐代一位眞正的僧人釋顯萬有〈庵中自題〉一詩，這樣形容自己的幽居：「萬松嶺上一間屋，老僧半間雲半間。雲自三更去行雨，歸來方羨老僧閒。」——這老僧所住的那間屋看來是沒有門的。是的，出家之人，身無長物，要門作甚？賈島如果習慣於這樣的生活起居環境，應該不會琢磨著如何「敲」月下之門，甚至連推也用不著。當然像顯萬和尙那樣可能也過於簡陋了，有些孤寺還是有門的，不過那門也衹是爲了稍擋狼狐豺狗，以防侵擾自己的清靜，於是往往是用柴草編製而成，這便是王維〈送別〉詩中的「柴扉」了：

山中相送罷，

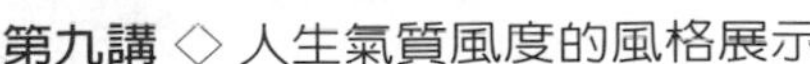

日暮掩柴扉。
春草明年綠，
王孫歸不歸？

送客回來，天色已晚，隱居的詩人便將「柴扉」「掩」上，不用鎖，也不上閂；這樣的門，才顯出悠閒、顯出清靜、顯出歸隱的意趣。連陶淵明歸隱之日所用的門也是這種「柴扉」，他在〈癸卯歲始春懷古田舍兩首之一〉中寫道：

……
日入相與歸，
壺漿勞近鄰。
長吟掩柴門，
聊為隴畝民。

還不是十分荒漠的住處，不僅有鄰居，而且近鄰還與他同出同入，即使在這種情況下，也還是柴門一掩，毫無防範。好像「柴扉」成了歸隱者的專用之門，柴扉或柴門一掩，才見出隱居者的恬淡無爲、瀟灑自如的丰神姿態。

眞正的「柴扉」顯然是沒法去「敲」的，儘管宋人葉紹翁有〈遊園不值〉詩，吟出了「小扣柴扉久不開」，這裏所能「扣」的「柴扉」當非眞正的柴扉，而是藉這個古雅隱逸的意象指花園主人住處的幽雅和清靜。不適合「敲」而祇須一掩一推的「柴扉」，應該比較符合賈島這樣的出家人使用，而且更符合他所追求的幽靜情境，於是在賈島吟來，祇有「推」字才能眞正體現出他的人生氣度。

由此可見，「推敲」不僅僅是「練字」的問題，而是體現出了詩人人生信息自然流露的差異現象，正像漢高祖、唐太宗、宋太祖、明太祖的詩其風格的殊異，反映的則是他們人生氣度的不同。如同人的氣質與各人的人生體驗密切相連並決定於後者，詩人的人生氣度也與詩人特定的人生體驗聯繫在一起，並且對詩人創作的風格特徵起相當明顯的決定作用。

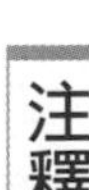

1. 梁實秋，〈浪漫的與古典的〉，見《魯迅與梁實秋論戰文選》，天地圖書有限公司一九七八年版，第四頁。
2. 梁實秋，〈現代文學論〉，《梁實秋論文學》，時報出版公司一九七八年版，第三四〇頁。
3. 梁實秋，《梁實秋論文學》，時報出版公司一九七八年版，第三五六頁。
4. 「普羅文學」是「普洛列塔利亞文學」的簡稱，即爲「無產階級文學」；普洛列塔利亞，是Proletarian（無產階級的）的音譯。
5. 魯迅，〈「硬譯」與「文學的階級性」〉，《二心集》。
6. 魯迅，〈文學和出汗〉，《而已集》。
7. 梁實秋，〈浪漫的與古典的〉，見《魯迅與梁實秋論戰文選》，天地圖書有限公司一九七八年版，第六頁。
8. 梁實秋，〈文學是有階級性的嗎？〉，《魯迅與梁實秋論戰文選》，天地圖書有限公司一九七八年版，第五四頁。

第十講

普泛人生的文學意象

文學是人生的表現，也是想像的產物；文學是豐富人生的提純與集萃，也是審美想像的凝結與發揮。文學家將人生感受與人生印象相結合，將生命意義的體悟與生命現象的觀察相結合，形成對於客觀世界的主觀把握，反映在文學表達的基本單位上，便是意象。一般的文學理論認爲，文學是透過語言塑造形象反映人生的藝術，殊不知既是透過作家和詩人主觀「塑造」的形象，就不可能不包含著作家的主觀意念，不可能不體現著詩人的主體意識，因而所有用於文學表現的形象其實都可以表述爲「意象」。

文學可以自由地描寫和表現任何人生現象，但並非所有的人生現象、所有的客觀形象都有機會成爲文學的意象，爲文學家所關注、所認同、所表現。有些文學意象可能祇是在少數作家的偶然創作中，信手拈來地加以運用，因而不能引起讀者和文學史家的重視，往往會像暗開在料峭春風中不知名的小花一樣被迅速遺忘。有些文學意象可能出自某些作家和詩人的精心營構，但由於人生體驗的殊隔，審美認知的差異，得不到更多作家和詩人的回應，也得不到讀者的欣賞和接受，其結果便會相當淒涼，或許它的產生便意味著它的死亡。進入到現代主義時代，詩人們調動起自己的每一根神經，在千奇百怪的大千世界搜尋、組裝、拼接各種特異冷僻的意象，並將這些意象漫無邏輯地堆砌起來，不僅大大疏離了讀者的人生經驗，超越了讀者審美認知的範圍，導致他們難以欣賞和接受，而且還以繁密而陌生的意象像一堵嚴實的牆壁構成了閱讀的障礙。人們常常譏諷現代詩歌讀的人甚至不如寫的人多，雖然有些誇張，但癥結確實就在這裏。

一、普泛性的經典意象

文學意象是人生體驗與審美認知的結合體。因此，由於人生體驗的接近和審美認知的相共，每一個時代每一個族群的文學都會鍛造出較為穩定的、具有比較廣泛而持久的美學效率的意象來。透過這種成熟而富有深厚美學魅力的意象解讀，便可以對一定時代的人生狀貌、審美趨向以及文化心態，作更加深入、更加有效和更加生動的體悟，而且，更可以由意象的解讀，推演作家的人生體驗，對某些作品的合理含義進行歷史的和審美的闡釋。

意象本來是指人類處在原始渾沌意識之中，超越自然世界物象本眞或結構品質的限制，對於某些自然物象進行概略的理解和粗獷的想像而形成的，反映著人的情感意向、生命原力和審美趨向的藝術形象，譬如原始社會各個族群擁有的圖騰，大都是具有這種性質的複合意象。中國的龍鳳是典型的意象藝術的結晶，龍、鳳的原型顯然是自然界的巨蛇麗鳥，原始人按照自己的美的想像和對力量、神聖的理解，將自己的崇拜、禮讚甚至恐懼複合其中，創造出了這對從未存在於自然世界，可又從未離開過社會人生的動物。

在文學與人生關係的意義上論述的意象，不僅僅是指原始意象思維中的產物。現代思維科學把人的思維分為三個層次，即抽象思維（理性的「線形」思維）、形象思維（感性的「面形」思維）、意象思維（悟性的立體思維），是悟性的（隱性）。並認為意象思維是原始的、低級的，沒有形象思維、抽象思維那麼「進化」。這樣的分析非常精彩、非常有條理，同時也非常武斷、非常機械。憑什麼說意象思維不需要感性而祇需要悟性？誰能保證意象思維中沒有抽象的和理性的成分？更重要的是，說意象思維比較原始和低級，是依據什麼樣的歷史文本而下的結論？《老子》第一章說：「道可道，非常道。名可名，非常名。無名天地之始；有名萬物之母。故常無，欲以觀其妙；常有，欲以觀其徼。此兩者，同出而異名，同謂之玄。玄之又玄，衆妙之門。」以及第四十二章謂「道生一，一生二，二生三，三生萬物。萬物負陰而抱陽，沖氣以為和」，按照上述思維分類法，不知是抽象思維還是意象思維，論其年代之久遠恐怕祇能算比較原始的意象思維，然而其中理性成分或抽象意念難道比任何一個現代的高級思維成果少？

因此，完全可以不必理睬刻板得莫名其妙的思維學理論，祇須將意象理解為文學藝術所表現的，賦有比較穩定的思想意識內涵的形象，就能夠弄清文學藝術表現的形象與自然歷史和社會人生呈現出來的客觀物象之間的聯繫與區別，就能夠說清文學意象的形成與歷史人生運作之間的複雜關係。

文學意象的價值有大小之分，一般來說，成為民族圖騰或具有超時代意義，為人類社會所共同接受並長期運用的意象，可以說是宏大意象，其所具有的深厚文化意義往往超越了文學欣賞的範疇。在文學意義上談論的往往是具有普泛形態的意象，即這種意象在一定的社會人生中能夠得到廣泛認同，並在文學創作中被廣為運用，它雖然不能成為圖騰，但卻足以構成傳統，體現著一

定社會歷史條件下文學創造的基本積累，體現著一定社會歷史條件下人生狀貌的寶貴信息。

中國古代文學積累了大量的普泛意象，它們與浩瀚的文化典籍共生共存，構成了後人領略和重溫中華文明的最爲動人的信息帶，也成爲古代文學中最有詩意最富於古雅魅力的表現——其古雅的魅力來自於它們天生賦有的古代人生輝煌、蒼涼、憂傷的信息。

對中國歷史文化和文學有一般瞭解的讀者，祇要一接觸諸如「易水」、「風蕭蕭」、「大風」之類的詞語，絕對不會祇想到甚至有時全然不會想到河北某個鄉下的易水，深秋之時颳起的陣陣風暴以及捲起的團團揚塵，首先想起的一定是從漫長的歷史回流過去直至悠遠的戰國時代的那個「易水」，水邊慷慨悲歌的燕趙之士，特別是那個叫響了兩千多年的英雄荊軻；想起的一定是漢高祖劉邦還鄉之時的八面威風和四方憂鬱，那樣一種既慷慨又悲涼的王者情懷。當這麼多久遠而厚重的歷史信息裹挾著這些意象進入欣賞者的腦域，欣賞者喚起的便自然會是歷史人生的感興和有關作品詩性之美的感歎。意象的效用就是如此，它能從人生內涵與審美內涵兩方面，調動人們的歷史懷想與審美想像，使得文學欣賞成爲一種全面的立體的文化陶冶。

據《史記》卷八十六〈荊軻傳〉記載：秦國在滅了趙國後，兵臨燕國城下，燕國情勢十分危急。荊軻受燕太子丹的重託，決定去秦國刺殺秦王，出發之時，「太子及賓客知其事者，皆白衣冠以送之。」送至易水河畔，行走到「祖澤」，終要告別，於是，「高漸離擊筑，荊軻和而歌，爲變徵之聲，士皆淚涕泣。又前而爲歌曰：風蕭蕭兮易水寒，壯士一去兮不復還。」從此，「風蕭蕭」就成了風聲鶴唳、慷慨悲壯的穩定意象，「易水」也成了壯士一去永不回頭的英雄之地的代稱，兩千多年來，這樣的意象已發育成為慷慨赴死的犧牲精神和行俠復國的復仇意識的代名詞，已經成為中華民族悲壯之美的象徵。如果將「意」與「象」分開，則這兩個意象的「意」早就超過了「象」、壓倒了「象」，甚至取代了「象」。「風蕭蕭」作為「象」，其實就是風聲呼呼而已，任何地方任何時節甚至很多時候都會聽到呼呼作響的風聲，但那些呼呼風聲全無固定的意思和特定的美感，衹有與上古時代這個悲壯的英雄故事連在一起、與這首被稱為千古燕趙悲歌的詩作連在一起的「風蕭蕭」，才具有這種特定的意思和特殊的美感。這便是「風蕭蕭」意象與一般風聲形象之間的區別。當然，悲歌中的「風蕭蕭」也成了固定結構，不能改作「風呼呼」之類。不過，歷盡千古的閱讀，相信已經很少人會將「風蕭蕭」直接聯想為「風呼呼」，甚至聯想到風聲，正常的和直接的聯想必然是悠遠的人生，肅殺的季節，悲壯的送別，慘烈的犧牲，這些聯想幾乎讓人忘卻了「風蕭蕭」的本意，甚至覺得弄清了原本之「象」反而沒有多大意思。

易水意象也是如此，它喚起的首先是演繹在千古當先的英雄故事，是一去不返的悲壯和輕寒襲人的蒼涼，而不是那個曾經叫作易水的河流。這個意象對於世世代代的讀者來說，重要的當然是所代表所象徵的「意」，而不是那個具體地點的「象」。據新華社二〇〇二年十二月三十日報導，多年來，歷史學家多數認為「易水」在河北易縣，不過經過中國社會科學院歷史研究所研究員曲英傑等專家的考證，認為荊軻別燕太子丹的具體地方應在安新縣白洋淀附近。曲英傑認為，易水分南、北、中三條，而南易水發源於太行山區，流經保定安新縣的安州流入白洋淀。在戰國時這裏正是燕國和趙國的分界線，有「燕南趙北」之稱。燕太子丹送別荊軻在明、清兩代的《安

州志》上也有明確記載，寫的是「三官廟前，舊有秋風台，在城北易水旁，即燕丹送荊軻之處」。在安新縣還發現了古秋風台遺址以及刻有「古秋風台」字樣的石碑，在石碑的背面詳細介紹了荊軻別燕太子丹的經過。如此等等，言之鑿鑿，自然很能說明問題。不過這樣的考證對於專家和當地的旅遊業者來說頗有價值，對於讀者卻意義不大，因為讀者從「易水」意象中感受的，主要是悲壯慷慨的生離死別這一「意」，至於具體的「象」在何處，何等模樣，並不需要十分關心。

一種具有普泛性意義的意象的形成過程，其實就是文本成為一定社會一定民族經典作品的過程。隨著這首燕趙悲歌成為中華文學的經典，易水意象也便成為一種不言而喻的象徵，一種英雄偉氣的讚美，一種以壯行色的鼓勵，一種英武豪氣的憑弔。唐初詩人駱賓王〈於易水送人〉完全用易水寒的典故表達了壯行之意：「此地別燕丹，壯士髮衝冠。昔時人已沒，今日水猶寒。」多少年來不知多少詩人詠風蕭蕭而思千古幽情，吟易水寒而流泣血之淚。直到現代，作家們取「易水寒」或「易水」為名者屢見不鮮，作品中出現的人物也常取此名，更不用說以荊軻刺秦王為素材的作品，總是每以易水寒或風蕭蕭作為主題意象。台灣校園民歌的盛期，一曲〈易水寒〉撥動了多少人的心：「縱然一去不歸，你那高亢歌聲依舊」，靳鐵章以現代人的情愫緬懷遠古的英雄，以現代人的熱忱去闡解往古人物的壯舉，充滿著古雅的崇敬和超時代的感動。

二、古代文學中的月亮意象

經典的意象來自於經典的作品，包括經典的民間神話和傳說。中國傳統文學中多的是月亮意象，而且月亮意象的「意」頗多複合性。月亮之「象」對於人類來說一直是一個謎，直至天體科學揭示了它本是一個冰冷的沒有生命的星體，上面充滿著岩石和火山灰；長期以來人們觀察它，但不能科學地認識它，於是賦予它很多迷離的想像和人生的體驗，產生了很多月亮意象。中國古人本來也具有揭示月亮本象之特質與構造的願望和努力，《淮南子．天文訓》認爲，「積陰之寒氣爲水，水氣之精者爲月。」雖然不符合現代科學的結論——月球上面現在看來並沒有水，但卻凝結著古人對於月亮之清純、之明潔、之冷凜的複合感覺，故而民間長期將月亮稱爲「太陰」，與太陽相對，從而又從宏觀天體方面成全了中國古代的「陰陽」哲學。對月球的這種理解和想像，凝結著古人在地球上的自然思考、人生體驗和環境感受，並成爲表達自身幻想力和審美感覺的基礎。

於是月亮之象被華族祖先賦予了寒冷和寂寞的「意」。這樣的意象世界誰堪當之？——忍受如此寒冷和寂寞，彷彿可供一位罪人承受一種刑罰，不過又享受如此的淨潔與高雅，又似乎能受萬衆的羡慕與崇拜；這個既應當受難同時更應該炫耀的人選確實難以尋找，尤其是對於神話中沒有

受難聖母的東方人來說。於是我們的祖先創造了一個美麗的高貴女子犯禁潛逃的故事，這就是嫦娥奔月。《淮南子．覽冥訓》記載：「羿請不死之藥於西王母，嫦娥竊以奔月。」漢人高誘注釋得比較詳細，說：「嫦娥，羿妻。羿請不死之藥於西王母，未及服之，嫦娥盜食之，得仙，奔入月中，為月精。」張衡〈靈憲〉敘說得更為神奇：「羿請不死之藥於西王母，嫦娥竊之以奔月。遂託身於月，是為蟾蜍。」不過將嫦娥處理成蟾蜍，未免有些殘忍，不知是不是作者的某種「道」學氣在作怪，似乎犯禁的美女終究不得好報。唐代段成式在《酉陽雜俎．天咫》中則綜合前說，記載了月宮中的另一些成員：「舊言月中有桂，有蟾蜍。故異書言桂高五百丈，下有一人常斫之。樹創即合。人姓吳剛，西河人，當仙有過，謫令伐樹。」果然，連居住在廣寒宮裏的次要人物吳剛，也須具有兩方面的條件：待罪之身，但必須是仙人。

月亮意象在神話傳說和民間文學的不斷創造中臻於完善，又在詩人們的不斷歌吟中臻於淒美。詩仙李白的〈把酒問月〉中有「白兔搗藥秋復春，嫦娥孤棲與誰鄰。今人不見古時月，今月曾經照古人」之詠，不禁感慨嫦娥的孤淒，而且大興古今之歎，將無可奈何的滄桑之感人生渺茫、世變難測的悲鬱情懷寄託於月宮之思。「今人不見古時月，今月曾經照古人」一句所表達的無奈和淒涼，顯然深深打動了張若虛的詩心，後者在〈春江花月夜〉中反覆吟唱道：「江畔何人初見月？江月何年初照人？人生代代無窮已，江月年年望相似；不知江月待何人，但見長江送流水。」一唱三歎，將人生的感傷和懷古的幽情以複沓迴環的方式，繞著江畔明月抒寫出來，使月華之美又承擔了如此沈重如此深邃的意蘊。

面對著廣寒宮的清冷和孤寂，李商隱在〈嫦娥〉詩中推測：「嫦娥應悔偷靈藥，碧海青天夜夜心。」那還是對月宮之美的歌頌，不過這碧海青天讓人親近不得，詩意中有所迴避。劉克莊的〈清平樂·五月十五夜玩月〉則對嫦娥們所待的月宮心存嚮往，極力美化：

風高浪快，
萬里騎蟾背。
曾識姮娥真體態，
素面原無粉黛。
身遊銀闕珠宮，
俯看積氣濛濛。
醉裏偶搖桂樹，
人間喚作涼風。

何等眞純的世界！連嫦娥也不施粉黛，以純眞的體態自由自在。這個世界眞純而不是眞樸，仙人們在銀闕珠宮中漫遊，在積氣濛濛中飄然如夢，高貴而優雅，美麗而逍遙，尤其是乘醉輕搖月宮中那棵著名的桂樹，人間便會颳起陣陣愜意的涼風。仙塵無隔，天人合一，此等美好至境，似乎祇有在令人神往的月宮才能體現。

在中國文學傳統中，月亮意象的複合性體現在神話意味與情緒意味的交叉融合，兩者都反映

了古人將特定的人生體驗投向萬衆矚目的月亮，賦予了月亮複雜的意蘊和特殊的美感。神話意味中的月亮意象以中國的月亮神——美麗的嫦娥的傳說爲核心，招引出了包括李白、李商隱在內的無數詩人天才的吟詠；情緒意味中的月亮意象則早在《詩經》裏就有了歌唱，它反映了初民對月亮之於人生意義的理解。《詩經．陳風》中的〈月出〉這樣描寫「月出」賦予人間生活的價值：「月出皓兮，佼人瀏兮，舒憂受兮。勞心蚤兮。／月出照兮，佼人僚兮，舒窈糾兮。勞心悄兮。／月出皎兮，佼人燎兮，舒夭紹兮。勞心慘兮。」大意是說，月亮出來了，是那麼皎潔明亮！照得那俏麗嬌美的美人，身段苗條而神情溫柔。這祇不過增加了「我」心中的騷動、哀愁和煩惱。爲什麼？當然是月下美人，求之不得。《詩序》說這首詩是「刺好色」，說是諷刺王者「在位不好德，而悅美色焉」。理學家朱熹對此過於迂腐的說法都不加認同，認爲「此亦男女相悅而相念之辭」，顯得確實開通多了，不過顯然還不夠準確。關鍵是沒有強調「勞心蚤兮」、「勞心悄兮」、「勞心慘兮」這些主題詞。應該說這是一首感歎愛而不得之苦惱的詩，至於爲什麼不能相愛，或許是兩情相悅，但未得親許，祇能在月光下隔窗相望，不能近前表達，於是徒生苦惱，或者是一廂情願，月下美人並不曾回應吟詩男子的愛，於是月下遙看，彼女越美，內心越是痛苦。更大的可能是，潔白的月亮出來，讓詩人聯想到了並不在目前的那個美麗女子，她的種種嬌態和柔情似水，分隔既久，不能通得款曲，於是悵望明月，惱恨無已。月華之升令人聯想起分別已久的戀人，古代的人生規則、交通和通訊條件等決定了，每一種思念都不可能是甜蜜的，而祇能是充滿苦澀和煩惱，於是月亮意象常常與煩惱的情緒連在一起。這就是說，從《詩經》開始，月亮意象的情緒意味就不是在歡悅而是在憂愁，這是中國古代人生體驗的一大結晶，也是中國古代文學表現較爲密集的意象。

當然月亮意象表現的愁思情緒未必都因愛而不得生成，其他的愁思，例如鄉愁與客愁，也會在他鄉明月的映照下凸顯出來。李白那最爲膾炙人口的詩篇〈靜夜思〉，「床前明月光，疑是地上霜，舉頭望明月，低頭思故鄉」，表現的就是鄉愁，是明月意象凝結的愁思。〈古詩十九首〉中有「明月何皎皎，照我羅床帷。憂愁不能寐，攬衣起徘徊。客行雖云樂，不如早旋歸。出戶獨彷徨，愁思當告誰。引領還入房，淚下沾裳衣」，仍是鄉愁的表達。本來詩人還感受到「客行」之「樂」，就是因爲他鄉明月的「皎皎」之態，惹得他出門彷徨，「愁思」無告。可見，明媚的月亮是觸動人鄉愁思歸的情感意象。

明月引起的愁思常常是樓頭思婦的情緒。每當明月朗照，夜若白晝，一個被夫婿拋別的良家婦女，惦記著或流落天涯，或強被遠征，或甚至杳然亡故的良人，怎能安然入睡？或因關山重隔，或因烽火連天，或因陰陽殊途，音訊難通，相思難寄，幸有月照九州，祇好將滿腹的思念和滿腔的愁思交付明月，期待著明月無所不及的光華能夠將這種思念和愁思捎向自己的親人，或者將鬱積既久的懷想寄託給能洞穿陰陽的月光。曹植有詩〈七哀〉，詩中有句：「明月照高樓，流光正徘徊。上有愁思婦，悲歎有餘哀」，所哀歎者乃是夫君已離別十年多，思婦自己則成了「孤妾」而常常「獨棲」。李白〈子夜吳歌〉歌詠的思婦尚且不在樓頭苦思，還在月光下辛苦地邊勞作、邊思念和祈禱：「長安一片月，萬戶擣衣聲。愁風吹不盡，總是玉關情。何日平胡虜，良人

罷遠征。」如果說，詩情豪放的李白寫起思婦怨女的月下愁苦尚欠哀傷悲怨的慘苦，那麼李清照這方面的表現可謂相當典型。在〈行香子〉一詞中，這位天性哀傷婉約的女詞人這樣表達明月夜的淒涼景象：「天與秋光，輾轉情傷，探金英知近重陽。薄衣初試，綠蟻新嘗，漸一番風，一番雨，一番涼。黃昏院落，淒淒惶惶，酒醒時往事愁腸。那堪永夜，明月空床。聞砧聲搗，蛩聲細，漏聲長。」這首詞以女詞人自己的人生體驗，清楚地表明了明月意象與思婦愁怨的關係：明月意味著難以挨過的「永夜」，明月照亮了寂寞的「空床」，明月讓人夜不成寐，祇好聽蛩聲與漏聲消此永夜的寂寞、空虛與惆悵。

明月照亮了空床，提醒著思婦怨女永夜難熬。在詩人張九齡那裏，明月籠罩的「永夜」被表述為「遙夜」，不過同樣是思婦怨女愁緒萬端的表現。這首經常被引用的〈望月懷遠〉開首兩句特別受歡迎：「海上生明月，天涯共此時」，後邊往往被現代的寫手或主持人接續為：在這「舉國同慶」或「普天同慶」的日子裏——一般是中秋節或元宵節的日子，將這一表現愁苦和哀怨的句子完全理解反了，誤以為是唐人乃至華人的「歡樂頌」了。幾乎有華人舞文弄墨的地方，每年到這個時候都會出現這樣的笑話。這典型地說明不少現代人不懂得古代詩歌，不懂得古人的詩歌意象所特有的含義，如果知道這首詩緊接著的是「情人怨遙夜，竟夕起相思」，或者知道明月的意象一般是哀愁和愁怨的表達，就不會出現這樣的笑話了。

明月意象除了表達思婦怨女的愁怨，也可以表達男人愁怨的相思或親情之思。六朝時代謝莊（希逸）寫有〈月賦〉，如同樓頭思婦懷念遠征的良人一樣，男人見明月而懷遠方的美人：「美人邁兮音塵闊，隔千里兮共明月。」白居易善於藉明月表達親情之思。〈自河南經亂，關內阻饑，兄弟離散，各在一處。因望月有感，聊書所懷，寄上浮梁大兄，於潛七兄，烏江十五兄，兼示符離及下邽弟妹〉，從題目便可看出，手足之思完全是望月有感，因為這明月才可能讓不在一處的兄弟姊妹有「共此一時」的同感：「共看明月應垂淚，一夜鄉心五處同。」

作為文學意象的明月所能表達的愁緒是相當廣泛的，包括人生無奈的愁苦與悶思，都可以交付明月加以表現。白居易的〈城上對月，期友人不至〉詩中寫道：在「迢迢夜」中，「明月滿西樓」，「照水煙波白，照人肌發秋」，如此情形下，除非是酩酊大醉，否則「不醉即須愁」。這裏的愁就比較抽象，可用人生之愁加以概括。張若虛的〈春江花月夜〉堪稱詠月詩中的千古絕唱，所表達的也是人生之愁苦。當明月與潮水一起湧上的時候，詩人聯想到的是似水流年，逝者如斯：「江畔何人初見月？江月何年初照人？」一種滄桑和蒼茫之感，引起了感舊傷懷的詩人無限的愁緒，眞個是月是人非，月照人愁：「人生代代無窮已，江月年年望相似：不知江月待何人，但見長江送流水。白雲一片去悠悠，青楓浦上不勝愁。誰家今夜扁舟子？何處相思明月樓？」這愁苦與相思當然不限於「誰家」和「何處」，按照詩人的感受，大可以理解為「各家」和「到處」。

將明月意象在人生愁苦的意義上處理得相當深沈的，是蘇東坡的〈水調歌頭〉。宋代文學批評家胡仔《苕溪漁隱叢話．後集》中稱，「中秋詞，自東坡〈水調歌頭〉一出，餘詞盡廢。」評價之高固然過於絕對，對於詞作的把握也不無偏頗，因為此詞與其說是「中秋詞」，不如說是明

月詞：通篇都圍繞著明月而展開想像，表達的也都是明月意象所必具的愁緒與悵恨。開篇便是明月：「明月幾時有？把酒問青天。不知天上宮闕，今夕是何年。」詩人分明由明月的圓滿聯想到了人間的缺憾，於是對月反問：「不應有恨，何事長向別時圓？」不過，儘管是明月提醒了人生分離的痛苦，但這一切又不是明月所能負責，而是人生狀態的必然，詩人將人生的無奈與明月的規律聯繫起來，表現出深刻的人生感悟：「人有悲歡離合，月有陰晴圓缺，此事古難全。」感悟中充盈著無限的悲愴和愁苦。詩人更深刻的感悟在於，正像借酒消愁愁更愁一樣，借月消愁也枉然，祇好還是在無奈中自我解脫，哪怕拋出個虛妄的祝願：「但願人長久，千里共嬋娟。」

三、經典意象的普適性

如果反問一句，有沒有人偏偏用「明月」表現歡樂美好的情緒，例如王安石那句「春風又綠江南岸，明月何時照我還」，如果是處在人生實踐的過程之中吟出，即當他眞的是走在還江南的路上，天空朗照著一輪明月，他不正好可以對月抒發自己的歡快心情嗎？當然可以，面對明月，各個人在實際人生中的體驗不一樣，情緒也應該各異，斷沒有規定人生體驗非常愉悅的時候，卻一定要對月賦詩強說愁。問題是，一旦將明月當作意象使用，而且意在表現情感，則人們應該而且必然會喚起愁怨的情緒感興：明月之美就在於它傳達了古代中國人的愁怨情緒。類似於「明月」

以及前述「易水」、「風蕭蕭」等普泛性的文學意象，在長期的文學經典化過程中，在人們不斷的認同和重複運用中，其意旨已經相當穩定，其意義就具有了普適性，如果有人試圖別出心裁另加新解，往往就冒犯了人們的欣賞習慣，破壞了人們的閱讀期待，毀壞了約定俗成的意象格局，實際上就違反了文學意象之美的創造與接受的一般規律。所有的經典意象都具有這樣嚴肅的普適性。這樣的意象美學原理甚至一些文學大家也並不清楚，他們往往用人生的一些個別性的經驗或偶然性的枝節，來推翻某些文學意象的普泛性意義，並且自以爲得計。明代小說家馮夢龍便有此失。

馮夢龍在《警世通言》第三卷敘說了「王安石三難蘇學士」的故事。說是任滿湖州刺史的蘇東坡回京，造訪恩師王安石府第，適荊公外出，家人知道東坡學士是主人愛生，便讓進書房任由其便。蘇東坡見有一方素箋，疊作兩摺——

> 取而觀之，原來是兩句未完的詩稿，認得荊公筆跡，題是〈詠菊〉。東坡笑道：「士別三日，換眼相待。昔年我曾在京為官時，此老下筆數千言，不由思索。三年後也就不同了。正是江淹才盡，兩句詩不曾終韻。」念了一遍，「呀，原來連這兩句詩都是亂道。」這兩句詩怎麼樣寫？「西風昨夜過園林，吹落黃花滿地金。」東坡為何說這兩句詩是亂道？一年四季，風各有名：春天為和風，夏天為薰風，秋天為金風，冬天為朔風。和、薰、金、朔四樣風配著四時。這詩首句說西風，西方屬金，金風乃秋令也。那金風一起，梧葉飄黃，群芳零

落。第二句說：「吹落黃花滿地金，」黃花即菊花。此花開於深秋，其性屬火，敢與秋霜鏖戰，最能耐久，隨你老來焦乾枯爛，並不落瓣。說個「吹落黃花滿地金」，豈不是錯誤了？興之所發，不能自已，舉筆舐墨，依韻續詩二句：「秋花不比春花落，說與詩人仔細吟。」

蘇才子寫畢自去，荊公回來一看，知道是蘇東坡恃才妄改，決定教訓他一番，於是密奏天子，將蘇軾左遷黃州任團練副使。蘇東坡雖然心中不服，明知荊公為改詩觸犯，公報私仇，但也奈何不得，祇好去上任。到了黃州以後，驀見此地菊花果然在秋風中紛紛落瓣，知是自己唐突，深佩荊公見多識廣，便主動到京中向恩師認錯。這樣的故事應該來自於水平不高的詩話或民間傳說，單是將王安石所寫的詩「吹落黃花遍地金」擬得如此之濫俗不堪，便可見編者水準之低。不過馮夢龍似乎十分認同這則故事裏引出的教訓，竟用這樣的四句詩概括其說話的主旨：「海鱉曾欺井內蛙，大鵬張翅繞天涯。強中更有強中手，莫向人前滿自誇。」那意思是要吸取蘇東坡的教訓，不能那樣自以為是。

其實這故事裏的蘇東坡沒有錯，錯的是故事中的王安石以及說故事的馮夢龍。也許湖北黃崗這個地方的菊花到秋天真會落瓣，甚至不排除王安石私家花園裏由於特殊的水土條件和溫濕度，菊花一到秋風之起也紛紛落英，但這些個別的人生見聞怎能與詩界約定俗成的黃花意象相提並論？以古代人的人生體驗為基礎，在詩人們長期的藝術共識中，許多花種都已經得到了意象化的定義，如梅花象徵高潔、清秀、淡雅、素樸，蘭芷象徵名貴、孤芳、清高，牡丹象徵富麗，荷花象徵著出污泥而不染，等等。菊花，也就是黃花，象徵著傲霜鬥寒、誓死不凋的堅強品格，那花瓣就是不能掉。故事中的蘇東坡提醒王安石：「秋花不比春花落」，說的就是文學意象的這一規則；王安石用瑣碎的日常人生的經驗和偶然現象，祇能嚇唬住故事中的蘇東坡，祇能折服了不懂得文學意象法的馮夢龍，卻無法推翻多少年來詩歌界和文學界普遍認同的黃花意象：寧死枝頭不落瓣的菊花。杜甫〈雲安九日〉吟詠到菊花：「寒花開已盡，菊蕊獨盈枝。」盈盈枝頭，當然不是花瓣紛紛下落的樣子。另一位唐代詩人吳履壘在〈菊花〉詩中更明確地歌頌道：「粲粲黃金裙，亭亭白玉膚。極知時好異，似與歲寒俱。墮地良不忍，抱枝寧自枯。」不忍墮地，寧可抱枝自枯，這才是菊花的眞精神、眞品格，也是黃花意象的精義之所在。與王安石、蘇東坡同朝的詩人們對黃花意象的精義，可以說已深深領悟，朱淑貞〈菊花〉詩步吳履壘詩意歌詠道：

土花能白又能紅，
晚節猶能愛此工。
寧可抱香枝頭老，
不隨黃葉舞秋風。

宋元之際詩人鄭所南〈自題畫菊〉也如此吟誦：「花開不併百花從，獨立疏籬趣未窮。寧可枝頭抱香死，何曾吹落北風中。」

故事中的王安石也許不知道在他之前，菊花已在詩人們左一個「寧可」右一個「寧可」的吟

詠中，成了普泛性的意象，在他以後的詩人更是如此；也祇有故事中的蘇東坡才會那麼輕率地認錯，不明白瑣碎、偶然的人生經驗，並不足以否定約定俗成的文學意象。也許，歷史上的王安石既然飽讀詩書，完全可以用屈原在〈離騷〉中的「朝飲木蘭之墜露兮，夕餐秋菊之落英」訓斥蘇東坡，明明秋菊是可以「落英」的。然而也未必。屈原的「落英」未必是落瓣，「落」可以解釋爲「搖落」，唐代任希古〈和東觀群賢七夕臨泛昆明〉中有「秋風始搖落，秋水正澄鮮」句。「搖落」雖然有些衰摧的模樣，但與落瓣是兩回事。其實高潔的屈原怎麼可能將落在地上的花瓣掃起來當晚餐呢？他是要摘取搖落在枝頭的菊花充饑，正如收取木蘭花葉上的露珠解渴一樣——墜滴到地面上的露珠無法「朝飲」，掉落在地面上的花瓣也不能「夕餐」。

文學創作和文學欣賞儘管需要足夠的人生經驗作基礎，但並非像有些人想像的那樣如履薄冰，生怕哪一個邊邊角角的人生經驗沒有體會得到，會鬧出上文中蘇東坡似的笑話來。文學意象一旦取得了普泛性的意義，就獲得了約定俗成的意味，就獲得了普適性的性質，任何個別、偶然的人生體驗都不能否定和推翻。這是文學的意象法則，也是文學欣賞的一個通則。

第十二講

文學意象的更新與創造

並不是所有的文學創作都得沿襲具有普泛意義的意象進行創作，也並不是所有的文學意象都可能獲得普泛性意義。文學是人生的寫照，特別是一定時代一定人生環境下特定心態的表現，因而文學創作也必然鼓勵個性化的意象。祇是個性化的意象一般來說不能與普泛性意象相對立，除非是較爲偏激的現代主義先鋒文學家，他們的某種反叛性會透過塗改、消解乃至反其道運用一些普泛性意象加以顯現，例如將太陽寫得相當寒冷，將莊嚴的犧牲和復仇寫得嘻嘻哈哈一點正經沒有。這是先鋒派的秘密，也是反叛者的權力。

一、文學意象的世界性關聯

文學意象的產生既然與人生體驗密切相關，故而不同的人生經驗，不同的人生環境便有可能生成不同的意象內涵。正因爲如此，中國文學藝術的傳統意象與西方文學藝術的傳統意象，在意義內涵上就有比較大的差異。例如中國傳統文學意象中，勞動充滿著艱辛和痛苦，但在西方文藝表達的意象中，勞動常常充滿著希望和幸福感，賽林格的《麥田捕手》等作品就注重這種勞動氣氛的營造，托爾斯泰的《安娜．卡列尼娜》中也有類似的表現，其中的重要人物列文看到農家年輕夫婦在勞動時充滿和洽、充滿幸福的場景，不禁感慨萬分。這可能與歐洲人生活在相當肥沃和富饒的土地上有關，這在傳統的農耕社會是非常重要的；中國古人從貧瘠荒涼的黃土地發祥，幾

乎每一分收穫都要付出相當艱辛的努力，勞動的負擔對於我們的祖先來說過於沈重，於是勞動意象中就不會包含多少希望和幸福的意蘊。也許由於人生環境各異的原因，西方文藝常常包含著對黑夜的歌頌，即將黑夜處理成美好的意象。莎士比亞讓人們看到「仲夏夜之夢」是如何美妙，德國文學家諾瓦利斯和伊朗現代詩人巴哈爾（M. T. Mohammad Taghi Baha'er）都寫過〈夜頌〉，許多音樂家譜寫過各種各樣的夜曲，英國詩人濟慈甚至告訴人們，即使是鳥兒的叫聲，也是夜鶯在黑夜裏的歌唱最美妙動聽。徐志摩在〈濟慈的〈夜鶯歌〉〉一文中寫道：「除非你親耳聽過，你不容易相信樹林裏有一類發癡的鳥，天晚了才開口唱，在黑暗裏傾吐它的妙樂，越唱越有勁，往往直唱到天亮，連真的心血都跟著歌聲從它的血管裏嘔出；除非你親自咀嚼過，你也不易相信一個二十三歲的青年有一天早飯後，坐在一株李樹底下迅筆的寫，不到三小時寫成了一首八段八十行的長歌，這歌裏的音樂與夜鶯的歌聲一樣的不可理解，同是宇宙間一個奇蹟，即使有哪一天大英帝國破裂成無可記認的斷片時，〈夜鶯歌〉依舊保有它無比的價值：萬萬里外的星亙古的亮著，樹林裏的夜鶯到時候就來唱著，濟慈的〈夜鶯歌〉永遠在人類的記憶裏存著。」這樣的評說中儘管有溢美的讚頌，可也包含著一個中國詩人對於西方詩歌的某種驚奇的感受：那專門在黑夜裏泣血歌唱的「發癡的鳥」，竟可以等同於「宇宙間一個奇蹟」。東方的魯迅儘管也寫過〈夜頌〉，不過那是充滿怨憤情感的雜文，不是眞正的頌歌。西方人之所以對於黑夜有如此美好的親近感，可能是因爲他們地處緯度較高，一年中的大部分時間內夜晚十分短暫，夏季眞正屬於黑夜的時間也許祇有四五個小時，這使得愛在夏夜活動的人們越發感覺到夜的可貴。相比之下，東方的基本感受則是長夜漫漫，而且夜晚的世界往往不是給辛苦勞作的人們去享受的天地。

這些當然祇是對某些現象的一種臆測，比較可靠的結論須待文化人類學者的悉心考察。如果文化人類學者在比較不同民族的文化差異時，引進文學藝術傳統意象的考量，至少會將論題展開得更加有趣。

不過更應該讓文化學者以及美學家感興趣的是，中外文學中有些比較生僻的意象居然相通。比方說「青鳥」意象，中外文學家所用都不多，但居然表現的意義內涵相當接近，都是代表幸福之音的信使。《山海經》郭璞注提到這種鳥，雖然未稱青鳥而稱「青雕」，但顯然就是這一文學意象的始祖。《穆天子傳》卷二中說到穆天子讚賞的神鳥「爰有白鶽青雕」。

隋代詩人薛道衡在她的〈豫章行〉中，借助傳統神話歌吟出了青鳥意象：「願作王母三青鳥，飛去飛來傳消息。」當然是傳送好消息。唐代詩人李商隱在吟誦出「相見時難別亦難，東風無力百花殘」，「春蠶到死絲方盡，蠟炬成灰淚始乾」這些千古名句的〈無題〉中，也放飛了這一種吉祥之鳥：「曉鏡但愁雲鬢改，夜吟應覺月光寒。蓬萊此去無多路，青鳥殷勤為探看。」這青鳥仍然是功能通神、為人們報導蓬萊佳音的吉祥物。南唐中主李璟有〈浣溪沙〉一首，以悲傷的語調慨歎青鳥之不至：

手捲真珠上玉鉤，依前春恨鎖重樓。風裏落花誰是主？思悠悠。
青鳥不傳雲外信，丁香空結雨中愁。回首綠波三楚暮，接天流。

這些詩詞中的「青鳥」不僅是統一的意象，也是統一的身分：能夠傳達神旨仙意的吉祥之鳥。

居然在歐洲也有這樣的青鳥意象。比利時作家、象徵主義戲劇創始人莫里斯．梅特林克寫了一部童話劇本《青鳥》，憑此獲得了諾貝爾文學獎。後來他的妻子喬治特．萊勃倫克為少年兒童閱讀之便，又根據原作加工改寫成一部童話。作品中說，遠古時候，砍柴人的兒女——吉琪和美琪，在耶誕節前作了一個夢，夢見一位名叫蓓麗呂的仙女委託他倆去尋找一隻青鳥，說她的小女兒病得很厲害，祇有這隻神鳥才能使她痊癒，才能得到幸福。砍柴人的兩個兒女於是在貓、狗和各種東西（糖、麵包、水、火）的精靈陪伴下，進入另一個世界，在光神的指引下去尋找這隻青鳥。他們在回憶之鄉、夜之宮、幸福之宮、墳地和未來王國裏，在光神的廟宇裏，歷盡了千辛萬苦，但青鳥總是得而復失，最終還是沒有找到。他們祇好空手而歸。早晨醒來，鄰居柏林考脫太太為她的病孩來索討聖誕禮物，吉琪祇好把自己心愛的鴿子送給她。不料，這時鴿子變青了，成為一隻「青鳥」，鄰居家的女孩病也好了。

鄭振鐸先生在所著《文學大綱》的十九世紀荷蘭與比利時文學一篇中，特別推薦這部《青鳥》，他說：「《青鳥》寫兩個孩子要找尋青鳥，在記憶之土，在將來之國，在夜宮中，在森林中，到處地找，卻沒有找到。後來他們醒了，鄰居的孩子生病，要他們養的鳥玩。他們馴治了它，這鳥卻眞的變成青鳥了。但當他們把它放出來玩時，鳥又飛得不見了。青鳥乃是幸福的象徵，祇有從自己犧牲中才能得到。但幸福並非永久可以在握的，所以青鳥不久即飛去了。」這樣的領悟實在很見眞諦。蘇雪林早年寫過一篇〈梅脫靈克的〈青鳥〉〉予以推介，文章首先對《青鳥》作了崇高的估價：「所謂『比利時的莎士比亞』摩利斯．梅脫靈克（Maurice Maeterinck）於一九〇九年出版了一本劇本叫作《青鳥》（L'oiseaubien），這是一本有世界價值而又千古不朽的大傑作。」接著介紹說：「這本戲劇出版以後，立刻轟動一時，在我國有五十幾個團體排演它，莫斯科戲院便演了三百多次，在倫敦紐約各大都市一演總是接連二三百次，上自大總統，下至理髮匠，白髮的老翁，活潑的兒童，一肚子學問的學者，蠢無知識的鄉下佬和灶下婢，老老少少，男男女女，沒有一個不喜歡《青鳥》這本戲。這隻美麗奇怪的青鳥飛到一處，那地方的人民便立刻傳染一種富於流行性的熱病。哈，竟可以叫作『青鳥狂』。」[1]

兩位先輩都對這一作品進行了熱情的解讀與推介，但都沒有論述其在文學意象的創造上與中國古典詩詞的異曲同工。這或許是比較文學研究者的任務。無論如何，體驗著不同人生的文學家，竟會對這樣一個不常用的文學意象有如此驚人的不謀而合，這是比較文學話題中一個迷人而富有挑戰性的問題。

中外文學又是處於不同時代的作品，能夠產生這種意象契合的現象實屬罕見。當然，在開放的現代人生中，接受並吸取西方文學的意象成果，應該不是困難的事情。現代中國作家輕易地找到了托馬斯．艾略特，這位將現代文明描繪成一派荒原的詩人，深深地啓發了他遙遠的東方同行，後者毫不猶豫地將他創造的荒蕪意象運用於自己的國度，運用於自己魂牽夢縈的故土和家園。人們注意到艾略特對現代都市文明的描寫：

Unreal City, 並無實體的城，
Under the brown fog of a winter dawn, 在冬日破曉的黃霧下，
A crowd flowed over London Bridge, so many, 一群人魚貫地流過倫敦橋，人數是
那麼多，
I had not thought death had undone so many. 我沒想到死亡毀壞了這許多人。
Sighs, short and infrequent, were exhaled, 歎息，短促而稀少，吐了出來，
And each man fixed his eyes before his feet. 人人的眼睛都盯住在自己的腳前。

趙蘿蕤對《荒原》的翻譯也許並不很詩意，但絕對比其他譯者高明，特別是她將"I had not thought death had undone so many"翻譯成「我沒想到死亡毀壞了這許多人」，的確比其他人譯爲「我沒想到死神竟報銷了那麼多人」或「沒有想到死亡毀滅了這麼多」更爲貼切：不是那些人都死亡了、毀滅了，而是那些人都被死亡毀了。何其芳寫過一首詩，題爲〈古城〉，詩中對於古城的描寫就充滿著這種荒原式的死滅和荒涼：「地殼早已僵死了，／僅存幾條微顫的動脈，／間或，遠遠的鐵軌的震動。」「逃啊，逃到更荒涼的城中，／黃昏上廢圮的城堞遠望，／更加偪促於這北方的天地。」其他如戴望舒的〈樂園鳥〉和〈流浪人的夜歌〉，都抒寫了這種死寂和荒蕪的景象，尤其是後一首，詩人唱著：「此地是黑暗的占領，／恐怖在統治著人群，／幽夜茫茫地不明。」也是一派荒原的慘境。

艾略特《荒原》中有這樣一段毛骨悚然的描寫，但在詩人寫來卻像說的是很平凡的家常事：「我」在人群中叫住了一個叫Stetson的人，問他：「去年你種在你花園裏的屍首，／它發芽了嗎？今年會開花嗎？／還是忽來嚴霜搗壞了它的花床？／叫這狗熊星走遠吧，它是人們的朋友，／不然它會用它的爪子再把它挖掘出來！」這顯然與法國象徵主義先驅者波德萊爾的〈惡之華〉意識相通，將死屍等惡現象當作美麗對象來歌詠。雖然這樣的意象並未直接爲中國現代詩人拿來大肆應用，但畢竟啓發了他們的現代詩思，鼓舞著他們勇敢地選擇死亡、墳墓、骷髏作表現意象。具有現代主義傾向的詩人王獨清、徐志摩、聞一多、馮乃超等，在這方面都有引人注目的表現。

二、古典意象的演繹與翻新

在中國文學歷史上，不同時代能夠有這種意象契合現象的也不很多。許多被一度歌詠過的意象，都沒能成爲具有固定意義的普泛性意象，當人生發生某種變化的時候，有關意象的內涵也就隨之發生變化，這樣就不可能發育成普泛性的意象，往往祇能成爲時代性或個性色彩比較濃厚的意象。例如「滄海」意象，在曹操的〈觀滄海〉一詩中，宏觀、博大的氣勢乃是其基本意蘊：「日月之行，若出其中；星漢燦爛，若出其裏。」如此浩大的氣魄到李白〈行路難〉所吟「長風

破浪會有時，直掛雲帆濟滄海」，尚有一些餘韻，可到了清代詩人陳遇清的〈金牛偃月〉詩中，「滄海湧出水晶毯，碧嶂平臨玉海秋」，就變得纖巧精緻，幾乎沒有了滄海的宏大氣度。這說明滄海這一意象並沒有形成普泛性，文學家們在表現這一意象時，基本上根據自己的人生體驗加以調節，各人的人生氣度直接作用於對這一意象內蘊的改造。而由於滄海意象沒有在文學歷史的運作中得到普泛化確認，任何人按照自己的人生體驗去理解滄海，並賦予它新的情感意蘊，都是可能的，也是允許的。於是，著名將領和傑出詩人丘逢甲，其大量的詩作都用滄海表達對於故鄉台灣的憶戀、感激、關愛與擔憂。如丘氏的〈對月書感〉第一寫道：「明月出滄海，找家滄海東。獨憐今夜見，猶與故鄉同。喪亂山河改，流亡邑里空。相思祇垂淚，顧影驚歸鴻。」這首詩明寫明月（依舊是愁思的對象），暗詠故鄉，滄海意象，就是喚起對於故鄉台灣的懷念與想像。

有一學者這樣分析丘逢甲詩中的滄海意象：「『滄海』與一般泛稱的『海』，除了同具有廣大開闊、深沈神秘的特質外，『滄』字更多了寒冷與深青色的意涵；前者爲溫度，後者爲顏色，都能勾起感官的實際體驗；而大海的深青色一方面屬於顏色心理學上的冷色系，可加強『寒冷』的意涵，一方面也有喚起憂鬱感覺的心理效果。而所有這些意涵，都在詩裏匯聚爲丘逢甲心中對台灣的種種感受；所以，每當詩中出現『滄海』的意象時，往往便成爲『台灣』的暗喻或暗指台灣，而多少滄桑舊事也隱藏其中，透出深刻而複雜的情緒與深沈開闊、風雲悲壯的心境。」[2]這樣的分析從滄海的意象本義及其引伸義入手，很有說服力。

意象的營造既然基於人生體驗，則古今人生體驗懸殊甚大，文學意象的意蘊變遷必然巨大。

那些本來就缺少普泛性意義的意象自不必說，具有現代人生經驗的現代文學家自然會按照自己的人生體驗對它們進行改鑄和重造；即使是在歷史上已經具有普泛性意義，其意蘊幾乎被固定了的文學意象，到了現代文學表現中，也照樣會遭到改鑄，甚至於遭到顛覆。像「易水」和「風蕭蕭」這樣至今仍能喚起現代讀者和文學家相關幽情的傳統意象，已經少之又少，表現愁苦的「明月」意象，以及表達深摯的友誼和別情的「白雲」意象，由於遠離了現代人的生活，已經被現代文學家和現代讀者所淡忘。有些古典意象還遭遇到了顛覆性的革命，即原來的意蘊完全被抽空，然後又被現代文學家賦予了相反的意思。例如王安石「春風又綠江南岸」之「綠」，充滿著勃勃生機和嚮往之意，歷來被視爲顏色意象的經典之用，可到了現代詩人卞之琳的〈雨同我〉中，那「綠」的意蘊全沒了生機和嚮往的意趣，而是相反，充滿著晦暗、灰冷和煩愁的意念：「我的憂愁隨草綠天涯。」這當然是現代文學家的現代人生體驗與古人拉開了很大距離的結果，也是現代人的人生境遇改變了審美趣味的結果。

現代人的人生環境、人生境遇甚至人生觀念，都與古人有了相當大的區別，這就意味著古人營造和認同的文學意象已經遠遠不能滿足現代人的文學表達需要，哪怕是一些酷愛古典意象的現代文學家，有時也不得不在沿用傳統意象的時候對之進行改造，充實現代人生體驗的內涵，從而賦予古老文學意象以現代闡釋。現代詩人戴望舒在這方面有出色的表現。他的代表詩作是那首膾炙人口的〈雨巷〉：

撐著油紙傘
獨自彷徨在悠長，悠長又寂寞的雨巷，
我希望逢著一個丁香一樣地結著愁怨的姑娘。
她是有丁香一樣的顏色，丁香一樣的芬芳，丁香一樣的愁
在雨中哀怨，哀怨又彷徨。
她彷徨在這寂寥的雨巷，
撐著油紙傘像我一樣，像我一樣地默默地行著，
冷漠、淒清、又惆悵。
她靜默地走近、走近，又投出太息一般的眼光，
她飄過像夢一般地，像夢一般地淒婉迷茫。
像夢中飄過一枝丁香地，我身旁飄過這女郎；
她靜默地遠了，遠了，
到了頹圮的籬牆，走近了這雨巷。
在雨的哀曲裏，

消了她的顏色，散了她的芬芳，消散了，

撐著油紙傘

獨自彷徨在悠長，悠長又寂寥的雨巷，

我希望飄過一個丁香一樣地結著愁怨的姑娘。

這首詩的關鍵意象是丁香，所體現的核心情感是愁怨。鍾情於晚唐詩風的詩人直接取用了古代詩歌中的「丁香」意象，那意象的意旨正是愁怨。李商隱的〈代贈〉之一首先將丁香的「愁怨」意象透過詩作推出：「樓上黃昏欲望休，玉梯橫絕月如鉤。芭蕉不展丁香結，同向春風各自愁。」南唐中主李璟〈浣溪沙〉則有「青鳥不傳雲外信，丁香空結雨中愁」之詠。這兩位大詩人出色的吟唱，已足以將丁香的愁怨意象引向普泛性認同。其實丁香原與愁怨沒有關係，據奚密所寫的〈丁香〉[3]介紹：丁香又叫丁子香，其名來自它的形狀，英文名clove，來自拉丁文clavus和法文clou，亦即「釘子」的意思，和中文不謀而合。日文稱丁香為「丁子」，想必與中文有關。中國早在漢代就有丁香，大概最初來自南洋，後來在中國的雲南和兩廣也偶能見到。古代中國將丁香區分為雌雄兩種。公丁香是花蕾，即一般所謂的丁香。母丁香是果實，較公丁香大，又稱「雞舌香」。宋代詞人顏博文曾作〈雞舌香賦〉，說它「偶嚼而有味，以奇功而見錄」。東漢應劭的《漢官儀》曾記載漢桓帝時，侍中刁存，年老口臭，皇帝賜給雞舌香，讓他含在嘴裏去味。他起初以為是皇帝賜他毒藥，回到家裏才發現原來是香口的雞舌香。東漢以後，臣子覲見皇帝時口含丁

香，已成宮廷的規矩，爲的是「欲其奏事對答，其氣芬芳」。唐代詩人劉禹錫的〈早春對雪奉澧州元郎中〉也有「昨日同含雞舌香」，即一起早朝之記。不過「雞舌香」雖然香口管用，終不如丁香之雅。丁香與雨中愁怨相連，是因其花慘白細碎，籠罩於雨中，確如一股怨愁之氣迷迷濛濛。

戴望舒順承了古人的丁香和雨中愁怨意象思維，但沒有簡單照搬，而是以現代人的情懷賦予丁香和愁怨以美好的想像，想像爲一個如夢似幻的姑娘，她有著丁香一樣的顏色、芬芳乃至太息、憂愁、惆悵和淒婉迷茫，這一切凝結在像雨中仙子一樣飄過雨巷的姑娘身上，就成了美好、浪漫的象徵，成了詩人期盼的對象：他希望迎面「逢著」，或希望身邊「飄過」這樣一位像丁香一樣結著愁怨的姑娘。古人藉丁香寫怨愁，是爲了排解、爲了宣泄，而雨巷詩人戴望舒借助丁香這一愁怨的意象，是爲了期盼，爲了遭逢和濡染，用意完全不一樣。丁香和著愁怨在現代詩人的筆下，獲得了肯定性的情感認同，顯示出現代人對憂鬱美甚至病態美的特別欣賞，對愁怨有一種特別親和的感覺。這是現代人的審美觀念在起作用。不過，讓人更覺惆悵的是，這丁香一樣的姑娘並沒有眞的出現，一切都發生在詩人的夢幻和期盼之中，也就是說一切都沒有發生；連這樣一種愁怨都不能浪漫地降臨，可見詩人如何地「冷漠、淒清」！是的，冷漠、淒清才是詩人眞正承受的情感，是詩人急於宣泄和希圖排解的情感；祇要擺脫「冷漠、淒清」蛇一般的糾纏，即使愁怨的蒞臨又算得了什麼？與「冷漠、淒清」這種蛇一般可怕的情緒相比，「愁怨」不就是丁香一樣的姑娘？

基於現代人的人生感受和審美情趣，戴望舒對古人的丁香意象作了現代性的處理。這樣的處理尙以承認古人的意念爲前提，因而沒有凸顯出現代人的反叛意味。現代人的意象反叛意味可以從黃昏的文學處理中充分感受。

古人對於黃昏一般抱有美好、浪漫之想，許多詩人願意將黃昏理解爲充滿迷離色彩的時刻，這是因爲古人生活相當拘謹，白天大庭廣衆之下備受禮度約束，夜晚則不宜外出活動，祇有黃昏這介乎白日與黑夜的短暫時刻，青年男女們能夠有點稍微自由的空間，至少可以產生一種期盼。更何況慣於審美的文人在朦朦朧朧、似幻似眞的黃昏氣氛中，更容易找到詩情畫意。於是，宋代詩人朱淑貞在〈生查子．元夕〉中這樣美化黃昏的時刻與氣氛：「去年元夜時，夜市燈如晝。月上柳梢頭，人約黃昏後。今年元夜時，月與燈依舊，不見去年人，淚滿青衫袖。」有說這首纖巧婉約的作品出自歐陽修，可由於它風格清麗，讀者有理由將它理解爲出自女詞人纖纖玉手之下。歐陽修的詞確實常注意描寫黃昏之美，但似乎並不如此詞清麗靈動，雖然時時婉約有致，但畢竟不脫男性的深蘊沈滯。其作〈少年遊〉有「謝家池上，江淹浦畔，吟魄與離魂，那堪疏雨滴黃昏，更特地、憶王孫」之詠，那「吟魄」「離魂」「憶王孫」，便是典型的男人氣度與胸襟，這樣的情緒籠罩下，「疏雨滴黃昏」的美便顯得渾厚而深沈。他寫黃昏之美，都充滿風雨感興，這也是深蘊沈滯的男性氣度的流露。他的〈蝶戀花．庭院深深深幾許〉即有「雨橫風狂三月暮，門掩黃昏，無計留春住」之唱，比「疏雨滴黃昏」更見男性氣質。不過，他始終認爲黃昏是美好的時刻，另一首〈蝶戀花〉寫道：「河畔青蕪堤上柳，爲問新愁，何事年年有？獨立小橋風滿袖，平

林新月人歸後。」這「新月人歸後」剛剛是黃昏過後的時刻，人歸之前看來有人應約，一起度過了短暫而美好的黃昏，黃昏過後，便復又獨自賦新愁。北宋詩人林逋將黃昏寫得更加美不勝收，同時也妙不可言：「疏影橫斜水清淺，暗香浮動月黃昏。」沒有黃昏之月，那暗香疏影的梅花便失去了所有的光澤和靈魂。李清照有時與歐陽修一樣，將淒苦悲鬱之美訴諸黃昏，有的是「梧桐更兼細雨，到黃昏、點點滴滴。這次第，怎一個愁字了得」（〈聲聲慢〉）之類的悲歎，不過也有〈醉花陰〉中「東籬把酒黃昏後，有暗香盈袖」的美好性情託付與黃昏。即使是些淒苦的黃昏，也帶著陰鬱之美的意趣，一如陸游〈詠梅〉詞中「已是黃昏獨自愁，更著風和雨」的美好而憂鬱的感興。其實，將黃昏當作美好且略帶憂鬱的意象，恐怕在唐代李商隱的〈登樂遊原〉中就已經相當明顯了：「向晚意不適，驅車登古原。夕陽無限好，祇是近黃昏。」這首詩根本沒有說黃昏之可怕，相反的，可以推論爲暗示黃昏之可愛：夕陽固然無限好，但黃昏就要來了，黃昏也同樣美好，並且將要覆蓋這夕陽之美。如果說這樣的理解理由並不充分，即按常說將夕陽之美好當作最高境界加以讚頌，那麼，黃昏也受到夕陽餘暉的照拂，仍有美好的韻致，祇不過不如夕陽那樣輝煌，於是帶一點黯然神傷。

然而在現代人的人生體驗中，黃昏是充滿著晦暗、充滿著疑慮的意象，現代人的情感經驗和人生修養中，有著古人所不常體驗的無所適從、無地彷徨的感受，這些都非常適合於黃昏意象。於是從魯迅開始，現代中國作家就善於將黃昏當作疑慮的時刻，當作彷徨和苦悶的象徵，在這樣的時刻，已經沒有了任何美好與希冀，有的是空虛、荒漠和絕望。魯迅的散文詩集《野草》是這種空虛、荒漠和絕望情緒的集中體現者，也正是在這些作品中，籠罩著無可逃避的黃昏意象。〈影的告別〉最爲典型，那個獨立彷徨的影子這樣表述：「我不願彷徨於明暗之間，我不如在黑暗裏沈沒。」「然而我終於彷徨於明暗之間，我不知道是黃昏還是黎明。我姑且舉灰黑的手裝作喝乾一杯酒，我將在不知道時候的時候獨自遠行。」「嗚乎嗚乎，倘若黃昏，黑夜自然會來沈沒我，否則我要被白天消失，如果現是黎明。」黃昏最適合這種彷徨於明暗之間的「影」的存在，黃昏不過是半明半暗不明不暗的一個古怪時空，黃昏適合表達一切陰鬱的彷徨和晦暗的猶疑。然而那影子還不就此滿足，它似乎詛咒和否定一切希望的影子，不願彷徨於明暗之間，寧願彷徨於「無地」，寧願選擇通往絕望的路。《野草》中的〈希望〉並沒有否定希望，不過這沒有否定的希望一定不產生於黃昏時分，因爲祇有在黃昏時分才可以「用這希望的盾」，「抗拒那空虛中的暗夜的襲來」，不過「盾後面也依然是空虛中的暗夜」，籠罩在黃昏意象之上的永遠是空虛的暗夜。詩劇〈過客〉的時間定位在「或一日的黃昏」，黃昏氣氛下的過客顯得更加憂鬱而疑慮：「從我還能記得的時候起，我就在這麼走，要走到一個地方去，這地方就在前面。」他不知道自己從哪裏來，也不知道前面會是什麼，甚至於不知道自己爲什麼要走，而祇知道自己必須走。這樣的一種沒有希望、沒有歸宿感、沒有動機和目標的行爲與心態，非常適合在黃昏時分展開。黃昏時分小女孩夢想的野百合野薔薇都淹沒在沈沈的暮靄之中，唯有墳地裏疙疙瘩瘩的土饅頭依稀可見，墳地裏的灌木叢野蒿稭更顯得鬼影幢幢。這就是現代作家意象中的黃昏，它與各種否定性的情感和不確定的疑慮緊密相連。

一九三〇年代，一位青年作家沈溺於「晝夢」，用自己的筆寫出了不少夢幻的憂鬱，被授予《大公報》文藝獎。這位晝夢的詩人叫何其芳，他寫過散文〈黃昏〉，果然是夢幻一般的筆調，但表現的全是孤獨、疑慮、晦暗的情感。在他的筆下，組成黃昏意象的是「馬蹄聲，孤獨又憂鬱地自遠至近，撒落在沈默的街上如白色的小花朵」，他「疑惑」一輛馬車「是載著黃昏，沿途散下它陰暗的影子」；當它消失的時候，「街上越荒涼」，「暮色下垂而合閉，柔和地，如從銀灰的歸翅間墜落一些慵倦於我心上。」這時候，他確信「狂奔的猛獸尋找著壯士的刀，美麗的飛鳥尋找著牢籠，青春不羈之心尋找著毒色的眼睛」——世間的一切秩序完全顛倒，瘋狂正造訪著黃昏的每一個角落。作爲「黃昏的獵人」，他不知道往哪裏走，祇能聽腳底下發出的「淒異的長歎」。

這種現代人所體驗的不確定的疑慮，在一九四〇年代女詩人陳敬容的筆下也有明確的表現。她的詩歌〈黃昏，我在你的邊上〉這樣對語黃昏：「白日待要走去又不走去，/黑夜待要來臨又沒來臨，/吊在你的矇矇朧朧，你的半明半暗之間，/我，和一排排發呆的屋脊。」黃昏帶來了屋脊上的感受，無所適從，無地彷徨，充滿著疑慮的苦悶。於是，黃昏在她看來就不再是舒適的感受，〈雨後〉中表述的「雨後的黃昏的天空」，像一個「煩熱的軀體在那兒沐浴」。詩人紀弦的〈黃昏〉詩同樣表現了這樣的悵惘和不確定：

又是黃昏時分了。
妻去買米，剩我獨自守著

多雲的窗。
兵營裏的洋號，
吹的是五月的悲涼。
想著沉重的日子。
想著那些傷懷的，使人流淚
的遠方。
……

一切都是傷懷，都是破碎，都是無可皈依的感歎和不知如何面對人生的迷茫。

現代文學家已經由古代文學經驗中，體會出文學意象的巨大表現力，因而極善於從現代人生體驗出發，營造適合於現代情感和思維表現的文學意象。這些意象不僅運用於詩歌中，在富有表現力的小說裏也經常出現。魯迅的〈傷逝〉就是這樣一篇富有表現力的作品，而其中的表現力往往全得之於意象的別致與刺激。小說中的涓生和子君是一對勇敢地自由結合的青年，但他們同居以後彼此之間相當隔膜，以至於在生計的壓迫下，又感受到對方其實已成了人生的累贅，特別是涓生，嚮往著衝著蘇生的前路獨自奮飛，孤身前往。表現他這種獨自奮飛和孤身前往欲望的，是他頭腦中反覆出現的這樣的一種意象群：

我看見怒濤中的漁夫，戰壕中的兵士，摩托車中的貴人，洋場上的投機家，深山密林中的豪傑，講台上的教授，昏夜的運動者和深夜的偷兒……

這些意象組合在一起，便是他人生的希冀，是他理想的人生狀態。這些漁夫、兵士、貴人、投機家、豪傑、教授、運動者和偷兒等形象所體現的意蘊是什麼？是冒險，他們都是各種行業各種狀態下的冒險者，那貴人也是「摩托車中的貴人」，也處在冒險狀態。涓生盼望著冒險，轟轟烈烈，但轟轟烈烈的冒險需要一無牽掛，需要解脫於家庭和愛情的縲絏。子君終於在這種氣氛中離去，沒有留下一句話。涓生應該覺得輕鬆了許多，然而同時領受的也還是一派迷茫，杳無目標，甚至是空虛和絕望，於是：

我的心也沈靜下來，覺得在沈重的迫壓中，漸漸隱約地現出脫走的路徑：深山大澤，洋場，電燈下的盛筵；壕溝，最黑最黑的深夜，利刃的一擊，毫無聲響的腳步……

這些意象群表達的正是迷茫、空虛和絕望，當然也有一些誘惑，如「電燈下的盛筵」。在這樣的情境和心境中，涓生顯然不可能眞正走上蘇生的奮鬥前路，於是他對前路的感覺便「像一條灰白的長蛇，自己蜿蜒地向我奔來」；他等著，等著，看看臨近，卻忽然便覺得已經消失在黑暗裏。

現代人生體驗給文學家的教訓總是負面的和消極的居多，這是現代文明的興起給人類精神領域帶來的特殊禮物。機械文明、電子文明和資訊文明讓人們享受到了物質文化的巨大飛躍，但同時造成了人對於自身價值的懷疑，對於人生荒誕感的加劇，對於人類前途的擔憂，以及對於世界命運的焦慮。這樣的人生體驗是古代文明狀態下所不可能產生的，因而現代文學意象多數不可能沿用古代文學的傳統，必須從現代人生的深刻體驗中煉濾、鑄造。可惜並不是所有的現代中國文學家都能夠像魯迅這樣，充滿著意象創造和意象表現的能力甚至自覺，於是他們傾向於從西方現代文學的新經典中，尋找現代意象傳統。

不過，無論從中國古人還是從西方詩人那裏借鑒地拿來的意象，雖然能有效地增強了現代中國文學的表現力，但永遠無法顯示出中國現代人在意象創造方面的魄力和氣派。中國的文學家爲此深深地痛苦、焦慮，希望能夠以自己獨特的人生體驗，提煉和創造出獨特的文學意象，贏得較爲普泛性的認同，乃至將影響延伸到世界文壇。台灣的詩人和作家對此已經有足夠的理論自覺。關鍵還在於文學家對屬於自己的人生體驗得是否深刻，並保持著新鮮的原味，這是普泛而偉大的文學意象創造的基本保證。在這方面中國現代文學家不是沒有機會，也不是沒有可能，顧城在一九七九年創造的「黑眼睛」意象，就已經響亮地叩擊了世界文壇的大門：

黑夜給了我黑色的眼睛，
我卻用它尋找光明。

這首題爲〈一代人〉的短詩感動了前後不知多少代人，也讓置身於中國以外的讀者爲之慨

歎、動容甚至流淚。因為它毫無依傍地傳達了那特殊年代特殊環境中一代人的人生體驗，那麼凝鍊，又是那麼深刻，那麼充滿著弔詭的意味，同時又特別眞實。

總而言之，從意象的創造這一角度而言，人生體驗的獨特性十分關鍵，文學意象的表達說到底，是人生經驗之花最燦爛最亮麗的開放。

注釋

1. 載《眞美善》雜誌一九二九年「女作家專號」。
2. 丁旭輝，〈由「滄海」及相關意象看丘逢甲內渡後的心境與夢想〉，《漢學研究》，第二十一卷第一期，二〇〇三年六月，第三七七頁。
3. 載《聯合文學》，總第二二八期。

第十二講

文學對人生的道德批判

如果說，「文學與人生」是一個既輕鬆又沈重的話題，那麼它最沈重的部分出現了。文學中的道德問題，文學的道德教化功能問題，以及文學在社會風化過程中的責任問題，如此等等，一直是文學與人生關係的討論中最爲嚴肅的話題。從正面說，嚴肅不苟的文學家以及社會責任感比較強烈的批評家，倡導文學的道德教化功能；從負面說，道貌岸然的道德家和社會輿論會指責文學在誨淫誨盜、毒害青少年方面所可能造成的失誤，以及應該負起的責任。望子成龍的父母經常帶著格外的警惕，教導和敦促自己的孩子該看哪些文學作品，同時警策不該看哪些作品，青年人稍有不良狀況，教育者總會想到從是否閱讀了不良作品和書刊這一方面作檢討。另一方面，一些偏激的先鋒文學家則矢口否認文學可能的道德因素以及道德責任，甚至千方百計爲非道德乃至反道德的文學作辯護。這些都是些非常嚴肅和沈重的問題，又是嚴重到文學話題所難以承受。

不可忽略的是，在任何歷史時期、任何社會條件之下，對文學道德功能的強調從來都不是在正常的理論和學術意義上展開的，往往夾帶著政治的強權、宗教的示威，或者是世俗的要脅，這些外在於文學的力量會將文學擠逼到十分尷尬窘迫乃至可憐無助的境地。於是，如果一個時代文學道德因素的強調成爲一種強勢話語，那麼這個時代的文學生活和文學運作往往就不很正常，各種非文學性因素對文學的干預往往就比較嚴重。從根本上缺乏自信和氣魄的統治者，會對文學的道德性提出比較明確甚至比較苛刻的要求，這樣的情形下，文學創作的氣氛就不可能寬鬆，文學創作的成就也不可能很大。這樣的推斷相信能夠被古今中外的歷史作無數次證明。

因此，文學中的道德因素即使是合理必要的，也祇應該成爲文學內部的考量，不宜以其他任

何外力進行強調乃至脅迫；這同時也要求文學理論妥當地調適文學中道德因素的合理配置，理性地認定文學在社會人生道德建設中應處的地位。任何精神產品都會包含相當的道德因素，其在社會人生中所起的作用也必然體現出一定的道德功能。何況文學不僅講求眞與美，而且也要求善的品格，善的品格中不言而喻包含著道德成分。關鍵是，文學表現的道德，與社會所倡導和人生一般遵循的道德是否完全一樣，文學所具有的道德功能是否與道德家們所設想和要求的相一致。

一、以德害文的迂腐觀念

片面地強調文學道德性的人，往往把文學中的道德因素描述得道貌岸然，洪鐘大呂，似乎文學的接受者都須沫手整冠，正襟危坐；偏激地否定文學應有道德承擔的人，又往往把文學中的道德內容理解成青面獠牙、洪水猛獸，似乎一旦允許文學寫作中有這些內容的羼和，文學將立即變得面目可憎，慘不忍睹。這些觀察和觀點所形成的差錯，都源於沒有準確地認識文學中的道德因素的合理含量和合理力量。文學作爲人類一種藝術創作的作品，其含有一定的道德內涵不僅是不可避免的，而且對於文學自身也並非沒有益處；文學中的道德因素，有時候在有些文學家的筆下並不比其他因素更無足輕重。作家在一種可以被稱爲「心中的道德律」的道德情感支配下進行創作，使得作品在人生表現中呈現出道德批判的力量，呈現出人性善的藝術風範，古往今來，這樣的作品並不罕見，而且它們的文學史地位和審美價值都達到了相當高的層次。這樣的文學史實能說明什麼？不正可以說明文學創作和文學閱讀實際上不過是人生活動的一部分，正像人生離不開道德的調節一樣，文學創作和文學欣賞也離不開道德因素的參與。

透過文學作品表現的道德力量拷問和蕩滌人們的心靈，和試圖利用文學作品進行道德說教，這是兩種完全不同的文學現象，出自於兩種完全不同的文學觀念，其效果也截然兩樣。熱中於道德說教的人們有一個基本的文學價值觀，那就是文學本身氣勢無關緊要，要緊的是文學所負載的道德內容及其教化功能。本著這樣的價值觀，他們可以無視文學作品的審美意義乃至人性內涵，甚至為了強調作品中的道德內涵不惜扭曲原作，竄改原意，從而造成以德傷文、以道掠美的文化悲劇。

這樣的文化悲劇在中國上演的歷史可謂相當悠久。《詩經．陳風》中的〈月出〉，連朱熹也認為表現的是男女相約相念的情懷，可《詩序》作者偏偏說這首詩是道德批判之作，諷刺王者「在位不好德，而悅美色焉」。「關關雎鳩，在河之洲，窈窕淑女，君子好逑……」明明是一首格調清新、情緒優雅的愛情詩，《詩序》作者卻一定要抹殺其中可能的愛情成分，說是表述了一種很特別的道德：「《關雎》，后妃之德也」，是文王的后妃們為了顯示自己的後宮之德，作此詩表明「樂得賢女以配君子」，好端端的一首卿卿我我的愛情詩，眼睜睜地被他說成了肉麻、滑稽的道德宣言。在這個問題上朱熹同樣有所保留，於《詩集傳》中一半肯定確有后妃之德的歌頌，但又一半確認有愛情表達的內容，說是此詩為宮中人所作，君子指文王，淑女指文王之后「太

姒」；王后有美好之德，君王有好德之道，兩兩琴瑟相和，遂成關雎之美。朱熹的理解雖然仍離不開道德家讀解詩作的套式，但畢竟承認了其中男女相悅相愛的情愫，可以說還沒有十分迂腐。《詩序》作者則眼看著兩情相悅的場景，卻有意視而不見甚至指鹿爲馬，礙於詩中畢竟有明目張膽的「淑女」，而且還「窈窕」，沒法往以德治國的「大道」上作過遠的引伸，可還是出人意料地來個「以德治宮」，讓深處後宮的后妃們也來施展她們的道德功夫，儘管這功夫實在讓文王在千秋萬代的子孫面前有點尷尬。

朱熹夫子已經是非常注重道德的大儒了，可《詩序》作者比他還要「道德」得多，可以說是一個爲了道德的闡揚不惜肆意踐踏《詩經》原作之清新美好的偏執道德家。這是怎樣的一個人呢？可以說還是個謎。《詩序》有兩種，一是《大序》，列於〈關雎〉篇之前，不但論述〈關雎〉的主旨，提出了非常道德腐朽但又影響非常之大的「后妃之德」說，而且也兼論《詩經》思想藝術之一斑；另一是《小序》，列在各單篇之前，提示各篇主旨。有人說《序》的首句是大毛公（毛亨，六國時魯人，一說是河間人）作，次句以下是小毛公（毛萇，西漢趙人）後作，也有人說《大序》是孔子的學生子夏所作，《小序》是子夏、大毛公合作；宋儒程頤則乾脆說《大序》是孔子親作，《小序》是當時的國史官所作。程氏此說以及以上各說很不可靠，原因是孔子從不諱言男女性愛，也不會迂腐到將道德解釋氾濫到如此程度。他的學生想來也不會迂腐得過於離譜。從朱熹以後，一個比較接近的說法是，《詩序》作者爲衛宏，後漢人，字敬仲。這樣的說法主要是認同了范曄的《後漢書．儒林列傳》的說法，說是：「謝曼卿善《毛詩》，乃爲其訓。宏從曼卿受學，因作《毛詩序》，善得風雅之旨，於今傳於世。」從朱熹直到清代的姚際恆、崔述、魏源、皮錫瑞等，都傾向於這種衛宏作《詩序》之說。這樣的說法之所以有相當的可信程度，是因爲衛宏並非詩人，也非傑出的文藝家，而是一個精通經學和理學的漢儒，代表作是《漢舊儀》（又稱《漢官舊儀》）之類；想來讓這樣的人解讀《詩經》，不處處歸向道德和禮制才怪。不過章太炎在《經學略說》中明確表示不同意這樣的意見，他的理由是：後漢的鄭玄（字康成）判斷「《小序》發端句，子夏作，其下則後人所益，或毛公作也」，沒有提到衛宏作《詩序》一事——

> 然衛宏先康成僅百年，如《小序》果為宏作，康成不容不知。由今思之，殆宏別為《毛詩序》，不與此同，而不傳於後。或宏撰次詩序於每篇之首，亦通謂之作耳。

問題是，如果章太炎猜測成立，衛宏另外寫了《毛詩序》，哪怕就是「不傳於後」，也不至於到了僅百年後的經學家鄭玄那裏就一無所聞。其實歷史的事情可能相當複雜，歷史人物相隔越近，他們之間的關係就可能越是複雜，超乎平常推理的因素就可能越多。鄭玄不提衛宏之《詩序》，原因可能就是這麼複雜，超乎後人的平常推理，這樣的現象似乎也不足以拿來證明現在所見《詩序》的作者不是衛宏。

從春秋戰國下延至秦漢，中國思想文化的基本走向是趨於單一、封閉和保守，漢儒的重禮制、尊儒學，遠勝於前。從道德風教的意義上理解《詩經》，是漢代的傳統。漢初的《魯詩》傳者對〈關雎〉的解釋就是：「康王晏朝，『關雎』作諷」，認爲是爲諷周康王耽於後宮之樂，不

思早朝而作，《韓詩》也操此之說，但把責任推到后妃身上，說是她們沒有監督好君王的按時起駕，讓他沈迷於後宮，這是刺后妃們的失德。於是由此奠定了〈關雎〉表達后妃之德的道德論基礎。衛宏作爲後漢人沿襲並強化此說，將此說朝著更加道德化的方向推衍，不僅頗爲可能，而且也順理成章。

《詩經》之「邶風」〈雄雉〉章中有「百爾君子，不知德行」句，顯露出詩歌要教化德行的道德化傾向。衛宏等道德人君卻不滿足於祇將有限的這幾首詩歌當作道德教化的文本，發誓要將所有的《詩經》作品都看作是對「百爾君子，不知德行」的諷諭和勸諭，從而進行了樂此不疲、越陷越深的道德論泥淖之中，完全失去了對於詩美的其他感覺。

再如《周南·卷耳》：

采采卷耳，不盈頃筐。嗟我懷人，寘彼周行。
陟彼崔嵬，我馬虺隤。我姑酌彼金罍，維以不永懷。
陟彼高岡，我馬玄黃。我姑酌彼兕觥，維以不永傷。
陟彼砠矣，我馬瘏矣，我僕痡矣，云何吁矣！

這顯然是一首典型的夫婦念遠之詩，也有可能是《詩經》中爲數較少的劇體詩。一般將此詩解釋爲思婦之詩，蔣伯潛、蔣祖怡在《經與經學》中按照第一章的語氣，認爲以下三章乃是這位思婦完全在替遠人設想，連用六個「我」字，都不是指採卷耳的「她」，而是指在周行的「他」，並說不寫她如何懷念遠人，而寫遠人的奔波，陟履高山，僕馬皆病；不勸她自己稍抒遠念，偏替遠人設想，「我且喝些酒吧，不要常常懷念、永遠悲傷了吧！」還說最末一句尤其是傳神之筆，「爲什麼又在那兒長吁短歎了呢？」連用六個「我」字，何等親熱？連寫三章，何等體貼？這眞是一首絕妙好詞。這樣的解釋本身也很傳神，很富有詩意，也相當合理，不過這樣的合理性多少還是建立在主觀推論的基礎之上。當然解讀古代典籍少不了主觀推論，其實既然是主觀推論，則不妨更放開一點，也順當一點。此詩第一章固然是思婦懷遠：她去採卷耳，但勞動時心不在焉，因爲在懷念「周行」的那個人。不過接著的下面兩章，與其說是思婦替遠人設想，還不如說是詩歌作者代雙方設想，採用了虛擬對話的戲劇體式表達了雙方的思念：「我馬」「虺隤」且「玄黃」的「我」是周行的男人在那裏自述，也是對遠方思婦的告白，後面「酌彼金罍」和「酌彼兕觥」的「我」則又是思婦自述，一個「彼」字明明白白，乃是爲他斟上一杯酒，禱告讓他不要老是放心不下她。最後一章則是那倒楣的遠人回應首章的思婦之思，到達一險阻之地，馬已經病得不行，人也病倒了，「我還有什麼可哀歎的呢？」一幕很淒涼的悲劇落下了帷幕，一首動人的戀念之歌畫上了句號。然而就是對這樣一首戀念的哀曲，衛宏等所寫的《詩序》卻堅持要往政治道德方面去黏連，說：「〈卷耳〉，后妃之志也，又當輔佐君子，求賢審官。」朱熹在《詩集傳》中也跟著說，這是「后妃因君子不在而思念之」。看來重視文學道德的儒者有了一種思維定勢，凡是有男女之思的，全都給詩歌中的主人公大幅度提高身分，讓他們變成君王和后妃，同時讓他們眞摯的愛情思念變成道貌岸然、噁心兮兮的后妃與君王的扭捏作態或打情罵俏，要不就是以你儂我

儂的肉麻方式譬喻政務，好像王者的所有政績都要看他所配的一大群后妃在後宮，甚至在枕席之間侍奉的表現。這聽起來好像是對先王之道的褻瀆，然而迂夫子們從道德角度解讀《詩經》，結果給人的印象就是如此。這〈卷耳〉既然朱熹承認是男女思念，為什麼要扣到君子和后妃身上？完全是道德解讀的思維定勢害了他。其實君王不在，后妃思念他，於情理上完全不通，那君王到哪裏去那麼長時間，將一群后妃拋別在寂寞的後宮？如果他不是忘家治水的大禹，如果他不是被擄掠到趙匡胤那裏的南唐皇帝，他怎可能這麼長時間「不在」以令后妃思念？至於《詩序》之說，簡直是奇談怪論！詩中有什麼「求賢審官」的籲求？將那君子比作在荒涼危險的山道上艱難行走的遠人，孤獨淒涼，馬病人倒，怎符合成王之道和輔政之德？更重要的是，中國自古以來就謹防婦人干政，認為這是國事衰頹的表徵，怎麼會堂而皇之讚賞后妃們去「輔佐君子」，而且直接參與「求賢審官」？那樣一來成何體統！如果說將〈關雎〉理解為后妃之德，主要的德行局限在後宮事務，多少還說得過去，而將這首詩理解為「后妃之志」，且這個「志」是在於干預政務，那不僅太離譜，也太不德！以無所不在的道德感閱讀和解釋文學作品，最後竟然導致如此不厚道不道德的結果，不僅以德害文、以德害詩，而且以德害德，這是迂腐的漢儒作夢也沒有想到的，也是他們從道德出發恣意曲解《詩經》的一種惡報。

二、道德批判與靈魂拷問

文學作品中包含的正常道德因素，不是靠道學家引伸、曲解甚至強詞奪理「發掘出來」，而應該是作品自然流露出來，具有一種道德感動力量和道德批判力量。《詩經》中這樣的作品也還不少，諸如諷刺不勞而獲者「彼君子兮，不素餐兮」的〈伐檀〉，還有〈相鼠〉，那麼痛快淋漓地針砭和諷刺無恥無禮無德之人：

相鼠有皮，人而無儀！人而無儀，不死何為？
相鼠有齒，人而無止！人而無止，不死何俟？
相鼠有體，人而無禮！人而無禮，胡不遄死？

眞是嬉笑怒罵，淋漓盡致！任何社會都不會或缺這樣的無恥之人，特別是沒有相應的資歷，沒有公認的德行，沒有相當的才具，卻因爲各種關係而公然登上高位，並且一旦登上高位後還煞有介事自鳴得意，絕無如臨深淵如履薄冰之虔敬，這樣的人即是「無儀」，即是「無止」，即是「無禮」！這樣無恥之尤的人在各地都時或可見。有人連大學入學考試都沒有通過，當然也就從未有能力受過任何學位教育，也未能獲得任何學位，卻可以堂而皇之撈得評審各個大學博士學位

授予權的委員資格，以這樣的學歷和學力進入如此高層次的學術評審機構，可能創下了世界之最。但是，這樣的無恥之徒絕對不會知道「不死何爲」、「不死何俟」的詛咒，確須靠文學的道德批判力量揭露聲討之，以圖讓他們知羞知恥；實在連文學的道德批判都不能觸動，那也就衹能問他們：「何不遄死？」

文學需要有相當的道德批判力量，因爲社會上歷來都存在著上述無恥之徒；文學的道德批判力量主要應該針對的對象，甚至還不是這些全無羞恥之心的該死之徒，還有更普遍存在著的勢利之人，而且勢利之人多出在讀書人中間，古人慨歎：「仗義半從屠狗輩，負心多是讀書人。」此之謂也。在文人和讀書人中間，可以說勢利之心人皆有之，這種勢利之心不觸犯任何法律，甚至也惹不到任何輿論的關注，正像韓非子〈扁鵲見蔡桓公〉中所說，差不多是「疾在腠理，湯熨之所及也」，這裏的「湯熨」便可以由文學來承擔。文學能夠以道德批判的力量，對普遍存在於讀書人以及其他人身上的道德缺點和人性弱點予以諷諭、予以勸戒，雖然效果未必有法律的懲戒和輿論的聲討那麼奏效，但久而久之必能移人性情，鑄人氣質，警示人們何以健全自己的人格，何以養成受人尊敬的品格，從而幫助人們克服人性的弱點和道德的缺陷。因此，不應該衹是絕望地看到「負心多是讀書人」，也應該相信「腹有詩書氣自華」的現象。腹有詩書之所以氣能「自華」，是因爲文學作品中的審美因素陶冶著人們的情操，文學作品中的眞切生動的人生表現，讓人們對人生環境、人生道路和人生際遇有著特別敏銳的洞察力，文學作品中的道德內涵導引著人們努力向善的方面趨近，對於腐惡能知規避，對於道德的陷阱能夠憬然而懼。這樣的文學接受，使得人從眞善美的各個方面得到豐富的滋養，人的精神氣質、人的人格風範就能夠得到根本的改善。

文學具有相當的道德批判力量，這樣的文學作品給予人的道德修養影響可能會非常之大。世俗社會總是偏愛於金錢，它幾乎時時刻刻都在告訴天眞未鑿的青少年，人生如何離不開金錢，沒有或缺少金錢的人生將是怎樣的淒涼和悲慘；這是遍存於社會每一個角落的人生眞實。這樣的人生現實給予人們特別是青少年人群的教訓是什麼？一般來說是金錢萬能。或許透過正常的教育可以糾正這種危險的觀念——一旦眞的確立了金錢萬能的觀念，一個人的氣質就可能不斷散發出孜孜矻矻的銅臭味，就無法讓氣「自華」起來——不過除了文學藝術教育外，一般的教育課程不會讓人們學會以審美的眼光看待金錢。文學藝術是透過審美教育讓人們正確認識金錢的唯一途徑，特別是文學作品，所渲染的往往都是金錢對人類心靈的毒害，金錢對人類靈魂的扭曲，金錢對人類美好情感的踐踏，雖然這樣的觀點不一定代表眞理，但它有利於人們養成相對於金錢的傲然品格，有利於讓人形成對於金錢的全面、理性而深刻的認知。

在現實人生中，金錢的誘惑幾乎每個人都無法抵禦，正因如此，金錢常常成爲人們不德宵小行爲的推動力，而良好的品德、高尙的風範又常常與對金錢誘惑的克服密切相關。似乎祇有到了當代商業題材的文學書寫中，特別是到了反映商場風雲的電視劇中，金錢才獲得了比較多的價值認同，但即便如此，金錢的認同也一定是與道德的認同緊密聯繫在一起，亦即很富有道德感的商人或家族最終會以道德與金錢合一的力量，擊敗商場上的對手，那往往是爲了撈取金錢喪心病狂

甚至喪盡天良的角色。而在傳統的文學表現中，金錢與美德所構成的似乎永遠是悖謬關係。聖人關於「爲富，不仁矣」的警策，在中國文化傳統中逐漸演繹成一種規律，叫作「爲富不仁」。從民間文學到廟堂制藝，幾乎所有充滿精彩的人物及其人生描寫都可能有貧寒在其中，所有富有戲劇性的命運轉折都是貧窮的好人獲得好報，作惡的壞人遭到報應，所有兄弟相鬩、姻緣波折的故事，基本上都是貧富懸殊，爲富者不仁使然，「嫌貧愛富」成爲文學抨擊最集中的惡德，也成了文學和戲劇中最常見的情節紐結。最流行當然也最受民衆歡迎的通俗戲曲，如《五女拜壽》、《碧玉簪》等，其主題都是對於「嫌貧愛富」惡德的譴責和嘲諷。

在中國文學傳統所表現的人生價值觀念中，金錢對道德的排斥或者道德對金錢的否定，幾乎形成了一種穩定的思維結構，以至於許多文學作品皆涉及到這兩方面的命題，並將它們安排在難以調和的衝突之中。馮夢龍的《警世通言》在〈杜十娘怒沈百寶箱〉中，描寫了一個在殘酷的人生現實中善於作夢的名姬杜十娘的夢想：她知道自己出身低賤，滿身污垢，隨郎君李甲南歸，必不容於李家上下，但將風塵數年的私蓄不下萬金，蘊藏於百寶箱中，試圖作爲「潤色郎君之裝」，使之歸見父母時，「或憐妾有心，收佐中饋，得終委託，生死無憾」。誰知李甲惑於浮議，見錢眼開，受浮浪子弟孫富的挑唆，萌生中道見棄之念，居然以千金將十娘易手，使得十娘一片眞心，慘被辜負，雙目四顧，命運茫茫，當衆盡將箱中珠寶抛撒江中，然後攜匣躍入江流，魂歸離恨。杜十娘的悲劇根源在於，她不知道在中國傳統的社會價值體系中，其縱有萬金之資，攜將李家，也不可能獲得道德上的寬宥，受到接納，在李氏父母那裏，在封建家長那裏，在傳統的社會秩序中，金錢與道德的價值彼此絕緣，難以交換。杜十娘得遇孫富之變，大庭廣衆之下怒斥貪心賊子負心郎，然後縱身一躍赴黃泉，正是她人生輝煌的展示，也是她人格完成的體現，其生命價值要比她窩窩囊囊地屈居於李府偏室，戰戰兢兢地行走於上下人中有意義得多。

在中國傳統文化中閃耀著異樣光輝的人物，多少都帶有重道德精神而輕金錢富貴的品質。孔子在這方面顯得大義凜然，氣勢磅礡：「不義而富且貴，於我如浮雲。」有了仁義，有了道德，雖然貧窮也能自得其樂：「飯疏食飲水，曲肱而枕之，樂亦在其中矣。」或許正是受了這樣的一種人生氣度和人生觀念的影響，詩仙李白在他那豪氣萬丈的〈將進酒〉中，寫下了丰神瀟灑、心氣傲然的詩句：「天生我材必有用，千金散盡還復來。」「鐘鼓饌玉不足貴，但願長醉不用醒。」那種睥睨金錢、傲視富貴的高尚氣質展示的，正是千古人生的精彩氣派。一般人們的印象中，李白是謫仙一樣的人，不像觀念上非常入世的杜甫等，他的詩作中道德成分應該比較少，殊不知諸如〈將進酒〉這樣放達狂恣的詩章，其包含的道德內涵甚至教化因素仍然非常鮮明：籲求人們盡情享受人生的自由，「人生得意須盡歡」，不要拘謹於金錢之間，孜孜於富貴夢中。遠離金錢富貴，並意味著道德淨化和氣質高雅的某種可能，這是李白的人生表現和文學表達給予人們的道德教訓。

對於金錢的貪婪是中外文學一致諷刺和鞭撻的負面道德，雖然那種貪婪未必就妨礙了社會，未必就侵害了別人的利益，但從中國的《儒林外史》到法國的《人間喜劇》，都對守財奴的形象作出了辛辣的道德諷刺和美學批判。人們對《儒林外史》第六回一開頭描寫的嚴監生臨死之前的

情景，總是印象非常深刻：

話說嚴監生臨死之時，伸著兩個指頭，總不肯斷氣，幾個侄兒和些家人，都來訌亂著問：有說為兩個人的，有說為兩件事的，有說為兩處田地的，紛紛不一，卻祇管搖頭不是。趙氏分開眾人，走上前道：「老爺！祇有我能知道你的心事。你是為那盞燈裏點的是兩莖燈草，不放心，恐費了油；我如今挑掉一莖就是了。」說罷，忙走去挑掉一莖；眾人看嚴監生時，點一點頭，把手垂下，登時就沒了氣。

這是非常生動也非常精彩的一筆，但放在嚴監生身上顯得並不公平，因爲嚴監生眞還是個有情有義有責任感的人。老大嚴貢生與己不合，但他吃了官司逃逸之時，是嚴監生主動爲他花錢平息了事態；他看到前妻遺留下的遺產，便供在靈前桌上，大哭一場，而且將餘留的錢還分出不少給兩位舅爺；他自己飲食少進，骨瘦如柴之際，也捨不得銀子吃人參；他表述說省錢是爲了幼小孩子日後的成長。作者在這篇小說中，原並沒有將嚴監生寫成守財奴，不知在其臨死之前怎麼忽然來此一筆，造成了不仔細的讀者對他人品的誤解。老作家歐小牧[1]曾寫過〈嚴監生〉一文，對這個嚴監生的議論就顯得更其辛辣了：

從前有個有錢人，臨死立下遺囑，叫人把紙票裱在棺板蓋底面，說是死而有知，還是要眼睛看得見錢，有理有理！

錢，錢，錢，養命之源，錢也者，不可須臾離也！有它時快活自在，無它時寸步難移。而況生不帶來，死不帶去，任你家財萬貫，終須空手見閻王；又有一般苦處，找起來千難萬難，用起來一容二易，同我們會少離多，兀的不愛煞人也麼哥！2

這議論完全沒有錯，甚至很精彩，但全部扣在「嚴監生」的題目上，頗不公平：嚴監生豈是那將紙錢裱在棺材板蓋底下的那一類守財奴？顯然，吳敬梓在道德上對嚴監生並無譴責的意思，但對於嚴監生過分看重金錢的患得患失心理，甚至到奄奄一息的時候尚不能釋懷，對這種庸凡、猥瑣的人生態度，乃持有美學上的否定和婉諷。

盼望死亡以後仍然滿眼金錢的守財奴，在法國偉大的文學家巴爾扎克的筆下，更加唯妙唯肖，他所寫的《歐也妮．葛朗台》所刻畫的葛朗台老頭，便是典型的守財奴，爲了金錢不惜將一個人最後的道德感——對於妻子和女兒的愛都拋諸一旁。葛朗台的弟弟因破產而自殺，其侄子查理來到索漠城投奔他這個伯父。其女歐也妮爲了幫助堂哥查理，把她私下積攢的錢給了查理。這如同剜了葛朗台老頭的心頭肉，他立即把親生女兒軟禁起來，每天祇給清水麵包，連取暖的火也不給。他的妻子抗爭不過，身體越來越差。不過如果妻子死了，女兒歐也妮就會依法繼承母親的遺產，葛朗台老頭就須對女兒報告財產數目，與女兒分產，「那簡直是抹自己的脖子！」葛朗台爲了確保到死都能抓著幾百萬家產的大權，祇好向女兒討好賣乖，巴結她、奉承她，祇要她不分走自己的財產。歐也妮既痛恨又可憐自己的父親，在分遺產問題上給他讓了步，葛朗台終於利用

女兒的感情占了便宜，保全了財產，正如他自己所說，這就像是「給了我生路，我有了命啦」。是的，金錢就是他的生命，至於一切親情和愛情，在金錢面前都算不了什麼。一個人如此看待金錢，如此對待感情，可以想見他內心的道德感已經荒蕪到何種地步，他的人生又是如何的卑瑣而可憐。

巴爾扎克上過私立寄宿學校，住過貧民窟，經營過印刷廠，並在破產後負債累累。他長期親身體驗金錢對人生的摧殘和人性的戕害，特別是對人的道德的挑戰，於是當他拿起筆來展現「人間喜劇」時，總是以深刻的洞察力和嚴肅的正義感，對於重金錢輕道德的社會現象和人生態度，進行痛快淋漓的道德批判。他所描寫的人對於金錢的貪婪追求，總是以道德的淪喪作爲前提和代價，於是金錢成爲一個人違背道德的最根本性動力，無論這樣的人是葛朗台老頭還是像歐也妮這樣的年輕姑娘。《藝術哲學》的作者、法國文學批評家泰恩（Taine），在其〈巴爾扎克論〉的結語中指出，巴爾扎克「體會到金錢是近代生活的偉大原動力」。因此：

他計算作品中人物的財產，說明起源、增值與用途，比較收入與支出，將預算插入小說中，且蔚成習慣。此外，也展示各種投機、理財、收買、拍賣、契約、商業上的冒險、工業上的發明，以及投機商籌措資金等情形。而且描寫訟棍、見證人與銀行家。隨時隨地都插入民法與匯票。他甚至使實業看起來像一首詩。將可媲美古代英雄們爭鬥的壯烈戰爭，這回換成繞著遺產繼承與嫁妝的問題打轉，創造出相仿於士兵的法律家、以法典取代兵工廠。如此一

> 來，在他的筆下累積了巨金。他所管理的財產膨脹，合併近鄰的財產，擴大成驚人的容積，然後溢出，呈現奢侈與權力的百態。讀者有種滑落到黃金海洋的感覺。3

泰恩敏銳地發現，在博學多聞的巴爾扎克眼中，「這個世界是什麼樣的世界？以什麼樣的力量在推動世界？」那是「熱情與利欲」，其實也就是道德情感和金錢誘惑的交替作爲。

在表現道德情感與金錢誘惑的角力方面，被稱爲「人間喜劇」中最傑出的一部《高老頭》，正好可以視爲《歐也妮．葛朗台》的一個鏡像：都是父女之間的關係，《歐也妮．葛朗台》中的女兒處在被盤剝的位置，父親是盤剝者，而《高老頭》中父親則處在被盤剝的位置，女兒是盤剝者；都是表現金錢的罪惡和非道德性，《歐也妮．葛朗台》中的金錢追逐者是一個瘋狂的守財奴，而《高老頭》中的金錢追逐者是變態的揮霍狂。《高老頭》中可憐的高里奧老頭出身寒微，在法國大革命期間因充當糧食承包商而發了一筆財。他十分疼愛自己的兩個女兒，盡量讓她們過奢侈的生活，並以巨額陪嫁使她們分別成爲伯爵夫人和紐沁根夫人。但高老頭的疼愛換來的，卻是被女兒們趕到貧賤的伏蓋公寓過一種十分貧寒的生活。與此同時，兩個女兒卻繼續不斷榨取父親的錢財，以供給自己的揮金如土。當可憐的高老頭被吸乾最後一滴血而病死在公寓閣樓時，兩個女兒正爲在鮑賽昂夫人的舞會上大出鋒頭而洋洋得意，完全將老人忘於腦後。每一個被金錢所迷醉的人都是道德的叛逆者，至少是人間道德的冷感症者，這是《歐也妮．葛朗台》和《高老頭》這兩部小說，乃至是巴爾扎克小說的基本命題，也是巴爾扎克作品的道德批判特性的呈現。

特別是在寫《高老頭》時，巴爾扎克的道德情感非常強烈。據說有一位朋友去他家看他，驚恐地發現巴爾扎克正從椅子上滑倒到地上，面色蒼白，如罹大病，趕緊大聲叫嚷著請醫生。巴爾扎克艱難地制止了他的朋友，告訴他說：「我沒有病，不要驚動醫生。剛才是因爲寫到高老頭死了，心裏十分難受，就一下子癱倒在地。」朋友看著他案頭的稿紙上果然留下了淚水的痕跡，也就不得不相信了。

由此可見，巴爾扎克不僅是一個作家，更是一個偉大的道德家；他透過自己的創作，強烈地表現了對金錢社會的憎恨以及對人情世界的渴望，但他所面臨的人間卻充滿著金錢炸彈留下來的重重彈坑，或在都市，或在鄉村，或在巴黎，或在外省，或在銀行家的餐桌，或在貧民窟的閣樓，或在貴婦人豐滿的酥胸上，或在投機者隱秘的欲望裏，正是這無處不在的彈坑，將良心的坦途和道德的平台妝點得傷痕累累，構成了一齣又一齣的人間喜劇。同樣偉大的雨果在巴爾扎克的祭文中說：「巴爾扎克筆直地奔向目標，抓住了現代社會進行肉搏。他從各方面揪過來一些東西，有虛像，有希望，有呼喊，有假面具。他發掘內心，解剖激情。他探索人、靈魂、心、臟腑、頭腦和各個人的深淵，巴爾扎克由於他自由的天賦和強壯的本性，由於他具有我們時代的聰明才智，身經革命，更看出了什麼是人類的末日，也更瞭解什麼是無意，於是面帶微笑，泰然自若，進行了令人生畏的研究，但仍然遊刃有餘。他的這種研究不像莫里哀那樣陷入憂鬱，也不像盧梭那樣憤世嫉俗。」原因非常簡單，偉大的巴爾扎克在進行這樣的研究、在投入這樣的寫作時，從沒有離開過強烈的道德批判的情感，從沒有離開過對於人間世的道德責任。

日常人生中很少有人將金錢與道德如此直接、緊張地對立起來，但在文學中卻是一個中外皆有、古今相通的思想紐結，這也是文學對人生進行思想觀念提煉的結果，是文學反映人生的某些本質方面的集中體現。古今中外的文學家幾乎都總結出了金錢與道德之間的這種對立關係，並且都從道德情感出發對於金錢進行批判和詛咒，有時候，他們透過對金錢的批判達到對人性道德的審問和激發，其思路和手法甚至會驚人地相似。讀過俄國作家杜思妥也夫斯基的《白癡》，誰也不會忘記女主人公娜斯塔西亞，當著那麼多偽善的貴族、勢利的拜金者，往火爐裏一把一把扔鈔票的情景，那對於閱讀者和在場的人都有同樣震撼力的舉動，顯示出一個被侮辱與被損害的女性對許多人奉若神明的金錢的輕蔑與審判，從而煥發出人性尊嚴的光芒和道德伸張的意氣。這樣的場景與明代馮夢龍〈杜十娘怒沈百寶箱〉中的瓜州古渡頭杜十娘拋撒珠寶的經典描寫非常相近，雖然杜十娘是毀財寶於水，而娜斯塔西亞是葬金錢於火，但都是透過一個被侮辱與被損害的女子，當著那些堂堂鬚眉毀壞令他們口瞪目呆的金錢財寶，從而使得垂涎於金錢美色的他們良心上受到痛苦的折磨，道德上受到深刻的譴責，靈魂上受到嚴厲的拷問——是的，靈魂的拷問，以道德的力量和人性的本真拷問那些被金錢腐蝕了、異化了甚至摧毀了的靈魂，並從這些被銅臭嚴重污染和銹蝕了的靈魂中，拷問出隱藏在深處的清白。這樣的道德批判力量，祇有直接針砭靈魂深處的文學能夠具有。

杜思妥也夫斯基是從人的靈魂深處進行道德拷問的高手，他的作品總是堅定不移地剖析人的靈魂中的善與惡，將善的張揚與惡的鞭撻結合在一起，而他筆下的善惡往往都和對於金錢的欲望

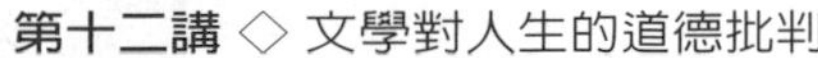

有關。他青年時代曾進入彼得堡軍事工程學校學習。嚴酷的兵營生活、森嚴的等級制度和沒完沒了的軍事訓練，都使他深深體驗到痛苦；另外，他那時候非常窮迫，而其他學生多是出身豪門富戶的紈袴子弟，他們穿戴講究，揮金如土，像杜思妥也夫斯基這樣貧窮的學生，就祇能遭受他們的嘲弄和輕蔑，祇好孤獨地躲在旁邊，觀察他們富而不仁的種種醜態和劣跡。從他的處女作《窮人》開始，杜思妥也夫斯基就善於揭示窮人品德的高尚與善良，靈魂與情感的純潔與眞誠，而那些有錢人或追逐錢財的人則靈魂卑污，道德淪喪。長篇小說《被侮辱與被損害的》、《死屋手記》都是揭示下層貧苦人優良品德的傑作，而《卡拉馬助夫兄弟》等則描寫了無恥、卑鄙的卡拉馬助夫家族的道德墮落。這些作品無論從作家立意還是從文學效果來看，都是透過金錢關係對人物進行靈魂拷問和道德審判的傑作。

注釋

1. 歐小牧，雲南省劍川縣人，白族，一九一三年生。一九三○年代初開始發表小說、詩、雜文。一九四七年出版長篇小說《包局長歪傳》，一九四九年出版雜文集《待旦集》，一九五○年出版《盜士集》。
2. 《盜士集．儒林外史論贊》，昆明戰鬥出版社一九五○年二月初版。
3. 引自龍瑛宗：〈名叫巴爾扎克的男人〉，原載《台灣藝術》，第二卷第四期，一九四一年四月一日。

第十三講

文學於人生的道德感動力

道德是人生精華的重要結晶，也是維繫人生秩序的主要規範，與人生密切相連的文學不僅不可能與道德隔絕，甚至疏離，而且其良好的審美效果往往還需要道德因素予以助益。如果說，熱中於道德批判的文學重點不在於助益作品的審美效果，則另一種注重和追求文學的道德感動力量的作品，則主要體現這一方面的藝術功能。作家在一種道德感動的心靈狀態下創作，並試圖以同樣的道德力量感動讀者，同時結果也確實是以他所期望的道德感動力吸引住了讀者，使他們的靈魂得到了洗滌。這樣的作品在文學史上爲數更多，其文學史地位和審美價值也往往達到很高的層次。

一、道德感化的烏托邦

如果說，立足於道德批判的文學著眼於人性惡的針砭，那麼，傾向於道德感動的文學則著眼於人性善的激發。當人性善被某種道德的感動激發出來，那種力量就不單是善，而還包含著美。在日常生活中，因道德感動而產生美感的情形也經常會發生，例如兩個誤會的朋友在一種特定的機緣下盡釋前嫌，相擁而泣，達成和解，這無論是在他們自己還是在別人看來，都有一種美的情感在流動；再如一個犯有過錯的人在痛切地懺悔，情之深篤，淚流滿面，也很能贏得人們的感動，激發起一種美的情感。這樣美的情感，其實是道德作用下靈魂被善良所觸動和洗滌的感覺，

是日常鬱積的釋放與宣泄的結果，是一種被亞里士多德稱為「卡塔西斯」的心理淨化效果的體現。

現實人生中的這種道德感動現象，祇能說明道德感動轉化為美感具有某種可能性，其實既不會十分常見，也不會非常熱烈。但到了文學表現中就不一樣了，許多文學家致力於人生中道德情感的開掘，用文學的筆法營造巨大的道德衝擊力以打動讀者，使得讀者內心中掀起強烈的情感回應，從而產生久遠的文學感動力。尤其是那些對人性之善美具有相當信心的傳統現實主義文學家，他們在激發和調動人性中善美因素方面所表現出來的巨大熱忱，是對人性之善美抱相對悲觀態度的現代主義文學家所不能理解的，當然也可能是後者所不屑為的，但從十九世紀的歐洲文學到二十世紀美國文學的先鋒性發展過程中，最能夠打動人且讓讀者久久難忘的，往往還是那些具有道德感動力的作品，如雨果、狄更斯的作品。

偉大的法國作家雨果所著的《悲慘世界》和《九三年》，都是具有巨大道德感動力的作品，作者在小說中矢志營造這種道德感動力的意識也相當明顯，有時甚至還顯得特別執拗，透過人物形象表現出來的善良及道德自我完善的意志力，不僅超出了常人的水準，而且超出了常人的想像。《悲慘世界》中的主人公冉阿讓似乎生來就是一個為道德獻身的聖徒，而感化他的卞福汝神父似乎生來就是一個道德的化身，他異乎尋常的行善舉動似乎不需要任何理由和原因，這使得本是墮落的苦役犯的冉阿讓靈魂受到了極大的震動，從此他的人格變得非常高尚。他不僅在救助芳汀、撫養遺孤等方面，顯示出博大無際的人道主義愛心，而且面對兇殘的匪幫，以及像機器一樣冷酷地執行所謂法律的警官沙威，也以極寬厚的仁厚之心對待之，使他們都分別受到徹底的感化。成熟了的冉阿讓在雨果的筆下似乎成了一個帶有道德自虐傾向的信徒，對於一切威脅自己的人物和力量，他都能夠以德報怨。警官沙威一直懷疑當了市長的冉阿讓是一個逃犯，於是暗地裏對他進行調查，當他覺得證據不足，主動向冉阿讓請求處分時，冉阿讓不僅沒有報復他的意思，反而對他勖勉有加，最後還是向他坦白了自己的前科，並且心甘情願地讓這位盡職的下屬把自己帶去審判。這種道德完人才有的善良和仁厚徹底擊潰了沙威的冷漠無情，沙威在這種博大的仁愛和無懈可擊的道德感化中無地自容，從而選擇了自我毀滅。

《悲慘世界》和《九三年》中的主要人物，都是以道德完善的追求表現出道德自虐的傾向，這使得雨果的小說在滿腔熱忱表現道德之善美的同時，也讓道德形成了一種壓迫良心的力量，這樣的力量又反過來使得良心的覺醒者感受著無邊的壓力，終於走向毀滅。《悲慘世界》中沙威的自殺，就是這種善良的壓力造成的，同樣承受這種道德壓迫最後選擇犧牲自己的，還有《九三年》中的共和派領袖西穆爾丹。在九三年這場有關革命的悲劇展演到最後，雨果作爲一個道德的聖人，幾乎爲所有的英雄都作了人性之善的謳歌：出身於貴族的共和派指揮官戈萬，相信革命的絕對性並且身體力行，然而他更醒悟到一種更高的絕對性：「在革命的絕對性之上，是人性的絕對性。」這種醒悟得自於他的敵人同時也是他叔祖的德．朗特納克侯爵，他在戰鬥中失敗，但完全可以逃得無影無蹤，不過爲了三個非親非故的孩子的性命，他放棄了自由，「自願地、主動地、甘心地離開了森林、黑暗、安全、自由，勇敢地返回可怕的危險之中」，束手就擒。等待他的結

果當然是斷頭台。朗特納克侯爵在他自己的生命與別人的生命中，作出了犧牲自己的選擇，這一壯麗的抉擇震醒了戈萬的靈魂和人性，他走進監獄，脫下指揮官的斗篷，將它披在侯爵身上，讓侯爵裝扮成自己離開，自己則代替了侯爵，勇敢地像侯爵一樣選擇了放棄自己的生命。對戈萬的審判富有戲劇性，三個審判者中最先表決的兩個分別投了判處死刑和宣告無罪的相反票，最後決定權落到了戈萬曾經救過命的領導人，也是戈萬的朋友、老師西穆爾丹手上。西穆爾丹義無反顧地投下了神聖、莊嚴的一票：「死刑！」不過伴隨著處死戈萬的鍘刀聲，戈萬的頭顱滾進了筐裏，這時，西穆爾丹掏出了腰間的一把槍，對著自己胸前扣響了扳機。

朗特納克─戈萬─西穆爾丹構成了一個人道主義道德光輝的連環套，每一個人都被前一個人的善良道德所感動、所震撼、所壓迫，從而作出了犧牲自己生命的決定。不僅是他們這幾個，在審判戈萬時一位審判者，在處決戈萬時一位士兵，都懇切地表示願意以自己的生命換取指揮官高貴的生存。在這些道德的完人和巨人的心目中，善良遠遠貴於存在，道德遠遠高於生命，道德的承諾是靈魂最耀眼的輝煌，生命的價值不過是道德的實現。

作家雨果過於相信乃至沉溺於道德的感化及其對靈魂的昇華作用，在將道德推向人生最高境界的同時，傾向於忽略人生最有價值的東西──生命。如果說，《九三年》中的連環套式的犧牲有著尊重、珍惜和保護別人生命的充分理由和合理動力，那麼，《悲慘世界》中往往缺少這樣的理由和動力。在雨果看來，像冉阿讓那樣爲了道德的完善處處尋求犧牲自己的機會，這才是正常的人道主義者的思路，殊不知人道主義最重要的原則是對生命的尊重，而不是對道德的尊重。特別是沙威警官，他在冉阿讓的完善道德映照下感到自己的無情冷漠，因此而自責、羞愧，這都相當正常，但作家讓他就此沈潭自殺，就顯得有些輕率，顯示出尊重道德甚於尊重生命的迂腐心態。不過，祇有將道德的力量推崇到高於生命的程度，其打動人心的效果才更加顯著，其造成的藝術感動才更深刻。

也正是在這個意義上，狄更斯的《雙城記》同樣煥發出令人震撼和感動的道德力量。特別是青年西德尼．卡爾頓爲了自己所愛的人家庭幸福，爲了成全自己的情敵，爲了完善自己的道德獻身精神，竟然打通各種關節，將長相酷似自己的查爾斯．達爾內從死囚牢中替換出來，自己代替他走上了斷頭台。這種到監獄中喬裝換出眞正的囚犯，自己代替對方坐牢和死亡的舉動，與雨果《九三年》中的戈萬的行爲何其相似。這樣的相似絕非偶然，是因爲雨果和狄更斯都在道德完美、人性至善的意義上，展開美好的想像，構思離奇的情節，而這種離奇的想像其極致就是以自己的犧牲換取別人的生存，將待決的死囚替換出來而自己走上斷頭台，不過是這種離奇想像的直接演示而已。相信這樣的想像會深深感動作家自己，於是他們樂此不疲，甚至不惜重複，不惜冒犯了眞實性的現實主義原則。在他們看來，有了這樣崇高而偉大的道德標舉，生命的價值都可以棄之不顧，何況情節與細節的眞實性！祇要道德的完美和人性的至善感動了自己也感動了別人，文學的最高目標便已達到，其他的一切都不過是細枝末節。

於是，雨果和狄更斯都重視描寫將道德看得比生命更重要的典型情節，都樂於表現爲了道德完善而走向道德自虐的心理，而且最終都以生命的自戕來完善一個個道德形象。這些人性祭壇上

神聖的廟祝，人生疆場上偉岸的英雄，道德聖殿裏善良的祭司，複雜世事中品格的超人，他們本來就有著非同尋常的道德情感，超乎一般的善良意志，震撼人心的獻身精神，意味著對一般道德水準的強烈對照，對富有宗教內涵的高尚道德的無限趨近，以及對任何世俗化道德的堅定拒絕，而對於處在一般人生狀態和正常道德能力下的讀者來說，就意味著是一種巨大的震撼、衝擊、感召和觸動。於是，這樣的文學描寫可能疏離了人生，但卻能以巨大的善美之力給人造成深刻的感動，令人久久難以忘懷。

正是由於雨果、狄更斯對於道德及其感動力和感化力的推崇，遠遠超乎普通人生的價值水準和邏輯範圍，有人認爲他們鼓吹的是「抽象的道德理念」，有人則認爲他們所持的是童話般的人道主義臆想。前一種說法有欠公允，無論是冉阿讓還是戈萬、西穆爾丹抑或是卡爾頓的道德表現，儘管體現出超常的意志力和非凡的犧牲精神，但都是以活生生的生命爲代價，以感同身受的痛苦體驗和面臨死亡與絕望的生命感受爲內容，讀者從中不僅體察到道德的完美和人性的昇華，更能體味出在一種道德夢幻中生命的張揚，在人生的河床中人格之花最燦爛的綻放，這一切美好和生動絕非理念的力度所能抵達，這一切藝術的描繪遠非抽象的說教所能完成。這些理想的人物表現出作家一種瑰麗而迷離的道德夢幻，可以被理解成普通人生彼岸的道德之光，但那耀眼的光芒燭照著人生的幽暗，爲悲慘而迷茫的人生導航，使美好情操的笙簫在孤獨的人生旅程中不斷吹響，使充滿罪惡和災難的人生產生道德狂歡的回響。一個個完美的生命在道德的熱焰中毀滅，一曲曲人性的讚歌在這毀滅中涅槃而起，它以動人的旋律鋪展開道德的盛宴，讓一切能夠感動和應該得到感動的靈魂斟起一杯杯人生的苦酒含淚飲下，憂傷的心田從此永無寧日。這就是這一類文學道德感動力量發揮的基本路徑。

不過他們透過小說營構的又確實是道德烏托邦，是一種帶著濃重的宗教情懷的人道主義臆想；當他們完全沈陷在宗教式的道德情懷之中，那不顧一切的宗教狂熱就會燃起生命的虔恪，燒毀日常人生的鏈結，在至高無上的善良中顯現出人生邏輯的荒蕪與空疏。特別是在雨果的《悲慘世界》中，宗教式的道德狂熱幾乎讓作者忘卻了生命意識的關懷。在介紹到道德化身的卞福汝主教時，小說中寫道，一個謀財害命的死囚即將行刑，沒有神甫願意為他祈禱，卞福汝主教立刻跑到監獄去，與死囚在一起，他叫他的名字，攙著他的手，和他談話。他在他的身旁整整過了一天一夜，飲食睡眠全忘了，他為那囚犯的靈魂向上帝祈禱，也祈求那囚犯拯救他自己的靈魂。他和他談著最善的、亦即最簡單的眞理。他簡直就像他的父親、兄長、朋友，而不是像一個主教。那個人原是要悲痛絕望而死的，死本來對他好像是個萬丈深淵，他站在那陰慘的邊緣上，一面戰慄，一面又心膽俱裂地向後退卻，卞福汝主教卻使他見到了一線光明。第二天，獄卒來提這不幸的人了，主教仍在他身旁。他跟著他走。他披上紫披肩，頸上懸著主教的十字架，和那被縛在繩索中的臨難人並肩站在大衆的面前。他和他一同上囚車，一同上斷頭台。那個受刑的人，昨天是那樣愁慘，那樣垂頭喪氣，現在卻舒展興奮起來了。他覺得他的靈魂得救了，他期待著上帝。主教擁抱了他，當刀子將要落下時，他說：「人所殺的人，上帝使他復活；弟兄們所驅逐的人得重見天父。祈禱，信仰，到生命裏去。天父就在前面。」──幫助畏懼死亡的囚犯正視死亡，使他

的靈魂得到安寧，這固然是有價值的善舉，但讓一個兇殘的囚犯如此得到解脫，而不是讓他懺悔自己的罪惡，認識到自己對於別人生命的剝奪應該以自己的生命予以償付的道理，這樣的道德感動相對忽略了對另一個無辜生命的尊重，實際上是宗教式的偏執沖淡了對生命普遍價值的認知。

二、禮儀與人性的弔詭

在道德感動的表現方面，西歐文學的成功與欠缺，都在於將道德和人性放在宗教意義上進行考量。這樣的考量在中國文學中很少出現。其實，道德感動在中國傳統文學中歷來沒有突出的表現，其重要原因是，中國文化傳統中將道德視爲人們應當尊崇的行爲規範，對於道德的善良不可能從宗教意義上進行闡解和摹寫，自然，道德也就不可能被古代文人從人生的規範中特別抽取出來，加以強調突出，加以格外的美化，加以特別富有感動力的表現。中國古代文學作品即使在描寫到類似於雨果小說中的情節時，也常以中國古代道德規範中的「義氣」進行日常化的處理，對於道德感動的藝術效果，文學家向來並不十分在意。

在中國傳統戲曲中，《秦香蓮》或《鍘美案》的故事屢演不衰，其中黑心郎陳世美派家將韓琪追殺前來開封府告狀的秦香蓮和孩子，但迫於良心不忍動手，如果回去又難覆命，無奈之下祇得自殺。這同樣是閃爍著道德光輝的英雄悲劇，但舊戲曲也祇是當作秦香蓮告狀過程中的一個普通情節而已，並沒有對韓琪的壯行善舉著墨很多，觀衆等著的也還是鍘美高潮，於韓琪的道德完成並不十分留意。不致力於在道德感動的意義上展示文學的藝術和美學魅力，乃是中國文學的通例。這樣的通例在重頭作品《三國演義》和《水滸傳》中更爲習見。

《三國演義》第五十回〈諸葛亮智算華容，關雲長義釋曹操〉，有情節酷似雨果《九三年》戈萬義釋朗特納克的故事，說的是曹操被劉備等打得大敗，祇帶數十騎逃往華容道上，偏偏諸葛亮早已算定其必敗走此道，布置關雲長領兵在此守候。關公見曹操狼狽至此，不忍加害：

> 雲長是個義重如山之人，想起當日曹操許多恩義，與後來五關斬將之事，如何不動心？又見曹軍惶惶，皆欲垂淚，益發心中不忍。於是把馬頭勒回，謂衆軍曰：「四散擺開。」這個分明是放曹操的意思。操見雲長回馬，便和衆將一齊衝將過去。雲長回身時，曹操已與衆將過去了。雲長大喝一聲，衆軍皆下馬，哭拜於地。雲長越加不忍。正猶豫間，張遼縱馬而至。雲長見了，又動故舊之情，長歎一聲，並皆放去。後人有詩曰：「曹瞞兵敗走華容，正與關公狹路逢。祇為當初恩義重，放開金鎖走蛟龍。」

這不是一件小事，曹操此去，可不比朗特納克的隻身逃命，他必然會重振魏軍，成爲蜀漢恢復漢室、統一中原的最大障礙，事關整個金戈鐵馬的霸業，事關所有人的生死存亡。然作品的處理卻輕描淡寫：孔明欲斬雲長，劉玄德說：「昔吾三人結義時，誓同生死。今雲長雖犯法，不忍違卻前盟。望權記過，容將功贖罪。」孔明方才饒了，關雲長也隨之放下心來。這麼一個徇私義

而犯軍律的驚天大事，作品不僅沒有像《九三年》描寫的那樣，寫劉備出於公律斬殺關公，又為關公的義氣所感深覺愧對兄弟而引頸自刎，而且其中的每個人都以平常不過的義氣之念輕率處之，包括諸葛亮也是如此拿得起放得下。這樣簡單的藝術處理，正說明作者無意渲染這其中的道德因素，衹是將故事中的義氣關係理解得稀鬆平常，無意加以令人感動的宣揚。

《三國演義》中孔明揮淚斬馬謖的情節也很富有道德感動力，不過在羅貫中寫來，其意卻不在道德感動，而重在失誤的追悔不及。失掉街亭之後，孔明化解了一系列危機，開始指斥馬謖：「汝自幼飽讀兵書，熟諳戰法。吾累次叮嚀告誡：街亭是吾根本。汝以全家之命，領此重任。汝若早聽王平之言，豈有此禍？今敗軍折將，失地陷城，皆汝之過也！若不明正軍律，何以服眾？汝今犯法，休得怨吾。汝死之後，汝之家小，吾按月給與祿糧，汝不必掛心。」叱左右推出斬之。馬謖自願領罪，請求諸葛亮善待他的兒子：「丞相視某如子，某以丞相為父。某之死罪，實已難逃；願丞相思舜帝殛鯀用禹之義，某雖死亦無恨於九泉！」言訖大哭。諸葛亮揮淚說：「吾與汝義同兄弟，汝之子即吾之子也，不必多囑。」左右推出馬謖於轅門之外。見到馬謖的首級，諸葛亮復又大哭不已。蔣琬問曰：「今幼常得罪，既正軍法，丞相何故哭耶？」孔明曰：「吾非為馬謖而哭。吾想先帝在白帝城臨危之時，曾囑吾曰：『馬謖言過其實，不可大用。』今果應此言。乃深恨己之不明，追思先帝之言，因此痛哭耳！」大小將士，無不流涕。如果說，諸葛亮與馬謖的對話中還充滿著情誼和人性的感動，這樣的感動也就是透過「揮淚」一筆帶過，倒是回想起劉備的告誡，覺察到自己的失誤，諸葛亮不禁「大哭不已」，大小將士也隨之流涕。可見作家寫作的重點不在道德感動力的激發。

以上兩個典型場面，一是用義氣沖淡了責任，一是用責任沖淡了義氣，從兩個方面都能說明，義氣在中國古代文化觀念中不過是一種非常普通的道德範疇，任何重大的責任可以用它來化解，因爲它是人人必須尊重的原則，任何責任也可以喝令它暫時讓路，因爲它本來是那樣的普通，不值得爲此害道。《三國演義》雖是同中國許多傳統小說一樣特別講究義氣的作品，但從不以義氣的道德感動爲文學目標。更加重義氣、以義氣爲主線構築全篇的《水滸傳》也是如此，哪怕恩重如山，也不在道德感動的意義上加以渲染，祇是在平常義氣上予以泰然處之。魯智深爲救不相識的金老婦女拳打鎮關西，出了人命，逃出生天，巧遇金老，金老一家自然視若重生，但魯智深卻視如平常，祇是說「不須生受，洒家便要去」，「不消多事，隨分便好」，「卻也難得你這片心」，「何足掛齒」等等極簡單的話，似乎祇是幫人家扛了一回行李，絲毫未受什麼損失一般。這不單單是魯智深自己施恩不圖報答，也是作者施耐庵將恩義之類視若平常的人生操守，未加著意渲染，因此書中一樁又一樁驚天動地感人肺腑的恩情義氣，都是這樣平淡寫出，從不致力於甚至也不在意於催人淚下的道德感動情形的營造。

《水滸傳》等傳統文學作品相對缺少道德感動的情致，除了作者日常化地看待恩義等道德因素而外，還與那個時代的人文觀念中對人性的漠視有關。前述雨果、狄更斯的作品之所以能激發起長久的道德感動力量，是因爲他們所臆想的道德完善都包含著豐滿而極致的人道主義和人性善的內容，人道主義和人性的光芒深深地牽動起每個時代每種人生中的生命意識，由此產生普遍的

情感認同。中國傳統文化中人性的認同常常爲禮義的張揚所沖淡甚至取代，於是由禮義主導的道德內涵中，人性的因素往往得不到有效彰顯，而沒有相當的人性認同所支撐的道德，便比較接近於觀念理性，相對疏離於生命感受，很難形成深心的感動。

一些經典的文學故事經常證明這樣的現象，作者爲了突出禮義的道德內容，常常罔顧人性的感受，甚至在對人性挑戰的意義上逞一時的義氣之快。《水滸傳》中的武松爲報兄仇誅殺潘金蓮，手段便被渲染得相當血腥：潘金蓮「見勢不好，卻待要叫」，「被武松腦揪倒來，兩隻腳踏住她兩隻胳膊，扯開胸脯衣裳。說時遲，哪時快，把尖刀去胸前衹一剜，口裏銜著刀，雙手去挖開胸脯，摳出心肝五臟，供養在靈前；胳察一刀便割下那婦人頭來，血流滿地。」如果說這樣的描寫雖然血腥，可還未超出快意恩仇的範圍，則他血洗鴛鴦樓的快意，卻是於人性上見出一種殘忍。他被張都監陷害，在遣送的路上先殺死了兩個不懷好意的公人，和前來幫忙結果他的蔣門神的兩個徒弟，然後來到都監府尋仇。先是在後花園牆外的馬院遭遇一位後槽，那後槽對他很是配合，告訴他張都監們的行蹤，還表示：「小人說謊就害疔瘡！」可武松道：「恁地卻饒你不得！」手起一刀殺了他；接著是遇見兩個女使，那兩個女使正口裏喃喃吶吶地抱怨張都監和兩個客人吃酒吃到很遲的時候猶不罷休，「武松卻倚了朴刀，掣出腰裏那口帶血刀來，把門一推，呀地推開門，搶入來，先把一個女使髽角兒揪住，一刀殺了。那一個卻待要走，兩隻腳一似釘住了的，再要叫時，口裏又似啞了的，端的是驚得呆了——休道是兩個丫嬛，便是說話的見了也驚得口裏半舌不展！武松手起一刀，也殺了」；殺死張都監、張團練和蔣門神以及當日參與害他的兩個親隨以後，又去殺死了都監夫人；「前番那個唱曲兒的養娘玉蘭引著兩個小的，把燈照見夫人被殺在地下，方才叫得一聲『苦也』！武松握著朴刀向玉蘭心窩裏搠著。兩個小的亦被武松搠死。一朴刀一個結果了，走出中堂，把閂拴了前門，又入來，尋著兩三個婦女，也都搠死了在地下。」這一場仇殺中，作者清清楚楚寫到的被殺者計十九人，除了張都監、張團練和蔣門神這些首惡者，以及直接參與迫害武松的兩個公人、蔣門神的兩個徒弟和張都監的兩個親隨外，其餘十人都不應是武松殺戮的對象，尤其是那些侍女和小孩，對復仇的武松可以說既沒有前仇，也不構成威脅，更未參與迫害，作者讓武松如此濫殺，早已超出了道德恩仇的意義，而祇是一種殺人的快意和快意的殺人，正如武松自己心中所想的：「一不作，二不休！殺了一百個也祇一死！」至於有無必要濫殺那麼多人，早已不作考慮。這樣的報仇雖含有道德的因素，但其中的正義性已不十分突出，而為那近十名怨死的靈魂所沖淡，對於武松報仇的正義認同，已經為對於怨死者的人性憐恤所取代，道德的感動因此遠遁。

快意恩仇式的濫殺現象在古典小說中普遍存在，《三國演義》中的張飛基本上也和《水滸傳》中的李逵相似，一有機會總是大砍大殺，殺人過癮；《西遊記》中孫悟空、豬八戒等雖然殺的一般都是妖精，但也是殺起來情不自禁的那一路，幸好時常有唐僧的緊箍咒管束住孫悟空，多少起了一些制約作用。現代小說家一般不會縱容人物的這種無節制的濫殺行為，不過比較多地會借鑒古典小說這種快意恩仇的方式，以調動讀者和人物的道德情感。台灣著名小說家吳濁流在長篇小說《亞細亞孤兒》中，塑造過一個教師的形象，他是主人公胡太明的朋友和同事，在日據時代這

位老師和他的同胞一樣忍受著日本人的欺侮，那種怨憤積之既久，就形成了一種尋求爆發的怒火。在一次教務會議上，日本人又在侮辱台灣人，這位朋友拍案而起，站起來當面狠狠教訓了狂傲的日本教育當局，全場鴉雀無聲，日人無以應對，這位朋友則泰然走出會場，自動辭職。台灣當代小說家陳映眞對這一場面印象極深，說是「這一場描寫是《亞細亞的孤兒》中幾個懾人心魄的部分之一。它給予人們深刻的感動，是不能見於時下第二代在台灣的小說作家的作品中的」[1]。這樣的深刻印象一直保持在陳映眞的頭腦中，當他在創作〈夜行貨車〉時，將這樣的情節作了淋漓盡致的發揮。美國馬拉穆國際公司在台灣的老闆摩根索在一次聚餐中，藉著酒意再次把臉湊向漂亮的女秘書，他一直垂涎三尺的劉小玲，說著粗魯的髒話以及侮辱中國的話，劉小玲的臉僵硬地往後退著，聲明「我並不以爲美國是個天堂」。作爲一般幹部和劉小玲男友的詹奕宏則毅然站了出來，以辭職表示抗議，並要求摩根索道歉。臨離開時，他向在場的同胞宣布：「我……再也不要龜龜縮縮地過日子！」他昂然走出餐廳後，劉小玲也站起來，提起觸地的長裙，追著詹奕宏跑出餐廳。這種痛快淋漓的民族道德的宣泄，所借助的正是傳統小說快意恩仇的表現路數，又由於很有節制，沒有出現放縱不羈的行爲沖淡道德的力量，因而讀起來還是頗受感動。

三、反諷中的道德感動

不過在現代文學更普遍的描寫中，道德的力量已經在社會意識和政治意識的包圍中，被無可挽回地削弱了，道德批判的熱忱伴隨著社會批判的熱潮在文學中不斷上漲，道德的感動則已經被一種現代文明中無所不在的道德反諷所取代。在現代文學作品中，似乎任何眞情都失去了存在的依據，任何善良的道德表現都必須經過嚴肅的思想甄別，然後歸結爲一種現代的覺悟或者人生的洞察，其道德感動的力量照例被視爲無足輕重。魯迅的〈傷逝〉含有現代小說中爲數不多的道德懺悔文字，特別是子君離開吉兆胡同以及死亡的消息傳來以後，涓生發自內心的道德自譴相當強烈，甚至希望在地獄的「孽風和毒焰」中，「擁抱子君，乞她寬容，或者使她快意」，不過作者並沒有在人性的層面展開這樣的道德懺悔，而是在充滿現代意識思辨的自覺中自譴自責，想到的是：「我不應該將眞實說給子君，我們相愛過，我應該永久奉獻她我的說謊。如果眞實可以寶貴，這在子君就不該是一個沈重的空虛。謊語當然也是一個空虛，然而臨末，至多也不過這樣地沈重。」這「眞實」就是不再相愛，爲在人生的長途上相互牽扯感到疲累不堪。他後悔「沒有負著虛僞的重擔的勇氣，卻將眞實的重擔卸給她了」。這樣的懺悔中確實有道德成分，但它遠不能單獨構成感動人的力量，因爲涓生作爲現代精神的尋求者和探索者，他沈重的思想負擔和孤獨、

苦悶、絕望的心理狀態，更加令人同情，這同情中所滋生的感動，便能沖淡甚至淹沒對於子君的道德認同。

現代主義興起之後，文學已經基本上失去了對人眞情感動的表現興趣，常常用現代哲學深邃的洞察力，用現代心理學可怕的穿透力，以及現代美學無處不在的巨大的反諷力，將一切道德的眞誠放在宇宙秩序中予以蔑視，放在陰暗的心理乃至動物本能上予以猥褻，放在苛刻怪異的現代之美的意象群中予以妖魔化。人的眞情被如此這般地處理之後，道德的感動就不可能眞正產生，至少在文學中是如此。這種眞情的否定早在現代主義大規模勃興之前就已經出現，失去安全感的現代人無處不在的人生緊張和利益危機，決定了他們一旦出現在文學作品中，就常常成爲眞情的叛徒，雖然這些通常號稱現實主義的作品中並不迴避富有道德感動力的眞情表現。在這方面，曹禺的著名戲劇作品《雷雨》具有相當的典型性。《雷雨》第二場寫道，三十年前被當時的地主少爺周樸園離棄的魯侍萍，爲與女兒會面，鬼使神差般地又來到了周家。當她發現周樸園儘管已經移家異地，且又過了這麼多年，但還是將房間的陳設按照侍萍當年習慣的格局加以布置，表明他懷念傳聞已經死去的侍萍之心和道德懺悔之意還相當眞誠。這樣的眞誠能夠維持三十年之久實屬不易，於是歷盡屈辱飽經磨難懷恨甚深的魯侍萍也不由得有些感動。當周樸園還沒有認出她來，跟她說起當年「死去」的侍萍時，魯侍萍告訴周樸園，那個梅家姑娘並沒有死成，她被好心人救起來了，而且就在離此不遠的地方。她試探他，那個沒死成的姑娘後來嫁了兩個人——

魯　嗯，都是很下等的人。她遇人都很不如意，老爺想幫一幫她麼？

樸　好，你先下去。讓我想一想。

魯　老爺，沒有事了？（望著樸園，眼淚要湧出）老爺，您那雨衣，我怎麼說？

侍萍顯然動了眞情，因爲她發現了周樸園也還是一個有眞情和懺悔心的人。不過當周樸園弄清了她的眞實身分後，這樣的眞情立即遭到了嘲弄：

樸　（忽然嚴厲地）你來幹什麼？

魯　不是我要來的。

樸　誰指使你來的？

魯　（悲憤）命！不公平的命指使我來的。

樸　（冷冷地）三十年的工夫你還是找到這兒來了。

現代人生充滿著的緊張關係、利害關係，立即宣告了那股保留了三十年的眞情其實是何等脆弱。有人認爲從根本上說周樸園就是個僞君子，他對侍萍的懷念不過是作作樣子掩飾自己內心的不安，但一個人作樣子能堅持作這麼多年，實際上已足以轉化爲一種眞情了。其實，越是承認周樸園對侍萍懷念的眞誠，越能顯示出在人生現實的利益面前，那眞誠的力量原來是多麼微弱，於是，一曲道德感動的哀詞輕易變成了一齣道德批判的戲劇。

現實人生中普遍充滿著危機感和利害關係，這使得一些比較平常的人情之美反而顯露出某種道德感動的力量。這在美國小說家歐·亨利（O. Henry）的作品中得到了集中表現。這位傑出作家發現，貧賤夫婦百事哀的生活中，本來很平常的相濡以沫的人情關懷，在充滿著爾虞我詐的人生環境中，卻能顯示出一種特別的道德美。這就是〈麥琪的禮物〉這篇名作的寫作基礎。小說中的吉姆和德拉是一對貧賤而富有情調的夫妻，德拉有著一頭漂亮的秀髮，在節日來臨之際，她毅然賣掉了頭髮而用得來的二十美元為丈夫買了一條樸素的白金錶鏈，上面還鏤刻著花紋。她覺得這作為節日禮物送給吉姆實在是再合適不過了，因為吉姆那唯一值錢的金錶正需要這樣的錶鏈相配，有了這樣的錶鏈，無論在任何場合，吉姆都可以毫無愧色地掏出他的金錶看時間了。然而當她興沖沖地將錶鏈送給吉姆時，吉姆卻祇有呆呆地看著她——他賣掉了金錶，為她買了一個很漂亮很精緻的髮簪，準備用來佩飾妻子那一頭值得驕傲的秀髮。這是一個令人扼腕的尷尬場景，也是一個在眞情相擁中迸發出燦爛的道德火花的感人場面。小說家以輕喜劇的筆觸描寫了一個人生的小悲劇，讓人們在苦惱而尷尬的笑中，為小人物的眞情和善良而感動。

歐·亨利注意到現實人生對道德善良實行反諷的普遍性，在〈麥琪的禮物〉這樣的小說中，讓人物自己的行為否定自己眞情的效用，造成了一種苦澀的反諷。在另一篇名作〈警察與讚美詩〉中，作家卻引入了外力造成或完成這樣的道德反諷。索比是一個渴望到監獄裏逃避人生坎坷的不良青年，他故意在警察面前用各種方法搗亂，想讓警察把他如願以償地抓進監獄，但都未成功。不過在教堂的讚美詩感召下，他開始意識到自己的荒唐和罪過，他的靈魂猛然間出現了奇妙的變化。他立刻驚恐地醒悟到自己已經墜入了深淵，墮落的歲月，可恥的欲念，悲觀失望，才窮智竭，動機卑鄙——這一切構成了他的全部生活。他的道德之心甦醒了，他的良心重獲一股迅急而強烈的改過自新的衝動，鼓舞著他去迎戰坎坷的人生：

> 他要把自己拖出泥淖，他要征服那一度駕馭自己的惡魔。時間尚不晚，他還算年輕，他要再現當年的雄心壯志，並堅定不移地去實現它。管風琴莊重而甜美的音調已經在他的內心深處引起了一場革命。明天，他要去繁華的商業區找事幹。有個皮貨進口商一度讓他當司機，明天找到他，接下這份差事。他願意做個烜赫一時的人物。他要……

恰在此時，警察找到了他，讓他結束了道德自新的夢想，回到了現實，走向了監獄。這是典型的歐·亨利式的結尾，這樣的結尾總是對美好的道德和善良願望給予一種令人痛心的反諷。歐·亨利其實也不希望這樣的反諷結尾總是重複出現，於是他寫出了類似〈最後一片藤葉〉這樣的作品，將結尾處理成一種悲愴深沈的，甚至是令人感動得流淚的道德完成。天真可愛的年輕姑娘珍妮染病在床，失去了活下去的希望，覺得自己的生命正在一點一滴地流逝，待到秋後紫藤樹上的葉片凋盡的時候就會死亡。藤葉一片一片凋落，珍妮生命的終點也似乎一步一步地在逼近。不過那樹葉終究沒有完全掉光，珍妮能夠看到的一片總是帶著生命的蔥鬱領受著她的注視。在這片充滿生機的藤葉的鼓舞下，珍妮獲得了重生的勇氣和希望，她終於戰勝了疾病。與此同時，她方明白那片不凋落的藤葉是住在樓下的落魄畫家貝爾曼先生的傑作，這片假藤葉救活了珍

妮的命，卻耗盡了老畫家的心血和生命。一個藝術家爲鼓舞年輕人活下去，而傾注了自己的全部才藝、心力和人生熱情，最後凝結成那一片比眞藤葉要眞百倍千倍的假藤葉，以自己倒下去的代價換取了年輕生命的存活，貝爾曼偉大的獻身精神和美好的道德情操非常令人感動。不過人們閱讀這一作品不可能完全沈溺於感動的心情之中，而必須分心思考作家在小說中表現的藝術辯證法和生命哲學：貝爾曼用自己的生命凝鑄成的藤葉，就不僅僅是一件藝術品或者一幅畫，而是帶有強烈生命信息的一個對象物，這樣它才能以亂眞的力度打動珍妮本來心如止水的靈魂，喚起她生命的希望和衝動；也衹有堅定地相信了這片藤葉，珍妮才能眞正燃起生命的烈火，才能透過藝術獲得老畫家賜予她的生命。這樣的分析是讀者認同小說情節的保證，如果沒有這樣的分析和認知，讀者很難相信這一美妙童話般的故事的眞實性，當透過這樣的分析理解了這故事的眞諦以後，道德的感動已經被理性的悟解所沖淡。

歐．亨利的小說獲得了巨大成功，但也付出了沈重的代價。爲了獲得道德感動的藝術效果，他不得不像寫〈最後一片藤葉〉這樣，將作品所表現的意義放在首位，將作品的情節構造和人物心理活動的刻畫，都放在服從意義表現的需要上。如此突出意義，是對創作的一種傷害，因爲這會使得文學創作脫離人生的邏輯框架乃至道德框架，成爲一種不自然的創造性書寫。朱西寧曾有一篇小說，題爲〈蜂鴉大戰〉，寫過往歲月裏的一種記憶，巨大的蜜蜂群與群鳥展開生死相搏，場面可謂驚心動魄而又撲朔迷離，情節煞是精彩，故事引人入勝，但在小說一開始和最後，都分別用新聞體講述台兒莊大戰，有「台兒莊之敵已盡陷於我包圍圈內」，中方軍隊「奮勇抵抗，反覆肉搏」，斃敵四萬多，大運河一度爲浮屍堵塞云云。這當然是爲了凸顯寫蜂鴉大戰的意義。不過這是一個作家處理有關人生題材不夠自信的表現，因爲不夠自信才忙著突出其中的意義。歐．亨利對道德感動的人生題材似乎也失去了足夠的自信，因而他必須透過有關意義的凸顯，例如強調那片藤葉（它的出現實在令人懸心）的意義，來證明自己對這類題材的處理完全師出有名。如果是這樣，那就說明在歐．亨利看來，道德感動的人生題材在他那個時代，在他那個寫作環境下，出現在小說中已經相當勉強，需要賦予外在的意義才能夠成立。

道德感動的文學在走向現代人生的旅途中，一開始就面臨著許多艱難與困境。歐．亨利於十九世紀末美國社會轉型時代的寫作，就充分表現出了這種艱難、尷尬的困境。

注釋

1. 陳映眞，〈孤兒的歷史，歷史的孤兒——試評《亞細亞的孤兒》〉，《鞭子和提燈》，人間出版社一九八八年四月版，第四八頁。

第十四講

文學道德與人生道德

如果面對一個對於文學與人生的問題基本上一無所知的人，最難以讓他明白但又必須讓他明白的一個關鍵問題，就是文學道德與人生道德的不一樣。特別是在走向現代化的文學之中，文學中表現的道德與人生中習慣奉行的道德有著相當大的差異。這種差異既是現代人生所應該警覺的內容，也是現代文學所應該反思的方面，不過更重要的，這樣的差異往往也反映了現代文學的自身特質和基本價值，是現代文學的魅力所在。

當然並不是現代文學時期文學道德才與人生道德相分離，傳統文學中最燦爛最輝煌的收穫，往往也體現著這樣的道德分離現象。文學道德與人生道德的分離，是文學與人生之關係極其深刻的呈示。

一、走向低俗的人生道德認同

現代文學比較適宜於道德批判而不擅長於道德感動，這標誌著現代人透過文學將道德引向理念的深入。無論現代人如何看低人生中的道德內涵，如何輕視文學中的道德命題，文學道德與人生道德的關係則是他們必須面對的問題。人生的歷史和文學的歷史都可以支持這樣的推論：越是傳統化的人生越需要道德的支撐，越是現代化的人生似乎越是要疏離道德的軌道；但是疏離道德軌道並不意味著沒有道德價值的評判，祇是這種道德價值內涵與現實人生的道德標準發生了一定

的分化；因此，越是傳統化的文學其道德因素越是與人生的道德標準相接近，而越是現代化的文學其道德概念與人生道德相距越遠。

在古代，文學尋找道德作爲自己的價值支柱，道德也尋求文學的樣式作爲自我表達的形態，於是文學與道德一拍即合，這樣的情形下，文學道德勢必與人生一般道德相同或相類。詩人楊牧在〈文學的辯護〉一文中說，「文學在傳統中國的社會裏，根本就不需要你爲它辯護，因爲文學有它倫理教育和藝術修養的積極作用，普遍得到承認，他們不會攻擊排斥它。」[1]此話稍嫌絕對，基本符合古代文學與人生道德關係的情形。在古代印度也是如此。金克木在《天竺詩文》序言中指出，在古代印度，不僅大史詩《摩訶婆羅多》中充滿了道德教訓的詩句，而且許多宣揚宗教以及政治等等的書也採用詩歌形式。那時盛產的格言詩多是爲了便於傳誦和記憶的歌訣，古印度人喜歡以詩體闡發道德教訓。

在中國傳統文學的框架中，許多文學作品都將普通的人生道德當作文學作品應該理所當然加以宣揚的道德，其中關鍵原因是文學家對普通人生的道德、習以爲常的道德觀念持有絕對的認同，於是在文學作品中自覺地甚至心無旁騖地進行道德展示，從而使文學作品中的道德觀念與普通人生的道德傾向高度一致。這樣的作品由於帶有明顯的道德說教或勸世箴言的色彩，一般都呈現出相對陳俗的面目。一般而言，習慣上被認爲是通俗文學或民間文學的作品，總較多地體現出這樣的面目。

明代馮夢龍的《警世通言》、《醒世恒言》、《喻世明言》和凌濛初的《初刻拍案驚奇》、

《二刻拍案驚奇》，通常俗稱「三言二拍」，是古代市民文學的經典作品。蒐集在這些小說集中的短篇作品，其通俗性和市民化特徵除了體現在小說情節和生活場景的描寫方面外，更體現在懲惡揚善的世俗化道德意識的呈現方面。幾乎每一篇小說都圍繞著世俗化的道德認同展開情節，刻畫人物，安排結局，很多情形下作者還用詩詞或議論點明作品的道德宣教主旨。《警世通言》第一卷〈俞伯牙摔琴謝知音〉即在敘述了一個感人的故事之後，卷末題詩：「勢利交懷勢利心，斯文誰復念知音！」對世俗人生中常有的勢利現象進行了道德勸箴和批判。馮夢龍作爲一個明代文學家並未十分迂腐，在《警世通言》第二十九卷〈宿香亭張浩遇鶯鶯〉中，還是帶著某種欣賞的語調，敘述張浩與李鶯才子佳人私定終身的故事，其基本立場是越過了腐朽的世俗道德，對於人情大作肯定：「生非草木豈無情。」肯定了閨中小姐敢於爲自己的愛情、婚姻和幸福努力抗爭的正當性。這樣的道德價值觀對於他那個時代來說已經相當難得，他更多的作品則是認同世俗的人生道德，對於淫奔之事往往都心懷警策與譴責。《警世通言》第二十八卷〈白娘子永鎮雷峰塔〉，講述的是一個家喻戶曉的神話故事，不過馮夢龍的講述與民間傳說和舊戲曲的演繹頗多不同，這倒並非將主人公許仙的名字改成了許宣之類，主要是將那個在人們印象中有情有義的白娘子寫得兇悍殘暴，對許宣動輒罵「你這殺才」，還多次威脅道：「我如今實對你說，若聽我言語喜喜歡歡，萬事皆休；若生外心，教你滿城皆爲血水，人人手攀洪浪，腳踏渾波，皆死於非命。」或者告誡說：「你若和我好意，佛眼相看；若不好時，帶累一城百姓受苦，都死於非命！」這是一個惡狠狠的妖怪，與那個善良體貼、溫柔敦厚，甚至爲救許仙冒死盜仙草的白娘娘判若兩人。當

然，這位白蛇化成的女子終究沒有作惡，在被法海禪師收住的時候說得尙屬坦誠：「禪師，我是一條大蟒蛇。因爲風雨大作，來到西湖上安身，同青青一處。不想遇著許宣，春心蕩漾，按捺不住一時冒犯天條，卻不曾殺生害命。望禪師慈悲則個！」而且還想到爲小青求情：「青青是西湖內第三橋下潭內千年成氣的青魚。一時遇著，拖她爲伴。她不曾得一日歡娛，並望禪師憐憫！」這樣一個並未作惡且心存良善的白娘子，爲什麼到了馮夢龍的筆下要異乎尋常地顯露她乖戾、兇悍的一面？那是因爲馮夢龍要在故事中貫徹身端無怪擾、色淫惹邪迷的道德思想，盡量讓許宣與白娘子之間的關係顯示出是一種孽情與惡緣。這種分明是對民間傳說中的白娘子形象有所扭曲的筆法，全是爲了突出這樣的道德說教：「奉勸世人休愛色，愛色之人被色迷。心正自然邪不擾，身端何有惡來欺？」這時他已完全忘記了「生非草木豈無情」的文學性情，向庸凡平常陳詞濫調的人生道德繳械投降。

凌濛初的小說寫作路數與馮夢龍相似，其道德立場及其所顯示出來的世俗化和市民化傾向，也頗相類。他經常在敘述故事的同時，透過議論懲惡揚善，闡理布道，從而使得作品籠罩在世俗氣很濃的道德說教氛圍之中。《初刻拍案驚奇》第二十卷〈李克讓竟達空函，劉元普雙生貴子〉，在展開故事之前，就是一大篇道德闡析：「『祇有錦上添花，哪得雪中送炭？』祇這兩句話，道盡世人情態。比如一邊有財有勢，那趨財慕勢的多集向一邊去。這便是俗語叫作『一帆風』，又叫作『鵓鴿子旺邊飛』。若是財利交關，自不必說。至於婚姻大事，兒女親情，有貪得富的，便是王公貴戚，自甘與團頭作對；有嫌著貧的，便是世家巨族，不得與甲長聯親。自道有了一分勢要，兩貫浮財，便不把人看在眼裏。況有那身在青雲之上，拔人於淤泥之中，重捐己資，曲全婚配。恁般樣人，實是從前寡見，近世罕聞。冥冥之中，天公自然照察。原來那『夫妻』二字，極是鄭重，極宜斟酌，報應極是昭彰，世人絕不可戲而不戲，胡作亂爲。」如此囉囉嗦嗦，說明了三層道德規範：一是不能有嫌貧愛富的勢利心，二是善惡到頭終有報，三是夫妻之道宜鄭重。這些道德規範都是非常一般、非常淺俗也非常陳腐的那一類，完全用不著如此反反覆覆、慢條斯理地說教，更無須用那麼些不著邊際的故事來證明。不過作者似乎很樂於也很精於此道，小說結尾承認，他根據〈空緘記〉所寫的這則故事，其目的就是「奉勸世人爲善」。善有善報，惡有惡報，這也是世俗道德觀念中最淺顯、最一般的信條，《拍案驚奇》的作者也似乎最樂此不疲。第十一卷〈惡船家計賺假屍銀，狠僕人誤投眞命狀〉，一開始照樣不厭其煩、洋洋灑灑地展開這樣的說教，先引四句詩：「杳杳冥冥地，非非是是天。害人終自害，狠計總徒然。」然後議論道，「話說殺人償命，是人世間最大的事，非同小可。所以是眞難假，是假難眞。眞的時節，縱然有錢可以通神，目下脫逃憲網，到底天理不容，無心之中，自然敗露；假的時節，縱然嚴刑拷掠，誣伏莫伸，到底有個辯白的日子。假饒誤出誤入，那有罪的老死牖下，無罪的卻命絕於囹圄、刀鋸之間，難道頭頂上這個老翁是沒有眼睛的麼？」如此等等，一派陳詞濫調，接著的則是並不很精彩的一套善惡報應故事。

「三言二拍」主要是根據民間故事和歷史傳說敷衍而成的擬話本小說，從立意到構思都保留著民間文學的濃重色彩。民間文學雖然比文人創作更顯得色彩斑斕、光怪陸離，但往往都流於懲

惡揚善，闡釋果報，其思想內涵都在於為世俗道德張目。台灣的民間文學和傳說常常形諸現代傳媒如電視，不過藉現代藝術表現手段表現的一般都是這種低俗、陳舊的道德。二〇〇三年由民視等媒體陸續播放的，由「八隻腳傳播有限公司」製作的「水玲瓏」系列電視劇，如「鬼郵差」等等，演繹的全是怨鬼索命、天神顯靈之類，這些鬼怪故事所展示的場景，卻往往又是現代人生甚至是當下人生。這些作品表現的儘管算是現代題材，卻因為它們的主旨局限在簡單的懲惡揚善和善惡果報層次，仍然顯示出與古代民間文學一脈相承的寫作思路，因而尚未脫棄舊文學的基本格局。

民間文學和傳說的道德因素很濃，特別是道德說教意味往往過於強烈，這不僅會導致相關作品失去文學的美感，而且會使得一般人生中的尋常道德在文學表現中顯得十分庸俗肉麻。元代郭居敬所編《二十四孝》，是民間道德說教的經典文本，許多故事在《太平御覽》和劉向的《孝子傳》中收錄，不過郭居敬作了改編，其中的大部分故事便因過於強調孝道及果報，缺少文學魅力，顯示出庸俗和肉麻的品味，成為五四以後現代中國知識界批判的對象。魯迅在〈二十四孝圖〉一文中，對這種鼓吹孝道的典籍作了如此犀利的諷刺：

我還依稀記得，我幼小時候實未嘗蓄意忤逆，對於父母，倒是極願意孝順的。不過年幼無知，祇用了私見來解釋「孝順」的作法，以為無非是「聽話」、「從命」，以及長大之後，給年老的父母好好地吃飯罷了。自從得了這一本孝子的教科書以後，才知道並不然，而且還要難到幾十幾百倍……「哭竹生筍」就可疑，怕我的精誠未必會這樣感動天地。但是哭不出筍來，還不過拋臉而已，到「臥冰求鯉」，可就有性命之虞了。我鄉的天氣是溫和的，嚴冬中，水面也祇結一層薄冰，即使孩子的重量怎樣小，躺上去，也一定嘩喇一聲，冰破落水，鯉魚還不及游過來。自然，必須不顧性命，這才孝感神明，會有出乎意料之外的奇蹟，但那時我還小，實在不明白這些。

魯迅所提到的「哭竹生筍」是二十四個孝道故事中的一則，言「晉孟宗，少喪父。母老，病篤，冬日思筍煮羹食。宗無計可得，乃往竹林中，抱竹而泣。孝感天地，須臾，地裂，出筍數莖，持歸作羹奉母。食畢，病癒」。「臥冰求鯉」是其中的另一則，說的是「晉王祥，字休徵。早喪母，繼母朱氏不慈。父前數譖之，由是失愛於父母。嘗欲食生魚，時天寒冰凍，祥解衣臥冰求之。冰忽自解，雙鯉躍出，持歸供母」。魯迅以幽默詼諧的筆調諷刺了傳統孝道的荒誕和作繭自縛，所說的道理很有啓發性：孝道本來應該在自然的人生狀態下以仁義之心行之，似這般鼓吹行孝之道，是將日常人生的道德推向了令人生畏的險境，恐怕反而不利於此道德推廣。

經過多次破舊立新的革命，中國的孝道思想已經處在邊緣的道德地位，一些宗教人士和道德家開始致力於傳統孝道的弘揚，有關二十四孝的各種普及讀物競相出版。台灣畫家江南子爲了讓人們體悟中國古代社會重視孝道的精神，還重繪二十四孝圖，以倡導百善孝爲先的觀念。這些都是在實用的人生道德建設中所作的事情，未必適合於文學藝術的表現。

二十四孝故事中的有些傳奇本來是文學表現的好材料，例如「賣身葬父」中的董永和仙女的故事，但將這個美妙的傳說與孝感仙姝的俗套結合在一起，就顯得並不浪漫。最不能忍受的是將肉麻當作有趣的「戲彩娛親」，說是周代有老萊子者，至孝，行年七十，奉事父母親，從不稱老。為了逗年邁父母開心，七十老翁的老萊子常著五色斑斕之衣，裝嬰兒遊戲於父母身邊。一次取水上堂，竟然假裝跌臥在地，學嬰兒啼哭，以使雙親開口大笑云云。這樣的描寫很富有戲劇性，也很見創意，但一想到那穿著大花衣服學孩子啼哭的是一個七十歲的老翁，怎不令人肉麻兮兮，啼笑皆非！

二、文學內外的道德軒輊

道德家和民間文學家將道德宣揚視為作品的第一要務，有時候會置審美情操於不顧。其實這樣的思路未必完全符合古代文學家的正宗道德意識。與現代作家相比較，古代文學家十分注重道德與文學的聯繫，不過同時也並不把道德視為文學表現的必具內容。曾鞏在致歐陽修的信中提出「蓄道德而能文章者」說，並讚頌歐陽修「道德文章，固所謂數百年而有者也」，其中的道德概是指文學家的修養而不是文學內容。曾鞏認為沒有足夠的道德修養就不可能寫出精彩的文章，因為「人之行，有情善而跡非，有意奸而外淑，有善惡相懸而不可以實指，有實大於名，有名侈於實。猶之用人，非蓄道德者惡能辨之不惑，議之不徇？」2原來他認爲道德達不到一定積累的人，對於人生現象中的許多善惡是非都難以辨清，寫出文章來自然難臻於上乘。這樣的觀點與其說是對文學中道德內涵的強調，毋寧說是以既聯繫又區別的辯證觀點，解釋了文學中的道德內涵同人與處在實際人生中的文學家的道德修養之間的複雜關係，其實也暗示了文學表現的道德內涵人生現實中的道德操守可以分開：「蓄道德」不是爲了讓文章中直接表現這樣的道德，而是讓文學家在寫文章時，能夠利用所蓄的道德更好地判斷善惡曲直，體現出道德的批判力。文學家自身秉持的道德操守或道德觀念，與在文學作品中體現出的道德評判和道德傾向，當然可能有所軒輊。這種軒輊現象至少在曹雪芹創作《紅樓夢》的時候便已相當明顯。

《紅樓夢》以讚賞、同情的筆調描寫了賈寶玉對於大家庭的道德叛逆，包括思想方面的欣賞和追求異端，厭惡仕途經濟之學，包括人格方面的黏戀大觀園的溫馨和姊妹間的親和，煩膩與外界祿蠹的應和酬酢，當然更包括在婚姻戀愛上的獨立追求。這些道德叛逆的內容都已經成爲文學閱讀中普遍認同的價值，甚至成爲這部偉大作品精神魅力的集中體現，是這部書一片片金色書頁中閃放出的最燦爛最耀眼的光芒。不過讀者在欣賞和讚美作品中所詩意地表現的這些道德理念時，大都已渾然不覺這樣的道德觀念祇有在《紅樓夢》中才顯得那麼富有魅力，在文學作品的表現中才顯得那麼引人入勝，而如果置諸普通的人生之中，所有這樣的道德觀念和行爲方式都會顯得既不合情也不合理，即缺少認同的興趣也確實沒有什麼魅力，甚至會遭到譴責、恥笑，因爲人生奉行的道德一般帶有維護社會秩序和規範的某種實用性特質，而文學創作中所表現的道德則可

能體現的是一種情感的、審美的和個性化的特質。尤其是像《紅樓夢》這樣一部飽浸著作家個人生命體驗的汁液和家族痛史的淚水的作品，其道德思考和表現已經較多地游離了一般的人生規範和社會秩序，成爲一種「個人化」、「自由化」，更重要的是審美化了的觀念空間，與一般人生中所習慣奉行的道德概念當然會有所參差，甚至相互對立。作者曹雪芹也意識到這一點，在寫作這部作品時，他分明困惑於和游離於普通人生一般道德與他所創造的藝術世界審美道德之間，有時候附和世俗道德說幾句作家自己或賈寶玉這個人物自我懺悔甚至自我譴責的話，更多的時候則是沈溺於文學世界中道德反叛的快意和道德自由的激動之中，讓作品中所表現的道德與普通人生尊奉的道德拉開了相當的距離。《紅樓夢》整部作品刻畫的，就是作者少年生活中體驗的道德叛逆的作派及其魅力，然而作者在一開始的寫作中仍不忘從一般人生道德的規範出發，對作品中刻畫的種種叛逆行徑進行道德懺悔，自述其創作初衷乃是爲了——

> 欲將已往所賴天恩祖德，錦衣紈袴之時，飫甘饜肥之日，背父兄教育之恩，負師友規談之德，以至今日一技無成，半生潦倒之罪，編述一集，以告天下人……

偶有閒筆，作者還會調整自己的道德立場，附和世俗人生的價值理念，對賈寶玉的叛逆性格進行傳統小說慣有的批評和說教。第三回寫到賈寶玉出場的情形，作者「引」了「後人」兩首〈西江月〉詞，對賈寶玉的叛逆性格半是反諷半是譴責：

無故尋愁覓恨，有時似傻如狂。縱然生得好皮囊，腹內原來草莽。
潦倒不通世務，愚頑怕讀文章。行為偏僻性乖張，哪管世人誹謗！
富貴不知樂業，貧窮難耐淒涼。可憐辜負好韶光，於國於家無望。
天下無能第一，古今不肖無雙。寄言紈袴與膏粱：莫效此兒形狀！

不排除這其中有些反語，如「哪管世人誹謗」，其實隱含著對賈寶玉叛逆性格的讚美和欣賞，「天下無能第一，古今不肖無雙」，如此過甚其詞，也顯然含有反語意味，即在對賈寶玉形象的否定之中隱含著某種肯定和讚美。賈寶玉這一形象帶有相當的作者自傳成分，其叛逆的性格和不俗的作派，包括對女性世界特殊的親切感，都凝結著作者的道德認同和審美認同，同時也獲得了多少年來億萬讀者的認同與欣賞。作者上述對其有所指責和批判的文字，非常明顯地是游離了小說構畫的藝術世界，敘述者暫時地以「三言二拍」中的「說話人」身分「說話」的結果。「說話人」一向比較注重道德發言，而且其道德立場基本上在世俗化和市井化方面。這樣，普通人生極願意接受的這種世俗化或市井化的道德，與《紅樓夢》這樣的文學作品所詩意地渲染的道德，就發生了分離。

這種人生道德與文學道德的分離現象其實早在古希臘時代就被人們發現了。亞里士多德在他的《詩學》中即已提出：「衡量詩和衡量社會道德正確與否，標準不一樣」[3]。確實如此。賈寶玉成天不想學正統的仕途經濟之類的學問，樂於在姊妹堆裏混，甚至樂此不疲地幫著丫嬛畫眉熬

胭脂，作爲人生道德評判的對象，顯然屬於不肖種種，無能之輩，但在《紅樓夢》作品中，正是他的這種行徑，讓人們從那個霉腐衰敗、陳俗幽暗的紅樓世界中，看到了一種新鮮和別致，看到了一種純眞唯美的天性的閃光，看到了令人神往的情致之美和精神之美，於是看到了在文學中顯得相當洵美的道德。中國古代文學一向以讚賞的筆墨，描畫諸如司馬相如攜卓文君私奔以及文君當爐的故事，《西廂記》中張生與崔鶯鶯私定終身的故事，甚至包括嫦娥偷靈藥飛升月宮的故事，這些故事差不多已經積澱爲中國文學的經典性母題，由此演繹出了各種文學藝術文體的作品。其實從世俗的人生道德出發，尤其是在中國古代文化的道德語境中，這些故事所渲染的私奔、私情、背叛乃至偷盜等等，都是堪稱不齒的行爲。如果這樣的行爲出現在實際人生之中，所產生的道德反應通常就是被辱罵、唾棄、嘲笑和譴責。但是即使在傳統和正統的中國文學中，文學家們卻可以容忍這些非道德情感的產生和發展，並鼓勵這種情感在想像的世界裏獲得更加廣闊的自由，同時帶著他們美麗的祝頌和眞誠的讚譽。這些正是文學道德（也就是亞里士多德所說的詩的道德）與一般人生道德相分離的典型例證。

被稱爲中世紀最偉大的義大利經院哲學家聖托馬斯·阿奎那對亞里士多德一向非常推崇，他同樣也認同了亞里士多德關於詩的道德與社會道德加以分離的學說，說是「對於一個藝術品和一個道德的情況，我們所採取的態度是不同的。在前一場合，我們要體味一種特殊目的；在後一場合，我們面對整個人生的一般目的」[4]。包括文學在內的藝術品所要體現的「特殊目的」，無非是美學的目的，與「整個人生的一般目的」，也就是維持人生秩序的目的，自有很大的不同。「整個人生的一般目的」也就是人生的法則，要求人們承認秩序，維護秩序，按照秩序的要求界定善與道德的內涵，因而較多地強調忠誠忠貞，循規蹈矩，遵從古訓，聽命於王政家規等等，而文學的藝術和審美的法則則鼓勵人們從自己的性情出發，在對既定秩序有所叛逆有所反抗中，激發出某種自由的意志火花，文學和美往往都是自由的象徵，於是所有人生道德所強調的內容，都可能不是文學道德表現的必然對象，甚至文學表現的道德與人生首倡的道德經常是完全相反。一般來說，普通人生中的忠誠者總是值得讚美的，但在文學和藝術表現中，值得讚美的往往不是順服式的忠誠，而是叛逆的反抗。古典戲曲作爲最貼近民間文化的文學樣式，往往較多地涉及忠誠之類的道德命題，其中最值得稱道的忠誠可能是《趙氏孤兒》。這部雜劇根據春秋時期一齣報仇雪恨的悲劇寫成。說的是大奸臣屠岸賈唆使晉景公將有功之臣趙朔家族滿門抄斬，趙朔之妻莊姬公主則單獨逃入王宮。景公不忍加害公主，但在屠岸賈的計謀下，定要殺死公主所懷的趙氏後裔，以策斬草除根。爲了保住趙家一門忠烈餘留下來的唯一根系，趙家門客公孫杵臼與程嬰緊急商討救孤，程嬰以自己新生的兒子替代趙氏孤兒受死，撫養趙氏孤兒十五年，讓他明白了自己的身世，然後起兵討伐逆賊，誅殺屠岸賈等，報了深仇，雪了大恨。這首忠誠的讚歌與其說是忠誠之德感人，還不如說是人物的正義感和犧牲精神感人。如果純粹是爲了忠於趙家，程嬰獻出了自己剛出生的嬰兒，不僅難以感人，還會讓人覺得殘忍，祇有將程嬰和公孫杵臼的犧牲同善良的正義感、對於無助孤兒的仁愛之心聯繫起來，而不是與對故主的忠誠聯繫起來，作品才可能產生令人感動的情感力量。因此，在文學作品中，忠誠作爲道德感動的因素往往是靠不住的。明代戲劇家李玉

撰寫的傳奇《一捧雪》倒眞是表現了一個忠誠的故事，奸相嚴嵩爲了稀世珍寶迫害莫懷古，並要將其斬首，爲了表示忠誠，莫懷古的家人莫成代主受刑。魯迅在〈電影的教訓〉一文中，曾經對這齣戲加以諷刺，嘲弄這個爲了忠誠的名分獻出自己生命的「忠僕，義士，好人」。

三、現代語境下的道德變異

在普通人生中，循規蹈矩和忠貞不二都是值得稱道的美德，不過如果表現於文學作品之中，情形就會兩樣。人們打開一部小說，或者觀看一部電視劇，最喜歡看且覺得充滿審美感受的，當然是具有叛逆色彩的性格和反抗意味的情節，如果這些作品從頭至尾展演的，都是一個公務員如何循規蹈矩、兢兢業業地工作，一個婦人如何規行矩步、目不斜視地對待所有欣賞她的目光，然後將他們放在一起加以讚美和謳歌，那麼一定味同嚼蠟，讓人們很難感受到美的藝術氣氛。從文學和藝術表現的美感來說，一個爲自己的情感敢於離經叛道甚至行爲出軌的女人，顯然要比一個恪守婦道、嫁狗隨狗、甚至絮絮叨叨誇說自己的家庭如何幸福的婦人，更有奪目的光彩；安娜·卡列尼娜和包法利夫人祇有出現在文學作品中才值得同情、值得讚賞，出現在實際人生之中，變成了讀者們的鄰家女士，則一定會遭到來自絕大多數讀者的譴責和嘲諷。確實，人生的道德認同與進入文學世界中的道德認同，顯然有不可否認的差距。在普通人生中，有不少優秀的女人，爲了家庭爲了孩子或者爲了某種個人聲譽，而甘願維持與一個窩囊不堪、庸俗透頂的男人的婚姻關係，直到終老，這樣的道德韌性會受到不少人的認同，甚至會被認爲這樣就表現出了一種難得的犧牲精神，不過如果將這樣的性格和行爲置諸文學描寫，那就會顯得非常俗氣，不僅喚不起任何道德的美感，還會讓讀者感受到一種情感的壓抑和精神的無聊，因爲從審美本質上來說，這種世俗的道德本來是不美的，它壓抑人性、束縛情感的自由。美的性格永遠屬於敢愛敢恨的人，充滿詩意的行爲也往往是指敢於本著自己的眞情感，在充滿荊棘的人生中開闢出自己的幸福路徑。

現代人生多鼓勵人格的獨立和自由，多讚賞個性的解放與發展，對於個人性的生命體驗普遍持有尊重態度，對於個人化的道德思考也同樣予以尊重，特別是在文學藝術等精神創造領域，這種個人化的體驗與思考更會得到鼓勵，於是現代文學藝術中的道德觀念將會比以往任何時候都更加多元，更加複雜，更加疏離了人生的軌道，因而也更加豐富。一個非常明顯的現象是，傳統的善惡判斷在人生實際中繼續起作用，人類社會的道德發展無論到了何種程度，善與惡的分別都不會模糊、泯滅。然而到了現代文學藝術中，善惡的界限常常相當模糊，現代文藝家有時比任何人都更像悲憫的上帝，對於各種罪惡以及哪怕是十惡不赦的兇徒，也施以溫柔的憐憫。

榮獲美國著名娛樂網站「好萊塢」(Hollywood.com)五十部「最偉大影片」之三的「擒兇記」("Psycho")，是世界懸念大師希區考克的代表作。這部攝製於一九六〇年的恐怖電影，描寫了一個精神病患者諾曼·貝茨在戀母情結變態發作的情形下，殘酷殺人的經過。瑪麗恩·克蘭是亞歷桑納州鳳凰城的上班女郎，她攜帶四萬美元現金到當地銀行存款，一念之差使得她捲款逃離小

鎮，來到路旁的貝茨汽車旅館休息。汽車旅館的老闆諾曼·貝茨是個性情古怪的青年，他在母親的命令下殘酷地將瑪麗恩殺死在淋浴室，然後將屍體放進汽車，連同汽車推到了隱秘的河中毀屍滅跡。瑪麗恩的妹妹里拉知道姊姊失蹤後，就循著當天瑪麗恩留給她的線索展開調查，將懷疑點集中到這個汽車旅館。她與男友約好，也住進了這個旅館，經過機警而勇敢的調查，終於眞相大白，原來這諾曼是個精神病患者，有著嚴重的戀母情結，他將死去的母親製成乾屍存放在地下室，每當見到年輕的女郎自己心有所動時，就覺得是自己對母親犯了罪，然後在心裏跟母親「對話」，意念中的母親不容許他愛上任何女人，命令他將所有可能愛上的女郎都殺死。當諾曼「掙扎」不過臆想中的母親、又必須對里拉下手時，前來幫助的男友等制服了他。諾曼絕望地痛哭不已，但面對這個已經殺死了姊姊又差點殺死自己的兇犯，里拉卻懷著溫柔的悲憫，居然走過去像安慰一個兒童一樣摟住那個變態的貝茨的頭，像母親一樣撫摸著他，讓他安靜下來。至此，一切罪惡、仇恨都已經被對於不幸的精神病患者寬厚的同情和憐憫所沖淡和取代，既然殘忍殺人的罪惡歸結爲心理的疾患，則一切道德意義上的憎恨都祇能劃歸於人類自身的相互憐恤。

這部電影作品可以說開啓了一個新的道德文學傳統：從人類自身的弱點或疾患來反觀罪惡，而不再是將罪惡簡單地歸結爲道德淪喪的結果。此後，不少文學家都似乎習慣於無可奈何地放棄了道德批判和道德針砭，將所有的恩怨都從超越於一般道德的甚至是宗教情懷上加以泯除。著名小說家賈西亞·馬奎斯便很善於在超越一般道德的意義上解剖罪惡，讓人在一種無可奈何中接受各種荒誕的不平遭遇。他所寫的〈我祇是來借個電話〉[5]是這方面的代表作品。小說中的瑪麗亞因汽車抛錨，要去找個電話通知人來修理，結果誤乘瘋人院的巴士，被當成瘋子關在瘋人院裏終其一生。她的一切爭辯和反抗都被當成嚴重瘋狂的表現，連她的丈夫歷盡周折找到她後，聽到院方的解釋以後也信以爲眞，以爲她確實應該繼續住下去接受「治療」。如果說卡夫卡的《城堡》還多少展示了人性之惡對於人物K的欺騙與迫害，則馬奎斯這樣的小說中全沒有刻意的犯罪與迫害，所有荒誕的遭際都來自於人們不得不處身其間的人生邏輯本身，因而所有的人都值得同情和憐憫。一九九〇年代，中國戲劇文學中也出現了類似的作品，劇作家羅懷臻創作的淮劇《金龍與蜉蝣》，同樣從超越於一般道德的意義上，解剖和思考了古代君王金龍爲權力而瘋狂的罪惡，由於處在權力占有欲望的極度病狂狀態，他犯下的所有罪惡同時都值得憐憫，當然他自己也因此付出了極其慘重的代價，企盼兒子的他親自下令閹割了自己的兒子，自己則意外地死在自己孫子的刀下，而恰在那時他正將孫子抱上自己的王位。

從「蓄道德，能文章」的傳統出發，經由將人生道德與文學宣揚的道德相統一的古典時期和民間形態，到一般的人生道德與文學渲染的道德的分離，再到文學超越於一般善惡，在更高的人類困境、弱點和疾患等方面審視通常納入道德批判的種種罪惡和荒誕，這是文學歷史發展的一條清晰線索，是文學與人生在道德命義上一種極其複雜的糾結現象的體現。

注釋

1. 楊牧，《文學知識》，洪範書店有限公司一九八六年三版，第三五頁。
2. 《曾鞏集》卷十六〈寄歐陽舍人書〉，啓功等主編，北京國際文化出版公司一九九七年版，第九七頁。
3. 亞里士多德，〈詩學〉，見伍蠡甫主編《西方文論選》（上），上海譯文出版社一九七九年版第八一頁，。
4. 阿奎那，〈神學大全〉，見伍蠡甫主編《西方文論選》（上），上海譯文出版社一九七九年版，第一五三頁。
5. 見賈西亞・馬奎斯的短篇小説集《異鄉客》，宋碧雲譯，時報文化出版社一九九四年版。

第十五講

文學表現的道德層次

然而正像人類社會到任何時候都會有道德力量的介入、且也離不開道德力量的介入，文學無論「現代」到何種程度，也自會有道德的因素羼入其中，文學既然需要對人生作出判斷和批判，就離不開道德判斷和道德批判。類似於「擒兇記」這樣的作品，表面上看起來游離了甚至放棄了道德批判和道德判斷，其實祇是游離了一般人生價值標準中的善惡觀念，同時建構了更高層面的道德價值視角：超越了一般的善惡評判，帶著更深切更博大的同情，進入到對人類普遍弱點、天生缺陷和無法抗拒的疾患、病態的考察，這是對現實人生中無往不在無處不在的人性悲劇的一種貼近、一種關懷、一種尊重，因而也是一種道德的顯現，甚至是一種更接近人生本原的道德顯現。這樣的假設要求我們必須面臨著對於文學道德進行層次分析的任務。

一、文學道德的層次感

尤其是在文學表現中，道德的層次感相當分明。在日常人生中，道德由於伴隨著人們相當的情感反應，因而對於一定對象的道德評判往往趨於單一，而且在道德層次上會存在排他性的現象，即拒絕從任何其他層面重新估價對象的道德價值。人們常常動用愛與恨的情感，對日常人生中的種種現象作出道德反應，並就此拒絕諸如對象立場的理解，人性弱點的同情等等道德觀念調整的可能，簡單地說，愛就是愛，恨就是恨，愛恨交加就是愛恨交加，認為其善則怎麼看也是善

良的笑靨，判斷其惡則怎麼分析也是罪惡的猙獰。衹有到了文學創作和文學欣賞的境界，人們才可能擺脫單一層次甚至單一向度的道德判斷，從不同的層面對文學形象和文學情節作出善惡的或超善惡的價值認定，在善惡意義上的感動或義憤可以與普泛的人性認同結合起來，從而達到更深刻更廣博的道德境界。

因此，雖然德國偉大的浪漫主義文學家歌德在其與埃克曼的談話中，排除了作家創作的道德目的的可能性：「雖然一件優秀的藝術作品能夠而且也將發生道德的後果；但向藝術家要求道德目的，等於是毀壞他的手藝。」但是如果將道德分析成不同的層次，則又不難發現，任何文學家都不可能在創作中排除道德因素，他可以不從一般的善惡意義批判作品中的人物事件，但他無法不從各種人生價值和基本的人性立場作某種評判，這種人生的和人性的評判便是另一重意義上的道德。

道德判斷是一種價值判斷，也是一種關係判斷。價值判斷的結論通向肯定與否定，讚美與唾棄，關係判斷則是爲這種價值判斷的範圍進行定位，讓道德判斷的主體明確了對象的關涉性，然後再加以肯定與讚美，或否定與唾棄。一般來說，人的道德關係分別建立在以下幾個層次上面：第一是人的自身意識層次，是人對於自我乃至本我的肯定，基於人性價值，反映著自身之於自身的關係；第二是人的情感私域層次，包括親情、愛情等等，實際上反映著自身之於家庭的關係；第三是人的社會道義層次，即對於社會、民族、國家的責任義務的認知和承擔，反映著自身之於社會的關係；第四是人的「類」意識層次，即對於人類的價值認同，這樣的認同將透過人類的生存諸問題，例如人類生存的環境問題，人所生活的地球與外星關係問題，人的內宇宙危機包括精神病態等問題，然後回歸到基本的人性命題，反映著自身之於人類自身的關係。

很明顯，由第一層次向第四層次一個又一個境界不斷升高、關涉範圍不斷擴大的趨勢，或許可以用這樣的階次圖形進行直觀的表達：

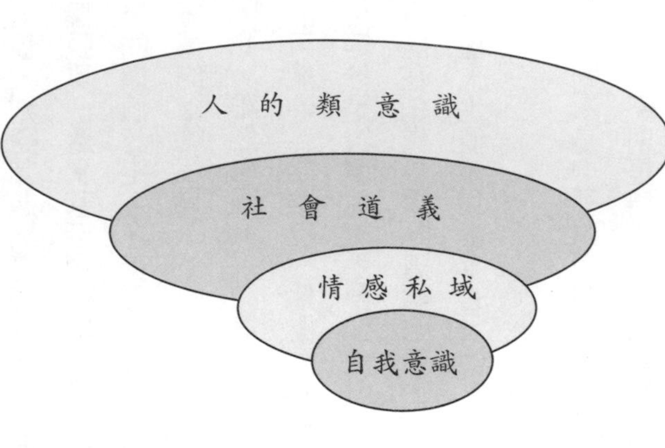

但這樣的表述顯然沒有反映出人類道德的最本質的屬性：第四層次的道德關係與第一層次的道德關係都基於人性，顯現爲一種回歸趨勢。因此，這樣的道德層次劃分不是一味向上的構圖，而是最高層次的道德關係又往所謂最低層次的道德關係趨合的形狀，類似於太極圖的圓形演示圖。雖然這裏探討的是道德問題，但是它包含著人對於自身的關係定位和價值認知，完全可以用一種與哲學相類似的思維圖式進行表述；而人的自我意識與人類的類意識正是內宇宙的自省與外宇宙的探求的辯證體現，內外宇宙的道德審視趨於一致，趨於人性化的價值基點，正與道家宇宙觀的某種思考相吻合。於是採用太極圖式表述人

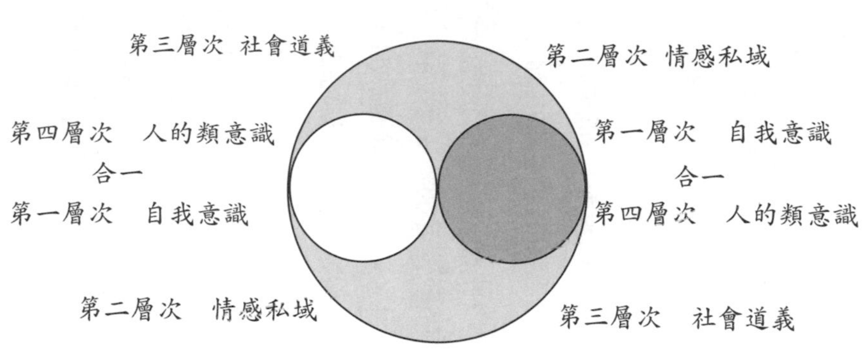

[illegible]次，表述人的道德在最高層次上正與最本原的道德感相吻合，應該說比較恰當。

按照此圖所示，自我關懷是人類道德的起點，也是人類道德的基礎，對於家庭的責任，對於親情和愛情的積極態度，因爲畢竟需要自我的付出，道德層次當然要高一階次；社會道義常常強調個人對於社會，對於國家和民族的責任、義務、犧牲精神，更加遠離了自我的私利，道德層次更加高尚；而人類的類意識是對整個人類生存狀態和生存方式的一種博大關懷，其道德意義理所當然要超出社會道義。現代中國改革、啓蒙的先驅者曾提出「萬國之上猶有人類在」，闡述的就是這一層面的道德觀念。不過人類的關懷最基本的原則就是人性，包括對待戰爭與和平，對待環境與發展，都是以符合人性爲基本準則。於是，儘管從觀念意識和道德水平看，比較「自私」的自我意識處於道德的最低層次，但它與人類的類意識關懷同樣基於人性的本眞。

這就是說，人性應該是人類道德的出發點，也是人類道德的歸趨點；基於人性的道德才是最基本也是最高的道德。無論在普通人生中還是在文學描寫中，所有的道德如果處在肯定的方面都值得肯定，但當兩種或兩種以上的道德觀念糾合在一起時，起決定性的和主導作用的應該是最貼近於人性的那一種，因爲它是人類道德價值的基礎，也是人類道德規範的決定因素。這樣的道德層次分析法爲解讀文學作品中道德觀念的糾結現象，提供了有效的理論依據，也是文學創作處理道德層次參差問題應該參照的基本原則。如前文所述，一個敢愛敢恨、敢於叛逆的女性在文學作品中，往往會比一個恪守婦道、犧牲自己維護家庭的良婦，更能顯得光彩照人，其原因就在於，她們固然都體現著一定的道德內涵，但敢愛敢恨的叛逆女性體現的是強烈的自我意識和貼近人性的道德，而恪守婦道的犧牲者體現的祇是家庭責任，這種家庭責任否定了自我人性的某些本質方面，其形象反而不如前者更道德。

也正是在這樣的道德原則上，才可以對魯迅的〈傷逝〉進行合理的道德解讀。這篇小說中的主人公涓生獲得了子君的愛情，可在人生的絕望與痛楚中感受到這愛情的縲絏，因此冷淡了對於愛人的情感，幾乎是逼著子君離他而去。子君在這樣的打擊下憂鬱而死，涓生的良心受到了深深的自責。但讀了整個作品，人們還是能夠原諒涓生，或者說無法從道德立場上生出對於涓生的譴責與憤慨，這是因爲愛情的道德固然神聖，但涓生作爲一個希圖奮飛的個人，其發展自我、進行自我靈魂冒險的人性自由的追求更值得鼓勵，更接近人的道德基礎層面，因而涓生比起子君來也更值得同情。這樣的道德架構很容易令人聯想起匈牙利詩人裴多菲的名詩：「生命誠可貴，愛情價更高，若爲自由故，二者皆可拋。」要想眞正弄清這詩的眞意，恐怕就要明白文學中的道德序

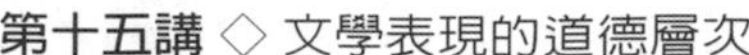

列和道德層次，人性的自由是最基本的道德，也是最具有決定意義的道德，爲了這樣的道德完成，愛情與生命都可以讓路。

二、人性：文學道德的基礎與歸宿

許多文學層次比較低的作品，特別是以道德說教爲標的的通俗性讀物，往往偏執於某一種世俗道德，而忘卻了甚至踐踏了基本的人性道德，結果導致道德層次的乖謬，讓人讀後感受不到絲毫的美感，當然也談不上任何道德的感動。仍以《二十四孝》爲例，其中最著名的恐怕就是〈爲母埋兒〉了。郭居敬的敘述是這樣：

> 漢郭巨，家貧。有子三歲，母嘗減食與之。巨謂妻曰：「貧乏不能供母，子又分母之食，盍埋此子？兒可再有，母不可復得。」妻不敢違。巨遂掘坑三尺餘，忽見黃金一釜，上云：「天賜孝子郭巨，官不得取，民不得奪。」

這一故事流傳甚廣，而且歷史悠久，許多述異說教的典籍都有記載。能夠讓此謬典如是流傳，以至到了二十一世紀還有人爲作畫贊，足以說明中國傳統文化中包含著多麼可怕的腐朽雜質。每一個有人性的讀者讀了此篇都會覺得難受，難受得作嘔。倒不是因爲那個郭巨爲何如此無能，連一個老母一個小孩都不能同時養活，也不是因爲他爲何如此愚昧，以爲埋葬了孩子就能使老母安度晚年，更不是因爲這個無能且愚昧的孝子爲何偏偏想到「埋兒」這一著——雖然終究沒有埋掉。是傻人有傻福，得了一釜來歷不明的黃金，而不是好人有好報，連自己的親骨肉都能親手殺害，而且還是活埋的人，無論什麼理由，也不能算是好人。這個故事彰揚了一種道德，善待母親的孝道，這在情感私域中是屬於比較高尚的一種，不過這樣的道德必須以人性的尊重爲前提。這個郭巨的故事試圖以人性的戕害爲代價去完成這種孝道，正是違反了一切道德必須服從於人性的基本原則，故而讓人難以接受，讓人感到噁心，讓人感到不可容忍。

或許漢代的那個孝子郭巨原不至於這麼愚蠢和惡劣，而是歷代庸儒本著腐朽的道德觀念，在他們自以爲得意的重述中，強化了這樣的愚蠢和惡劣；如此庸愚不堪的故事卻得到了如此不厭其煩的演繹，可見在傳統的文學觀念中，人們將道德中的人性內涵忽略到了何種程度！而人性才是正常的道德觀念的決定性內容，難怪五四新文化倡導者將傳統的古典文學指責爲不道德的文學。

其實不單是在傳統的語境下文學可能乖離人性的道德，在現代人生愚昧、保守的意識狀態下，照樣會有文學作品表現或闡揚有乖人性的道德價値。特別是有些作家從道德概念出發，一味追求那種先驗的道德實現，對人性的自我和接近人性的道德實施了最大限度的背離，結果道德表現雖然「高尚」，卻似沒有基礎的危樓，眼看著搖搖欲墜，讓人讀起來懸心不已，讀後更是感到肉麻兮兮，痛苦不堪。中國大陸的當代作家一度非常喜歡建築這樣的道德危樓，這些危樓儘管現在已經難見蹤影，但因爲它們曾經是那麼醒目地立在人們的面前，讓人們爲它們擔心，爲它們痛

苦過，其不良的文學影響仍然存在。

著名作家張潔，是一個十分重視愛情和愛情道德的女作家。中國大陸改革開放以後，她喊出了「愛，是不能忘記的」第一聲，引起人們的廣泛矚目。不過她更看重的是那種高尚的、無私的理想愛情，在小說〈祖母綠〉中，她刻畫過一位叫曾令兒的女性形象，這位女神在大學階段深愛著她的一位同學，爲了讓他留在城市過安寧的生活，毅然爲他承擔了一種政治懲罰的責任，並且懷著他的孩子隻身飄流到荒涼的北方農村，獨力爲他撫養孩子，自己一面發憤攻書。多少年後，她取得了公認的成就，被邀請回到母校講學，可發現自己當年的愛人雖然生活很舒適，但成果十分平庸，於是又犧牲自己的時間和積累，幫助他在事業上也站立起來。張潔確實塑造了一個爲了愛情連續作出犧牲的聖母形象，但這個曾令兒同時又像是一個愛情自虐狂，以自己的犧牲爲最大滿足和最後目標；讓自己的幸福乃至人生在那個並不十分美妙的愛情之中消蝕殆盡，似乎成了她最美好的享受。愛情固然要眞誠、要犧牲，但是一味犧牲若此，到了完全無我的地步，則是以愛情道德挑戰了一般人性，自然也就挑戰了美好。正如皮之不存，毛之焉附的道理一樣，沒有人性的內涵，那種純之又純的愛情不正是一種欺世盜名的魔術？其實，在普通人生中，人們常能發現，被抽取了人性內容的愛情不僅是不可想像的，而且會十分可怕；在文學表現中，這樣的愛情自然可以想像，但走進了這樣的想像同樣非常可怕。

作家從維熙在一種更加「高尚」的道德表現中，顯示了自己更加可怕的道德觀念。他的〈雪落黃河靜無聲〉由於硬性頌揚了「愛國主義」，而曾一度廣得好評。知識分子范漢儒受人迫害進入監獄，結識並深深愛上了充任獄醫的女囚陶瑩瑩。一次監獄轉移使得他們彼此失去了聯繫，范漢儒從此祇能在刻骨銘心的思念中，度過一個個難挨的日子。厄運過去以後，范漢儒透過各種途徑，費了很多周折，找到了陶瑩瑩的下落。他來到了她工作的地方，是在黃河邊的一個城市，這時范漢儒痛苦地發現陶瑩瑩對他的愛情回應相當冷淡。陶瑩瑩將范漢儒約到了黃河邊的亭子裏，告訴他，冷淡他的原因是覺得自己配不上他，因爲她曾被判叛國罪，當年受不了迫害，試圖偷越國境，遭到逮捕服刑。范漢儒怔怔地看著這個日思夜想的愛人，說是她犯的其他什麼罪過都不會影響他對她的愛，哪怕是盜竊罪流氓罪，唯獨這叛國罪他不能接受，因爲愛國主義情感不能褻瀆。他們無奈地分開了，留下了黃河岸邊的一片沈靜。這是一首以愛情作犧牲吟唱的愛國主義之歌，也是一首反道德的庸俗之歌：它將愛國和愛情對立起來，然後讓愛情退出，使得愛國的道德更加神聖高尚。殊不知這樣的高尚失去了人性體驗的基礎，不僅顯得虛假，而且也絕不可愛動人。愛情與愛國，前者更貼近人性，因而在作品的道德組合中應占主導地位，如果讓遠離人性之美的愛國情感占主導地位，就有本末倒置之誤，作品的道德美感就會受很大影響；可作者居然讓後一種道德否定前一種道德，從而造成以觀念否定人性，使道德疏離人性的效果，讓人讀後不僅難生感動，而且倍覺虛假，倍覺肉麻。

文學的道德與人生的一般道德都有很大差異，更不用說與某種社會的道德宣教和道德提倡差異更大，往往是南轅北轍，不能相混。許多道德宣教都會鼓勵人們克服人性，犧牲一己的自由、幸福乃至生命，而爲某種理念和宏大目標放棄一切，文學的道德表現其方向往往相反，它首先著

眼於個人的生命形態，首先著眼於人性的關懷，在這基礎上再去關涉人情世故，關涉國計民生。文學對某種理念和目標的表現，也總是以具體的人性和生命形態的肯定爲前提，否則就會出現上述所謂道德危樓現象，就會顯得迂腐和庸俗——在古代，這種不懂得文學道德原則的迂腐之論時或可見。據清人何文煥的《歷代詩話考索》說，杜牧有詩句「銅雀春深鎖二喬」，南宋人許彥周批評道：「生靈塗炭都不管，措大不識好歹。」這樣的議論在迂腐之論中可謂精彩之論，體現了高度的人性關懷和生命意識，不過用來評杜牧這首〈赤壁〉詩，似又太過。杜牧從「二喬」的命運入手看那段折戟沈沙的歷史，也同樣是遵循了文學從生命關懷和人性道德出發的創作原則。至於現代人，如果堅持認爲文學必須放棄人性而作空洞的社會、國家、民族道德的宣教，那不僅是迂腐，更是一種庸俗和謬誤。

當然，不少成功的文學家已經悟到了文學表現的道德層次及其重要價值，米蘭·昆德拉和高行健顯然都獲得了這樣的悟性，無論是《生命中不能承受之輕》，還是《一個人的聖經》、《靈山》，都有對特定時代特定政治環境的強烈記憶、反映和道德評判，不過作家更關注人物在這種時代環境中的人性體驗和生命狀態。誠如諾埃爾·杜特萊在爲高行健《一個人的聖經》所寫的序言中說，儘管這部小說揭露的是非常年景下的一個集權制度，不過「它祇反應孤單單的一個人的情感」，其所走的路子基本上與米蘭·昆德拉接近。他們避免以政治歷史的宏大敘事來沖淡、掩蓋乃至扭曲、否定個人的人性反應和生命行爲，從而使得他們的這些作品體現出燦爛輝煌的道德光澤，人性的光澤，那也是非常適合於文學的光澤。

文學的光澤是人生光澤的投射，它可能沒有人生的光澤那樣豐富多彩，但絕對應該比人生的光澤更絢麗奪目。

Cultural Map 20

文學與人生

作　　者／朱壽桐
出 版 者／揚智文化事業股份有限公司
發 行 人／葉忠賢
總 編 輯／林新倫
執行編輯／陳怡華
登 記 證／局版北市業字第1117號
地　　址／台北市新生南路三段88號5樓之6
電　　話／(02)2366-0309
傳　　真／(02)2366-0310
郵撥帳號／19735365 葉忠賢
網　　址／http://www.ycrc.com.tw
E-mail／service@ycrc.com.tw
印　　刷／鼎易印刷事業股份有限公司
法律顧問／北辰著作權事務所　蕭雄淋律師
I S B N／957-818-619-3
初版一刷／2004年5月
定　　價／新台幣350元

國家圖書館出版品預行編目資料

文學與人生／朱壽桐著. －－ 初版. －－臺北市
：揚智文化，2004〔民93〕
面： 公分

ISBN 957-818-619-3（平裝）

1. 文學與人生

810.72 93004820